シオドア・ドライサーの世界

アメリカの現実 アメリカの夢

岩元 巌 著

The World of THEODORE DREISER

American Reality, American Dream

SEIBIDO

目次

シオドア・ドライサーの世界

アメリカの現実　アメリカの夢

The World of
THEODORE
DREISER
American Reality, American Dream

序　章　現実と夢／理想 …… 1
第一章　『シスター・キャリー』
　―自己発見の旅 …… 15
第二章　『ジェニー・ゲアハート』
　―隠された意匠 …… 43
第三章　『資本家』
　―欲望と闘争 …… 71
第四章　『巨人』
　―美しきものを求めて …… 95
第五章　『〈天才〉』と自伝
　―大作にむけての音合せ …… 123
第六章　『アメリカの悲劇』
　―大海に漂う藻屑 …… 147

目次

第七章　『悲劇的なアメリカ』
―衡平の原則を求めて……177
第八章　『とりで』
―父への想い、自らの老境……197
第九章　『禁欲の人』
―ドライサーの最後の努力……227

注……249
参考文献……265
あとがき……270
索引……279

序章　現実と夢／理想

かつてシオドア・ドライサー（Theodore Dreiser, 1871～1945）を評して「現実の世界と夢の世界の板ばさみになった」作家と断じたのは、ドライサー学者として定評のあったリチャード・リーハンだった。[1] 現在、最も詳しく厖大な評伝『シオドア・ドライサー』を完成させているリチャード・リンガマンの克明な記録と原稿・刊行書の両面から分析した批評を読んだ後でも、リーハンの評を変えることはできない。[2] ただ、彼のオリジナルな表現は"He（Drieser）was caught between..."とあったものを、私は勝手に「板ばさみになった」と強めに訳したが、それはドライサーは常に現実と夢の世界の間にあって苦しみ、悩んだということを示唆したかったからであった。普通のアメリカ人であれば、ほとんど誰もが現実と夢（理想）を無意識に併存させて生きているが、ドライサーはその典型だった。

少し以前のことにになるが、当時わが国でも翻訳紹介がさかんであったスティーヴ・エリクソンの代表作『Xのアーチ』(Steve Ericson, *Arc d'X*, 1993) を読む機会があった。ドライサーとは手法の上で対極をいくようなマジック・リアリストの作品であり、超現実的な想像力に弄ばれないように読者は心しなければならないくらいである。しかし、それでいて、二十一世紀への転換期を生きているエリクソンも多彩な意匠をこらした外見の底で「現実の世界と夢/理想の世界」の折り合いをつけたいと考えていた。

エリクソンはこの作品のライトモチーフとするべく、冒頭において主人を毒殺した黒人女奴隷の事件を描く。捕われた奴隷が火刑に処せられ、彼女の最後の悲鳴と肉の焼けただれる悪臭が主人公の少年トマス(ジェファソン、後の第三代アメリカ大統領)の記憶の中に強烈にとどまる。彼はさながらこの記憶を拭い去るためのように、人間本来の自由と平等を理想とする紳士へ成長していくのだが、パリにアメリカ公使として滞在中、故国から呼び寄せた黒人の若い女奴隷を犯し、愛人としていく。もちろん、トマスと女奴隷のサリーは、主従、人権、階層を超越し、男と女として、いやむしろ本能的愛欲によって並の男女以上の連帯を求め、かつそれを手にした、と現代作家エリクソンは書く。従って、トマスが故国へ帰る際、サリーは「自由」人としてパリにとどまるか、「奴隷」としてアメリカへ戻るか、その選択をしなければならない。つまり、「自由」は遠い地、パリの「理想」として存在するかもしれないが、「現実」として果たしてヴァージニアの地に存立しうるかを、トマスもサリーも課題として抱えることになっている。

　この時、私たちは「自由と平等」というアメリカ人にとっての基礎的理念が単なる〈幻想〉にすぎないのではないか、と読むことができる。というのは、エリクソンが小説の冒頭で示したように、アメリカという制度そのものが発端において、差別と憎悪、それを消し去ることのできない記憶から成立しているからである。これは、大陸（処女性）の征服の過程における様々な殺戮によってさらに増補されている。トマスが内在させる矛盾は宿命的にアメリカのものであり、それは夢／理想では解決しがたく、今日にまで到っているのではなかろうか。

　後におくれてアメリカに渡ってきた人々にはアメリカはますます矛盾の国となっている。十九世紀中葉から、「自由と平等」を詩うセイレンの声に魅せられて、何百万もの人々がヨーロッパから、そしてアジアからも海を渡ってアメリカにやってきた。しかし、彼らがそこで最初に体験するのが「不自由と不平等」の象徴であるような階層差と人種偏見という現実だった。アメリカン・ドリームは遠い彼方にしりぞき、そこに辿りつく者があったにせよ、それはごく限られた数少ない人々である。しかし、一度アメリカ人になった上は、そこへ到達する夢を抱き続けなければいけない。これは間違いなくアメリカという進化し続ける制度を動かしてきたエネルギー源とはなってきたが、また同時にアメリカ人すべてを巻きこんだ巨大な宿命的〈幻想〉となり、アメリカの矛盾をますますふくらませている。

エリクソンが小説の後半で描くように、この矛盾を抱えたまま巨大化した二十世紀末のアメリカは自由の〈幻想〉に溺れ、暴力と無秩序の都市を出現させ、その中で孤立する人々は他者との連帯を希求するあまりに〈肉体的《フィジカル》〉交渉によって〈精神的《モラル》〉愛の代替物とするのに急である。彼らは（そして、私たちもまた）この精神の無秩序からどこを目指して進むべきか、わからない。矛盾の迷路の中でひたすら出口を求めて慌ただしく走る、それがポストモダンと呼ばれているエリクソンの世紀末である。

今から百余年前、ドライサーが成人に達しようとしていたアメリカもまた現実と夢／理想の齟齬を強く意識した時代だった。南北戦争後に強まってきた産業主義の時流と「進歩」への意欲は従来の農本主義的「自由と平等」の理想を打ちくだいた。「自由」は「好き勝手」"laisser-faire"と解釈され、新興の産業家たちを天然資源と人的資本の搾取に駆りたて、一般のアメリカ人にとっては（特に新移民としてやってきた人々には）貧富の隔差が日毎に大きくなり、「平等」は遠い夢になっていった。歴史家のヘンリー・B・パークスが彼の名著『アメリカの体験』(3)で指摘したように、「彼ら（アメリカの知的指導者たち）はこの鍍金時代の風潮を容易に是認することができなかったが、そのくせそれを非難攻撃することもできなかった」のである。パークスはこれに続いて述べるが、ニュー・イングランドの知的指導者たちは、この風潮を是正するため、つまりは「レセ・フェール」を主張する新興の産業人たちを抑える意味で、総じて保守的な

「連邦主義《フェデラリズム》」へと傾いている。

「連邦主義」はジェファソンの説いた「農本主義民主主義」とは対極に立つものであるから、ここでもアメリカは自らの矛盾の綻びを修復しようとして、また新たな矛盾を作りだす。というのも、彼らは連邦主義を称揚し、連邦主義へ傾くと「アメリカの歴史を保守的立場から解釈し、清教徒精神と憲法と連邦主義を称揚し、ジェファソンと農本主義をけなし、アメリカの歴史に存在していた根源的要素を拒否した(4)」からである。ここで言う「根源的要素」とはもちろん「自由と平等」の理想であり、しかも彼らが称揚した憲法も、独立戦争を成就させた「自由と平等」の理想の具現化であったはずである。

南北戦争後から新しい世紀にかけて、ニューイングランド知識人たちはこのような矛盾を抱えながら、保守の道を辿り、イギリス(イギリス的生活と文化を含めて)への回帰を心情的に求め、やがて「お上品な伝統」と呼ばれることとなる極度な保守主義へと陥っていった。

この保守的傾向はやがて自らの階層を守るための社会風習としてアメリカ社会の中にいわゆる「道徳的慣習《モーレイズ》」となって根強く残った。外面的体裁を重んずる偽善の色彩を帯びたこの道徳的慣習は二十世紀中葉まで上流中産階級に残ったのだが、奇妙なことに、この慣習に左右される人々も原則的にはアメリカの「根源的要素」を信じ、それを説いた。もちろん、新しくアメリカに渡ってくる移民たち、そして未だ貧しい階層に所属する人たちも同じ「根源的要素」を信じ、かつ保守主義者の支配的社会の中で生きる現実を強いられた。下層にあるアメリカ人たちは従って理想と現実の乖離を身をもって生き、上層にある人間たちはそれを日々糊塗して生きた。シオドア・ドライサーはこの深刻な矛盾しあうアメリカの体験を初めて率直に描こうとした作家だった。

リチャード・リンガマンは従来の伝記作者たちと同様、ドライサーと母親セアラ（Sarah）との強い精神的絆を詳細に記しているが、同時に父親のジョン・ポール（John Paul）との心理的対立をも克明に描いている。文学神話においては、父親対息子の葛藤はごく当然のものに思えるが、リンガマンの主張は、ドライサーが必要以上に父親に対して激しい憎しみを抱いていた、とすることだった。特にドライサーが成年に達するまではリンガマンの主張が当っていたと私も考えている。ただ、ジョン・ポールが一九〇〇年の暮に死んでから、ドライサーの感情に微妙な変化が見られている、と考えるのが妥当である。

ドライサーはインディアナ州のテレホートに一八七一年十人兄弟姉妹の九番目の息子として生れている。[5] 織物職人だった父親はドイツ系移民で、すでに五十歳になっており、熱心なカトリック教徒だった。母親はメノー派の農夫の娘であり、ジョン・ポールと結婚したのは、一八歳の時だったそうである。

父親にとって、シオドアは可愛かったに違いないが、生れた頃には、彼はすでに事業に失敗し、しかも一八六六年に工場の事故で重症を負った後遺症から無気力な初老の男になっていた。従って、ドライサーが物心ついて、やがて少年として成長していく過程では、父親は典型的な「敗残者」であり、アメリカン・ドリームの虚しさをかみしめる夢破れた「夢想家《ドリーマー》」に映ったに違いない。しかも、ジョン・ポールは宗教心と神への恐れだけは厳しく口にし、兄や姉たちの身に起こる不運に対して為すすべを知らず、口やかましく叱責するだけの存在と化していた。ドライサーはこのような父親を「幻影―宗教という阿片のごとき夢想―の中に逃避している(6)」と考え、やがて後に彼が宗教を人間にとっての「幻惑《イリュージョン》」ときめつける根底を作っている。

この父親の像はドライサーの作品の中に繰り返し使われるイメージである。特に『ジェニー・ゲアハート』(*Jennie Gerhardt*, 1911) と『アメリカの悲劇』(*An American Tragedy*, 1925) の中に登場する宗教心にこり固まった無能な父親の姿は、ドライサーが自分の父親に対して抱いていたものをかなり正直に書き表したものと考えられている。

では、なぜこれほど厳しい感情で彼が父親を見ていたのか、と考える時、それは彼自身の中に存在する一部を無意識のうちに追放してしまいたいという感情が働いていたためではないかと推測できる。というのは、ドライサーは文学手法上は現実主義者であるが、その精神においては夢／理想の世界に生きる部分を強烈に持ったロマンチストだったからである。

反宗教意識を抱きながら成長し、唯物論者となり、進化論に共鳴し、後には共産主義者たらんとしたドライサーをロマンチストなどと評すれば、奇妙に思われるかもしれないが、彼はそういう人である。彼は『シスター・キャリー』（*Sister Carrie*, 1900）のキャロライン・ミーバー（Caroline Meeber）であり、『アメリカの悲劇』のクライド・グリフィス（Clyde Griffiths）である。アメリカの「根源的要素」を信じ、成功を夢見る人だった。だが現実のあまりの貧しさと、自らの意思の弱さと性的欲望の強さにたえず挫折感を背負されて生きてきた。だから、彼にとって、単に夢想家として無為の日々を送り、空しい宗教心だけを説く父親に似た部分は、自分の中から追放しなければならなかったのである。

特にドライサーが反撥したのは、カトリック教義から発する父親の保守的な道徳観、性に対する考え方だった。十九世紀末のアメリカはすでに述べたように非常に保守的となり、清教徒主義から練りあげた「お上品な伝統」に執着した社会通念が最高潮に達していた時代だった。父親の道徳観はこの時代の雰囲気に後押しされていたかもしれない。

しかし、一方でこの時代のアメリカには進化論もすでに普及し、人間が動物としての本能的な欲望を持ち、その一端に性欲があるとする考え方は徐々に社会の中に浸透していた。ドライサーも少年期から青年期にかけてこの事は充分理解していたが、彼は人並以上に性欲が強い少年であると自覚していて、それを抑えることができないことに悩んでいた。自伝の『あけぼの』（*Dawn*, 1931）の中で述べているように[7]、過度の自慰行為で一時ノイローゼになったほど、罪悪感を抱いている。

つまり、彼は性欲についても現実と理想の板ばさみになった少年期を過している。厳しすぎる父親の性道徳観に反撥しながら、そこから完全には脱却できないままであった。『シスター・キャリー』の冒頭、キャロラインがシカゴへ旅立つ時、ドライサーはこう書いている――

女が十八歳で故郷を後にするとき、二つのうちいずれかのことが起こる。救いの手に落ち、より良くなるか、あるいは急速に広い世界の道徳律を身につけ、悪くなるかのいずれかである。このような場合、バランスを取って、その中間を行くことはまずありえない。(8)

ここでドライサーは従来の道徳観にならい、「救いの手」（"saving hands"）、つまり神の恩寵に似た手が差しのべられるなら、彼女は「より良くなる」が、「世界の道徳律」（"cosmopolitan standard of virtue"）、言うなれば、現在この世に広がっている道徳律を身につけるなら「悪くなる」としている。この一文は主人公の将来を暗示する重要なものだが、キャリーの人生を「良くなる」、「悪くなる」といった従来の道徳律で判断し、読むとするなら、ドライサーの意図とまったく反してしまう。

彼は少年時代からすでに姉たちの不幸な男性関係を知っていたし、また敬愛していた長兄ポールの愛人、サリーが高級娼家の女主人であったことも身をもって体験していた。現実の男女関係や性習慣が「お上品な伝統」によって守られている表面上の道徳意識とかけ離れて存在していることを彼は身をもって知っていたことになるのだが、それでいて、彼自身は必ずしも当時の社会が強制してくる「道徳律」に積極的に反逆することができなかった。だから、ここでも、通念的に「良くなる」、「悪くなる」と簡単に書いてしまう。

ドライサーは後になると性欲を含めて「欲望」を人間のエネルギーとして肯定的に書くようになるが、性そのものについてはあまり厳密に考えたのではない。むしろ、ある意味ではずさんな考え方しかしていない。『アメリカの悲劇』の中で、主人公のクライド少年がホーテンス(Hortense)という性悪女に恋をし、彼女との性的関係を願っていながら、わずかに逡巡している。「それは性的関係そのものが悪いとかいうからではなかった。むしろ、今(姉エスタの不幸を)見ているように、性的関係自体に問題があるのではなく、無知や考えの無いあまりに行なった後の結果に問題がある」(9)と、彼が考えたからである。現実的にすぎるかもしれないが、このような考え方こそ当時の若者たちの現実の「世界的道徳律」だと、ドライサーは信じている。

当時のアメリカ社会の表面上の「道徳律」は結婚という制度外の性的関係を認めなかった。ドライサーはそれに断固反対だ、と原理的に主張するわけでもないし、また、D・Hロレンスのように性的関係に人間の根源的連帯を見ようとするものでもなかった。(10)彼はリーハンが指摘したように、少年時代に町のパン屋の娘に誘惑され、初体験をした男であり、またリンガマンが詳細に記すように、新聞記者時代には下宿の先々でその女主人たちに肉体的に愛されている。成功した小説家としての名声を得てからのドライサーは「奔放すぎる」（"promiscuous"）女性関係でも有名だった。反面、彼には「お上品な伝統」を身につけたいかにも清純な女性を理想とするところがあった。最初の妻セアラ・ホワイト（Sara White）はその典型だった。

彼女はミズリー州の古い家柄の農業者の娘で、大学教育を受け、学校教師をしていた女《ひと》で、リンガマンは「彼女はもの静かで、上品な女性であり、シオドアの自己中心的で粗野な性格を補うにあまりあるところがあった」(11)と描写している。しかし、そうであったから、ドライサーは二歳年上だったセアラをすぐに自分を拘束しすぎる重荷と考えるようになるし、彼女の方もドライサーの性に対する態度についていけなかったのか、結婚後わずか二年あまりで不仲になっている。この二人の関係と感情の齟齬は後に『資本家』（*The Financier*, 1912）、『〈天才〉』（*The "Genius"*, 1915）、『アメリカの悲劇』の中で使われる。特に自伝的小説と銘打った『〈天才〉』では主人公のユージーン・ウィトラ（Eugene Witla）とその妻となるアンジェラ・ブルー（Angela Blue）との求愛から結婚生活、そしてその破綻まで実に細々と描かれることになる。

現実の結婚生活でも、虚構の世界での男女の性道徳についても、ドライサーは現実と理想のどちらに執着すべきかきわめて曖昧なままであった。だから、キャロラインが外見の良い「女たらし」(12)と作者自身が名づけたチャールズ・ドルーエ（Charles Drouet）と肉体関係を持つ場合に、それは彼女の貧しさと物欲のための現実的便法と書き、精神的愛情の故とか、あるいは強い罪悪感をもって、とすることができなかった。

性道徳に対するドライサーの態度の曖昧さはやがてアメリカ社会からは厳しい批判を浴びることになるが、彼は自然主義者として、性を人間の根源的な一部と見做してはいたが、といって、それを信じていたかどうかは疑わしい。というのは、ハーバート・スペンサー流の「社会進化論」を信奉したドライサーはまた社会的な「成功者」、つまり「適者」への関心が非常に強かったからである。そして、社会的に「成功者」たるべき者は精神的に強靭でなくてはならない、と彼は考えていた。これは、性欲にも負けない強い意志をを持つことを暗黙のうちにさしていた。

『アメリカの悲劇』の主人公、クライド・グリフィスの欠点は、この精神的強靭さを欠くことにつきている。彼は自らの欲望をエネルギー源として、社会の階段を必死で登ろうとするのはよいのだが、その欲望（性欲を含めて）をコントロールする意志の強さを欠き、女性問題で身の破滅を惹き起こしている。

おそらく、ドライサーもクライドと同じ心情だったのであろう。彼は父親の存在とその資質を否定し、自らはアメリカの成功者たらんと志ざしていたが、父をはじめ、家族の者たちの不行跡を見ていて、自分もまた遺伝的、環境的に同じように劣悪な要素しか与えられていないのではなかろうか、と恐れていた節がある。特に性的欲望について、克己心と倫理観の上で、兄や姉たち同様に他の人々より劣っているのではないか、そして、やがてはそのために社会の底に転落していく宿命を負わされているのではないだろうか、とドライサーは心のどこかで考えていたのではないだろうか。

華々しき「成功」はドライサーの夢であり、理想であったが、自分はそれにふさわしい現実／実体を持っているのかどうか、自分はその夢と現実の板ばさみとなり、やがては敗残の身をさらすのではないだろうか、これがドライサーがひそかに持ち続けた妄執だった。従って、彼はきわめて現実的でありながら、かつまたきわめて非現実的である。自然主義文学の代弁者となりながらも、実はロマン主義精神に満ちている。唯物論者であり、宗教を否定しながら、宿命的な神秘論者でもある。言うなれば、ドライサーは信条としては矛盾の典型のような人である。しかし、それが十九世紀末から二十世紀の前半を生きた貧しいアメリカ人の現実だったと言うことはできる。彼らは生きるため、そして世に成功するためにこの時代を生きた。ドライサーの小説はその人々の軌跡を丹念に描くが、描くその人自身がまた同じ軌跡を辿っている。

第一章　『シスター・キャリー』
―自己発見の旅

ドライサーは念願だった処女長編の『シスター・キャリー』[1]を一九〇〇年の十一月に出版した。この小説は当時原稿が持ちこまれたダブルデイ・アンド・ペイジ社の編集リーダーをしていた新進作家のフランク・ノリス（Frank Norris）が「（私が）これまで読んだどの小説にもひけをとらぬ作品」[2]と、激賞したように優れたものだったが、それだけでなく、折しも新しい息吹をあげ、次第にアメリカに確立し始めていたリアリズム文学にとっても画期的な小説だった。また、シカゴとニューヨークという代表的な近代都市を背景としたいわゆる「都市小説」（"The City Novel"）のジャンルを確立した作品として、アメリカ文学史上では重要な意義を持つものだった。

だが、一方でこの小説の新しさの故に『シスター・キャリー』は文学的にも、社会道徳的にも世紀転換期のアメリカに様々な波紋を投げかけ、ドライサーを精神的に苦境に追いこむことになった。出版にまつわる経緯については、すでに語りつくされてきたが、ノリスの進言を受けて、ペイジ氏は社主のダブルデイの留守中にドライサーと出版契約をしていたが、ヨーロッパから帰国したダブルデイ氏は原稿を読み、出版を拒否し、「この小説は不道徳《インモラル》であり、文章もひどい」[3]と述べたのである。しかし、ドライサーはあくまでも契約の履行をせまった。その結果、ダブルデイ社は千部だけ、いわば形だけの出版をし、いっさい宣伝活動をしなかった。『シスター・キャリー』はその年の暮から翌々年、一九〇二年二月までにわずか四五〇部ほどしか売れなかった。ドライサーにとっては何とも惨めな出発となったが、かえってこの挫折は、後になって文学上の感情構造を如実に示すものと考えられるようになり、この小説は文学史において十九世紀的感性から二十世紀的感性へと移り変る格好の里程標となった。

　ドライサーが『シスター・キャリー』を書き始めた事の次第については、これまで語りつがれてきた神話こそあれ、事実は必ずしも明らかではない。新聞記者生活に満足できず、また雑誌編集者、寄稿者としてかなりの成功を収めていたが、ドライサーの念願は小説家になることだった。彼は小説家として名声と金銭の両面で成功をかちとることを願っていたのだが、一八九九年の時点まで小説（記者時代に短編小説風の読物を二、三書いてはいたが）には本格的に手を染めていなかった。この頃、彼はフリーランスのライターとして、単独、あるいは当時非常に仲のよかったアーサー・ヘンリー（Arthur Henry）との協同作業で新聞や雑誌にいわゆる「読物記事」を書きまくり、ジャーナリストとして一応の評判は得ていた。しかし、それはあくまでも「雑文書き」（"Hackwriting"）であり、金を稼ぎだすためだった。

ヘンリーはその頃ドライサー以上に小説家への野心が強く、『アルカディアの姫君』（*A Princess of Arcady*）という作品をすでに書き進めていた。（彼はこの小説を皮肉なことに同じダブルデイ社から一九〇〇年に出版しているが、小説家としては名を成すことができなかった。）一八九九年の夏、ヘンリーはドライサーとその新妻セアラをオハイオ州モーミーにある自宅に招き、共に暮した。その折、彼はドライサーにも創作をすすめ、ドライサーも試みに短編小説を幾つか書き、ヘンリーに読ませている。

この夏、ドライサーが書いた短編は「蟻になった男」（"McEwen of the Shining Slave Makers"）や、後に二十世紀短編小説集などに選ばれることになる「黒んぼジェフ」（"Nigger Jeff"）などである。後者はセントルイスの記者時代に「読物記事」として書いたものを小説に書き直した短編である。若い野心的な新聞記者の視点から白人少女を犯した黒人の私刑を追う物語である。暴走する民衆と対立する良心的な保安官、そして、民衆が黒人を奪い橋上から吊し首にする光景など丹念に追って描きだしている。正義とは何か、黒人であることの惨さ、などを若い記者は職業的立場を離れ、人間として考察するに至る。最後に記者が私刑にされた黒人の母親の家を訪れ、その慟哭を書く部分は優れた結末となっている。

ヘンリーの当時の妻モード（Maude）の言によると、この夏にドライサーは『シスター・キャリー』を書き始めたことになっている。(4) ドライサー自身も後に生涯の友となる批評家のメンケン（H. L. Mencken）に宛てた手紙の中で、九月になって、ヘンリーに長編小説を書くようにせがまれ、ついに「私は一枚の黄色い紙を取り、彼を喜ばせるために思いつくまま『シスター・キャリー』という題を書き、それから最初の一文を書きだした」(5) と書き送っている。リンガマンはモードの言葉も、ドライサー自身がメンケンに書き送った描写にも多少の創作が加わっている、と推測し、実際にドライサーが書き始めたのは一八九九年九月下旬、グレニッチ・ヴィレッジの自分のアパートの食卓で鉛筆書きで「シスター・キャリー」という題を記したのであろう、と考えている。(6)

後にドライサーは自分に密着取材して伝記を書いたドロシー・ダドリー（Dorothy Dudley）(7) に対して、「名前以外はまったく空白だった」と語っているが、しかし彼には小説のプロットの原型もあったし、「シスター・キャリー」という題を思いつかせる原因もあった。それは、すでに多くの論者たちが指摘しているように、ドライサーの二番目の姉で、八歳年上のエマがキャリー・ミーバーのモデルとして存在していたからである。しかも、リンガマンの新しい指摘によると、(8) エマはドライサーを大変に可愛がっていた姉で、彼に宛てた手紙の最後を必ず「いつまでもおまえの／シスター・エマ」と締めくくっていたとのことである。従って、エマをモデルに小説を書こうと考えたドライサーはごく自然に「シスター・キャリー」という題にしたのであろう、とリンガマンは述べている。

事実、エマと彼女の中年の愛人によるシカゴからの逃避行は『シスター・キャリー』のプロットの原型とはなっている。エマは一八八三年、二十歳の時にドライサー一家が暮していたインディアナ州サリヴァンの町を後にし、一人でシカゴへ出ている。彼女は生活苦からかなり苦労するが、やがてホプキンズ（L. A. Hopkins）という四十歳にもなる男と一緒にカナダへ駆け落ちをしている。この男はチェイピン・アンド・ゴア（Chapin & Gore）というチェイン店の酒場を経営する会社の事務をしていた伊達者で、会社の金を三千五百ドル盗み、若いエマを伴ってモントリオールへ逃げた。一八八四年のことである。

その後、ホプキンズは盗んだ金のうち八百ドルを手許に残し、残金を会社に返却し、訴追をまぬがれ、エマと共にニューヨークへ行っている。そこでは彼は時折り雑職についたが生活能力もなく、また気力も失せ、エマにいかがわしい評のある下宿屋を経営させ、自身はエマのヒモのように生きた。彼はしまいにエマに愛想づかしをされ、一人シカゴに舞い戻ったようだが、その後どうなったか消息不明となってしまった。

エマはキャリーのように女優となって大成功を収めたわけでもないし、またホプキンズもハーストウッド（George Hurstwood）のように落ちぶれて、バワリー地区を物乞いしながら暮し、最後に自らの生命を絶ったわけではない。しかし、『シスター・キャリー』の大枠のプロットがエマとホプキンズの実人生から作られていたことは間違いないことである。

にもかかわらず、キャリーことキャロライン・ミーバーの形成にはドライサーが自らの姿を投影したことも事実である。これは当然と言えば当然のことである。いかなる作品でも作者自身の姿の投影がなされない主人公などありえない。しかし、ドライサーの作品においては『シスター・キャリー』に限らず、作者の意識的な自己投影がきわめて顕著である。『ドライサーとその小説』を書いたL・E・ハスマンなどは「ドライサーが『シスター・キャリー』の主人公である」[9]と述べて、『シスター・キャリー』論を始めている。また、リーハンも「ドライサーの最初の長編小説は気妙なほどに個人的問題《ア・パーソナル・マスター》である。ドライサーはキャリーとハーストウッドの両方に自らを一体化させている」[10]と指摘している。

ドライサーが意識的に自己投影をしていることを、ハスマンやリーハン以上に事例を挙げて例証することができる。例えば、ドライサーはキャリーの旅立ちを「一八八九年八月」とし、その年齢を十八歳と明示している（三）。これはリーハンも指摘しているが、ドライサーはその二年前の八月、ちょうど十六歳の誕生日の直前にインディアナ州ウォーソーの町からシカゴへ旅立っている。彼はキャリーの旅立ちを正確に二年おくらせ、（女性だったから、十六歳の門出は少々早すぎると考えてのことだろう）自分とキャリーを物理的時間の上で重ね、やがては心情と背景の上でも自分の物語としてこの女主人公を創造していこうと考えていたように思える。

　キャリーは小説の冒頭で故郷の町、ウィスコンシン州コロンビア・シティ[11]から汽車に乗るが、その時彼女はふつうの少女とは違って、感傷にひたることもなく、強い「悲しい気持」（"regret"）を抱いたわけでもない。「シカゴに行ったにせよ、コロンビア・シティはそれほど遠いわけではない。わずか二、三時間――二、三百マイルの距離などどうってことはない」（三）と彼女は考えている。これはドライサーの自伝『あけぼの』の中で少年の彼がシカゴに旅立つ直前に母親と交わす会話とほぼ同じである。彼は母にむかって「シカゴだってほんの三時間のところだから」と言い、「ぼくは母に別れのキスをした時もそれほど悲しい気持（"regret"）は感じなかった」[12]と記している。"regret"をキャリーの場合の文脈に合わせて「悲しい気持」と訳したが、ドライサーがまったく同じ言葉を使っていることから、二人を同一体と見做していた証拠にはなる。但し、『シスター・キャリー』の方が年代的に早く書かれていることから、ドライサーが少年の自分の感情を書き記す時に、自らキャリーに思いをはせていたとも言える。そうであれば、彼はキャリーの心情は自分のものだった、と認めていることにもなる。

　同じように、キャリーが汽車で夕暮時にシカゴへ近づいていく時の高揚した感情を書くドライサーは、彼女を騎士《ナイト》にたとえ、見知らぬ都市を征服しようという「奔放な夢を描いて」いる「装備も十分でない」若武者（四）と描写している。これは、『あけぼの』の中でシカゴ駅に降り立ち、「まさにこれからこの世を征服しようという」意気込み（二九六）だったドライサー少年の心情と重ねることができる。旅立ちの場面一つ取っても、このような細かい類似は枚挙に暇がないほどである。

従って、キャリーが作者ドライサーの心情の代行者であったことを認めておいて論を進めるとしても、小説作り、そしてその中核をなす人物の創造はそれほど単純ではない。この点はハーストウッドの創造についても同じである。後で彼とドライサーの共通性についても述べるが、人物創造は現実の作者と、作者によって想定され、形作られた虚構の人物との一種の相互作用《インター・アクション》の結実である。作者は自分で創造したはずの人物から強い影響を受ける可能性がある。キャリーの場合がそうである。ドライサーは彼女を自己の心情と重ねながら形成しているのだが、同時に彼女の行動に自己の過去の存在と将来の目標の意味を見出し、かつそれを分析している。

ドライサーは初めて長編小説を試みながら、その過程で主人公を通じて、自己とは何か、自分の前半生の存在とは何であったのかを考えている。そして、これから先、何を目指すべきか、キャリーと共に思索する立場に立っている。ドライサーにとって、『シスター・キャリー』の創作は自己を書きこむと同時に、自己発見の旅という可能性を秘めていたのである。

＊　＊　＊

キャロライン・ミーバーは十八歳でシカゴにむけて故郷の町を旅立つ。ヴァン・ビューレン通りに住む姉夫婦の住所を記した紙とわずか四ドルの金を入れたハンドバッグ、そして紙袋に入れた弁当を手にしてだった。しかし、彼女には若い女性の夢と磨けば美しくなりそうな美貌と姿態こそあれ、それがどのような意味をこの世で持ちうるかまだ意識もしていない娘だった。ドライサーが書くように、適切な「救いの手《セイヴィング・ハンヅ》」(三)に助けられないかぎり、彼女はたやすく都市の犠牲者となり、堕落していくことは明らかである。

当初、都市で生きようとする彼女を圧倒するのはその現実である。若者の夢("fancies")や形成期にある娘の美貌など、貧国と階層差の現実の前にはもろくも崩れ去っている。彼女が直面するのは、適切な職業的訓練を受けていない者には最下層の職(週給わずか四ドル五十セント)しかないという現実であり、しかも貧しい姉夫婦にとって、わずかな給料の中から提供するキャリーの四ドルの下宿代が不可欠の生活費の一部となったことである。この厳しい現実はシカゴに一人やってきて、自立して暮していこうと決意したドライサー少年にとっても同じだった。いや、それ以上に、職探しの日々、その職さえ見つけることのできなかった焦燥感と困惑は十九世紀末に都市に大きな期待を抱いてやってきたアメリカの若者たちの心情をよく代弁していた、と言うべきである。

キャリーの場合、男性だったドライサー少年より事情は不利だった。彼女は一ヶ月も経たないうちに風邪をひき、かろうじて手に入れた靴の皮革の型抜きの職を失っている。職を求めてシカゴの街をさまよう時、彼女は誘惑者のチャールズ・ドルーエの手中に落ちる羽目となっている。ドルーエは決して悪辣な男ではない。シカゴ行の汽車の中で偶然キャリーが出会った最初の都会人であり、旅廻りのセールスマンで、若くて羽振りの良い女好きの男である。気の良い男だから、田舎娘のキャリーを食い物にしようとしたわけではなく、単に美しい世間知らずのキャリーを自分のものにしたいと考えただけである。後になって、彼女があでやかな女性に成長していくと、彼は結婚という正式の男女関係を暗示してはいるが、当初は彼にそんな気持はさらさらない。当時の社会規範からすれば、ドルーエはキャリーと「邪まな」(“illicit”)関係を結んでいるわけで、彼女は言うなれば「堕落した」(“fallen”)女として非難されて仕方のない状況に陥っている。

しかし、ドライサーはキャリーの状況を決して「堕落」とは書かない。これが貧しい移民者の娘が都市へ出て、ほとんど無一文の状態で生きていく現実であった、と書いている。職を失い、シカゴにとどまるべきか、故郷の町へ帰るべきかを決しかねて、街を歩くキャリーは偶然再会したドルーエによって自分の手に押し込まれた二枚の十ドル紙幣を見つめながら、つくづくと金銭の持つ真の意味を悟っている。彼女は「お金はそれ自体が力だ」(五九)と実感する。「お金、お金、お金!手にしていると、なんと素晴らしいものなんだろう。お金さえたくさんあれば厄介な問題などなんとたやすく解決できることか」(六三)と、考える。生きていくためには、ドルーエとの反社会的生活の罪悪感など、とるに足らないものとなっている。ドルーエの方はキャリーを予期したとおり手中にして、「わが征服はなんとうましきもの」（八五）と悦に入っているが、キャリーの方も「わたしが何を失ったというの？」（八五）と、悪びれもせずに自分の状況を肯定している。

当時のお上品な「清教徒的《ピュリタン》」道徳観からすれば、眉をひそめて非難されるべきキャリーの心情である。いや、ドライサーの心情と言うべきだろう。というのは、彼は現実をあるがままに見ようとしない社会規範とその上辺だけを取りつくろう道徳観に我慢ができなかった作家だったからだ。これは頑なに宗教的道徳観を子供たちに強制してきた父親への反発から一層強くなったドライサーの心情である。

彼は自分の兄や姉たちの反社会的行動を体験的に知っていた。また、その結果生じた彼等の不幸な現実を援けることもせず、いたずらに厳しく非難するばかりだった無能な父親を嫌悪し、本能的に唯物論的現実主義者にドライサーはなっていた。だが、そのくせ、彼は人間の欲望を全面的に肯定する立場に至ったわけでもない。自伝から察すると、ドライサーは自分の欲望の強さを嫌悪さえしているが、またその強さを制することもできていない。

ドライサーの矛盾はすでに序章で指摘したが、一方で人間の欲望（性欲も含めて）を向上進歩のためのエネルギー源として是認しているが、また『アメリカの悲劇』の主人公クライド青年に意識させるように、欲望の制御こそ社会的成功につながると考え、自らの中の強すぎる欲望を嫌っている。大きな矛盾のように見えるが、彼にとって明白なことは、宗教的教義にとらわれていた父親のように一方的に欲望を人間の悪と見なそうとはしなかったことである。それなしには、人間は社会的により高い場を望む向上心がなくなってしまう、と考えたのである。

キャリーはドライサーの欲望に対する肯定的な見方から創造された女性である。そのため、彼女は男をかえ、職をかえ、果てしない欲望におされて社会の階段を一歩一歩高みへと昇っていくことができる。ドルーエとの関係はその一歩でしかなく、彼女にとって社会的規範や宗教的教えを犯したという罪悪感はきわめて微少となり、自らの上昇のために「何を失ったというのか？」という感慨になる。もちろん、このようなキャリーの心情と行動故に、『シスター・キャリー』は出版時に「不道徳」というレッテルを貼られることになるが、ドライサーの方は、自分の心情、そして自らが体験してきた現実を書いていたのだから、「不道徳」とか「反社会的」とかの杞憂はその脳裡にかけらほどもなかったはずである。

さらに、ドライサーがキャリーを貧しいながら、階層に非常に敏感な女性として描いていることに気づくべきである。これは、ドライサー自身が少年時代から感じていた本能的な敏感さであった。彼はシカゴの三流新聞『デイリー・グロウブ』（*Daily Globe*）で見習い記者として二十歳の年に職を得るまで、あらゆる種類の雑職についているが、どの職場でも同僚の人間と自分が同じ貧困層にいながらレベルが違うと感じている。彼は社会の最下層においてさえ、人間には様々なレベルがあり、そこから這いあがろうとする人間、そこに安住する人間、そこからさらに転落していく人間がいることを悟っている。ドライサーは『あけぼの』の中で、兄のロームと共にシカゴ郊外の鉄道操車場で働いた時のことを書いているが、通勤の途中、自分たちと同じような労働者の群れを見て、「乏しく貧しい生涯に縛りつけられた人々[13]」と感じ、彼はこのままでは自分も彼らと同じ、つまりは父親と同じように人生の敗残者となってしまうと危惧している。

キャリーも同じである。彼女はかろうじて手にした製靴会社での職場に働く女たちを自分よりレベルの低い人間とすぐ見ている。「自らの運命に満足して、ある意味では〈ありふれた《コモン》〉女たち」(五〇)と彼女は決めつけている。昼休みの間にお喋りに興ずる彼女たちに対しても批判的で、話し方、衣装のセンス、話題などの点で、キャリーは自分の方がレベルが上、より想像力が強い(五〇)、と考えている。

この自負の念はよい方に働けば自己を向上させるエネルギーとなる。悪く働けば、自己の置かれた環境になじめず、人間を転々とさせる。ドライサーはこの両面を知っていたはずである。彼が職を転々と移り、新聞記者となっても常に不満を抱き、悶着を起こして、渡り記者のように放浪したのも、実は彼が社会の階層自体に反発し、その存在を人並以上に強く意識していながら、なおかつ自分の所属する階層の中にもレベル差を意識し、自分だけは同じ階層の中で最上であるという自負心（これもドライサーの矛盾の一つだが）を持っていたため、と推測することができる。

キャリーはこのようなドライサーの意識をよく具現化した女性である。彼女がドルーエと同棲し、彼の資力で衣食を十分に与えられ、女として見事に開花していくにつれ、キャリーはその途中ですでにドルーエよりも自分の方が人間のレベルが上であることを強く意識するようになっている。従って、彼女がジョージ・ハーストウッドという高級酒場の支配人に関心を移していくのは自然の成り行きと考えられてしまう。ハーストウッドはキャリーの上昇のために犠牲となった男である。家庭的な問題があったにせよ、キャリーという存在を求めたために、店の大金を盗んでしまい、やがてはニューヨークに彼女を伴って出、所持金を使いはたし、転落の道を歩まざるをえなくなったのであるから。

それにひきかえ、キャリーの方はニューヨークで女優として働くきっかけをつかむと、コーラス・ガールから喜劇の端役へ、さらには助演女優、そして主演女優へと着実に上昇の道をひた走りに進んでいる。しかも、その途中で、インディアナ州出身の電気技師で発明家のエイムズ（Ames）なる青年に出会い、彼からさらに上の世界があることを悟らせている。それはただ生きることだけを考えて社会の階段を昇ってきた女には思いも及ばなかった崇高な世界─芸術的・精神的に充足する世界の存在だった。

物語の表面上の進行だけ考えれば、キャリーは当時の「お上品な伝統」に育まれた読者たちが断じたように、男との「邪まな」関係を利用して、社会の中で上昇していく不道徳きまわりない女性ということになる。しかし、ドライサーは、移民者、あるいは移民者の貧しい家庭に育った人間にとって、キャリーの秘めた上昇意欲、つまりは物質的豊かさへの欲望は彼らを支えるもの、と考えている。彼はそれによってアメリカ人の「成功の夢」が醸成され、またそれを具現化する力が生じる、と考えている。ドライサーは一八九七年にO・S・マーデン（Orison S. Marden）というアメリカの「成功神話」の信奉者が出版していた週刊誌『サクセス』のために成功者たちのインタヴュー記事を数多く書いたが、この時に成功のために最も重要なものを良い意味での「欲望」（Desire）だ、と感じとっていた。しかし、前に述べたとおり、彼はその反対の意味も感じていたのであり、それがエイムズという青年の導入の意義である。ドライサーはエイムズに「ぼくはお金持になどあまりなりたくない」（二九五）と言わせて、キャリーをびっくりさせている。彼女に物質的成功は結局は空虚であり、更にその上に人間は精神的充足の世界があるということを暗示的に示すのである。

エイムズはエジソンをモデルとしていたという推測がすでになされている。[14] モデルが誰にせよ、エイムズの導入はキャリーの物語の結末に重大な余韻を与えることになっている。もちろん、この結末部分（四五三―五五）については、ドライサーの最初の原稿にはなかったが、出版の際に書き足されたものとされているから、原稿を尊重するペンシルヴァニア大版（現在市販されているペンギン・クラシックス版）では省かれている。[15] しかし、刊行された版こそ（異本であれ）読みつがれてきた版であり、ドライサーが自分のものと認めてきたのであるから、それが仮に親友のヘンリーによって書き足されたにしても問題はあるまい。エイムズを導入したのはドライサーであるからだ。その結果、キャリーは成功した今も、窓辺で揺り椅子に座り、過去の半生とはいったい何であったのか、そして未来の果てしない精神的な充足をひたすら望み、夢見るように渇望の心に浸っている。これは、三十歳を間近に控え、曲りなりにも「雑文」作家として成功し、生活の不安を乗り越えたドライサーが念願だった小説家として出発する決意をこめた心情ではなかったろうか。

しかし、『シスター・キャリー』はキャリー・ミーバーだけの小説ではない。自然主義文学の立場から見れば、キャリーは社会の中で生きのびていく適者（the fittest）の具現であり、自ら内在させていた遺伝的素質（美貌と女優としての才能）を偶然性を利して開花させ、恵まれていなかった環境的要素を欲望という内在するエネルギーによって補いながら社会の階段を着実に昇っていく存在となっている。だが、この小説はもう一人の主人公ジョージ・ハーストウッドなしでは成立することができない。特に後半において、キャリーよりもハーストウッドの方が読者の関心をひきつけ、彼の転落の物語に作者さえもが熱中してしまっているように読むことができる。

後に書く幾つかの長編小説で例証することになるが、ドライサーは常に対照を好み、バランスを手法上も主題上も求めた作家であるが、特に『シスター・キャリー』では、ハーストウッドとキャリーの対照の妙は最高である。彼の転落はこの小説には不可欠であるばかりでなく、ドライサーの心の中にあった妄執に近い転落の不安を暗示するものとしても興味がつきない。

ハーストウッドという姓は当初おそらくドライサーによって無意識に作られたものであろうが、後に「欲望三部作」（"The Trilogy of Desire"）と呼ばれていることになる作品の第一巻に当る『資本家』（*The Financier*）を書き始め、ドライサーがその主人公の名前をフランク・A・クーパーウッド（Frank A. Cowperwood）とした時、彼はハーストウッドという姓を意識していたのではないかと、推測することができる。ハーストウッドは自然主義文学の立場からすれば、明らかに弱者、非適者である。それに比し、実在のチャールズ・T・ヤーキーズ（Charles T. Yerkes）をモデルとして構想されたクーパーウッドは社会の中の適者であり、典型的強者である。彼のクーパーの綴字の中に「力」（"power"）の文字が隠されており、語尾のウッドはハーストウッドの場合と同じに、姓の形をととのえるための語尾と考えることができる。

このように考えれば、ハーストウッドの前半の綴字に隠されている文字は「傷つけられた」

（"hurt"）が一番妥当である。彼は弱者であり、社会で生きのびていくには「非適者」であるが、同時に何かによって「傷つけられた」存在でもある。そのために、彼は弱者として、社会の最下層に転落し、最後には自らの手で存在を消滅させてしまうように設定されている。

ハーストウッドのモデルとなったのはエマの夫のホプキンズということになっているが、同時にドライサーの父親のジョン・ポールではなかったかと思われる節が多々ある。さらには、ドライサー自身の潜在的不安を書きこんでいたとも推測できる。

ドライサーの父親、ジョン・ポールはドイツからの移民で、優れた毛織物の職人だった。兵役逃れで、アメリカに渡ってきて、マサチューセッツ州から西へと流れてきた男だが、オハイオ州でジョージ・エリス（George Ellis）という毛織商に気に入られ、彼が工場をインディアナ州テレ・ホートに移した時に職長として移ってきたのである。後にエリスがテレ・ホートの南にあったサリヴァンの町に新工場を建設し、それをジュエット兄弟（D. M. Jewett と E. D. Jewett）という新しい経営者に売ると、ジョン・ポールは工場長として仕事をまかされ、さらには兄弟に説得され、協同経営者になっている。これは彼が四十代前半の頃のことで、ちょうど南北戦争のお陰で軍服需要が多く、織物業界が好況となった時期である。しかし、一八六四年に新工場が火事になり、六六年に工場再建にかかったのだが、その際工場長として現場で指揮をとっていたジョン・ポールは事故で大怪我をし、病床につくことになった。六七年に彼は復帰して、ジュエット兄弟の頼みで、新しい工場に出資するが、南北戦争後の毛織物業界の不況で会社の経営は急激に悪化し、兄弟から一方的に協同経営の契約を破棄されてしまう。彼らは工場を他人に売り渡し、ジョン・ポールはその工場に雇われるが、新しい経営者も織物業を断念し彼を解雇してしまう。

ドライサーが生れたのは、この父親が解雇された一八七一年の時である。ジョン・ポールは人生の半ばまで順調に進み、「アメリカの夢」を実現しかけていた移民者である。四十代の半ばまでに、一世の移民としてはまずまずの地位と経済状態を手にしたのであるが、そこから次々に不運の連続で、やがて気力も体力も失い、人生の敗残者のように日銭を稼ぐ便利屋となり、妻子の収入をあてにして生きる男になってしまっている。幼時から少年期にかけて、ドライサーが見ていたのは無気力、無能なこの父親の姿であり、宗教的教義を口うるさく説き、夢破れた「夢想家」の惨めな現実であったから、彼が反発を感じたのも当然である。

ハーストウッドの人生の軌跡はジョン・ポールのものとは似ても似つかないように見えるが、本質においては実は同じである。キャリーがドルーエに紹介されて初めて会う時点でのハーストウッドは四十歳を迎えようという中年の紳士で、シカゴの一流の酒場の支配人である。最高級の洋服をまとい、洗練された身のこなし、話術の妙、すべてが彼を上流階級の人間と思わせる。しかし、実際は彼はバーテンダーから叩きあげて、現在の酒場の所有者に気に入られて支配人の地位を与えられているにすぎず、経済的資力は皆無の男である。家庭には保守的で冷たい妻、年頃の娘と息子がいるが、四万ドルの価値がある家屋敷の名義は妻のものとなっている。彼はキャリーには家庭があることを隠していたが、実際に、彼にとってそれは無いに等しいものだったからにすぎない。ハーストウッド自身、自分を誤解しているが、彼が魅力のある中年紳士でいられるのは、彼の地位（環境）によるところが大きい。シカゴの第一級の紳士たちと気軽に言葉を交わし、しゃれた会話を楽しみ、その人々から「ジョージ、ジョージ」と呼ばれ、人気があるのが彼が過去数十年の間に築いてきた支配人という立場のためであって、彼の内在的資質のせいではない。

自然主義文学の観点からすれば、ハーストウッドは本来は優れた内在的要素を持たない弱者であるが、環境的要素に恵まれていたので、生きのびてくることのできた存在である。従って、その環境を取り外せば、当然ながら彼の内在的素質が社会の中で試され、それが不適だと判明すれば、非適者として転落していくことになる。ドライサーは父親の実例を知っていたから、このような自然主義的観点に加えて、更にその転落を助長する「力」が人生にはあることを強く意識して書いている。

彼の父親が無力化していくのは、先ず第一に南北戦争後の産業システムの変化に原因がある。つまり、ジョン・ポールのような毛織職人は東部に出現してきた機械化された新式工場の前には太刀打できなくなっていた。これは一介の毛織職人の彼の力の及ばないものだった。第二には、工場への出資と工場の火事、そして再建工事の際の負傷と、偶然の不運によって彼は傷めつけられ、肉体的にも精神的にも弱い存在へと化している。ドライサーはこれと本質的に似た軌跡をハーストウッドに用意している。

ハーストウッドを傷つけるのも偶然に起因する。キャリーとの関係が進展し、それを妻に悟られて、離婚を迫られるという苦境に彼は先ず直面する。このような時、彼は店じまいをしている際、たまたま金庫の扉がきちんと閉まっていないことに気づく。しかも、めったに現金を残していくことのない店主がその夜にかぎって一万ドル以上の大金を入れたままにしていた。この偶然に、ドライサーは更に新たな偶然を仕掛けていく。つまり、ハーストウッドが大金の誘惑にかられて、それを一度は取りだし、思い返して再び札束を金庫へ戻すのだが、混乱していた彼は金庫の中の箱に金をきちんと入れることができなかったことに気づき、もう一度それを取り出している。そして、中の箱の位置を正し、手にした金をその中へ戻そうとする。ドライサーは次の場面をこう書く――

……もう（彼は）今は恐れも何もなかった。何を恐れる必要があろうか?ところが、まだ金を手にしたままなのに、金庫の扉がカシャと鳴った。鍵がかかってしまったのだ。自分がやったのだろうか?彼は把手をつかみ、激しく引いてみた。すでに扉は閉まっていた。なん

ということ！とうとう正真正銘取り返しのつかないことになってしまった。（二四一）

ハーストウッドを傷つける転機となるのはこの二重の偶然性である。多くの論者たちが指摘してきたように、ドライサーは人間の力の及ばぬものが人間の運命を左右する、と考えている。人間が上昇するにも、下降するにもこの力が働き、人間を弄ぶ。不思議なことに、意欲に満ち、上昇機運に乗る人にはその力はプラスに働き、下降の道を辿り、気力を失った人間にはそれは次々とマイナスの作用をしていく。ドライサーはある意味で悲観主義者《ペシミスト》であったから、この偶然性もマイナスへ働く場合を書く方が迫力がある。キャリーの後半生の上昇よりも、ハーストウッドの転落に読者が魅せられるのも当然なのかもしれない。

ハーストウッドの転落は急テンポで進んでいる。彼は盗んだ金を手に、キャリーを伴ってカナダに逃げるが、後を追ってきた私立探偵にすぐ見つかり、金の大半を返却し、訴追をまぬがれる言質を得ている。その折、彼は退職金として千三百ドルを自分の手許に残すように話をつけている。そして、それを元手にニューヨークへ行き、キャリーと新生活を始めるのである。

しかし、彼はここでドライサーの父親と同様に、ある酒場の協同経営権を買い、三年間はその店の収入から生活をたてるのだが、店の地主が土地を処分するという思わぬ出来事から経営権を失ってしまう。店を処分して得たわずかな金もポーカーですってしまい、生計の道を断たれてしまう。彼は職を求めてニューヨークの街を歩くが、四十過ぎの元支配人という男に日銭を稼ぐ職はない。やがて気力も失せ、キャリーの厄介者となり果て、ついに彼女に捨てられて、バワリー地区のホームレスにまで身を落してしまう。

『シスター・キャリー』を都市に挑戦し、果敢に生きのびようとする女性の物語を予期して読み始めた読者には意外な展開だろうが、しかし、ハーストウッドの転落の物語があって実はキャリーの上昇の物語も生かされている。ドライサーはスペンサーに刺戟されて、その社会進化論的な「適者生存」の論理を信じた一方で、自然界に働く均衡作用の哲理も信奉した男である。人間の世界には強者があって弱者もある。しかし、人間は大きな眼で見れば、所詮大海に漂う「藻屑《ウェイフ》」(16)に似ていて、ある者は浮かびあがり、目的の地まで流れつくが、ある者は大海の底に沈んでいく。だが、浮かびあがった者、目的の地に辿りついた者が人生の勝者とはかぎらない。彼らにも更なる地があり、また波にさらわれて大海に漂いいいずる。キャリーの最後の心情の不確かさは、そのような人間を示すものである。

ハーストウッドの形成に父親ジョン・ポールの影をドライサーが意識的に書きこんでいたことがこれまで述べてきたことでも明らかになったと思われるが、更に彼は青年期に人生の敗残者的存在を実際にも見てきている。最初に出会ったのがクリスチャン・アーバーグ（Christian

Aaberg）というデンマーク人である。ドライサーはシカゴにやってくると、一時金物業の会社で働いたが、アーバーグは同じ職場にいた四十過ぎの移民者で、かつてはかなりの教育を受けたらしい男だが、アメリカに渡ってきて、夢破れ、アル中となっていた人生の敗残者である。ドライサーはこの男に可愛いがられ、ヨーロッパの文豪たちの話を聞かされ、この世に文学や芸術という大きな世界があることを初めて知った。

もう一人は、彼がやっと手にした新聞記者の職場にいたジョン・T・マッケニス（John T. McEnnis）である。マッケニスはシカゴの『グロウブ』紙の社会部記者に当時落ちぶれていたが、昔は優秀な記者だった。だが、アルコール好きが災いして、次々と良い職を失い、ドライサーが出会った頃は衣服も汚く、酒くさく、他人に酒代を借りまくる類の男になっていた、という。(17) このマッケニスがドライサーの才能を認め、彼に新聞記者のイロハを教えこみ、後にセントルイスの一流紙『グロウブ・デモクラット』へ紹介してくれたのである。

この二人は共に若きドライサーに父親のような愛情を示している。注目すべきは、父親のジョン・ポールとハーストウッド、さらにアーバーグ、マッケニスに共通する点があることである。それは、彼らがみな人生のある一時期までは社会の中でかなりの地歩を築いてきたのに、中年時期にさしかかり、何らかのきっかけで（ドライサーは「偶然の出来事」と言うだろう）社会から滑り落ち、気力を失っていった人たちだったことである。マッケニスなど、リンガマンの書くところによれば、その身なりは新聞記者というより、浮浪者に近い。おそらく時を経たら、本物の浮浪者となり、ハーストウッドと同じ運命を辿るのではなかろうか、と思えるくらいである。

実は、こういう敗残の姿をドライサーは他人の中に見てきたばかりではない。彼自身ハーストウッドと同じ運命を恐れた経験をしていた。いや、『シスター・キャリー』発売後にもすることになる。彼が「既視感《デジャ・ヴュー》」を持っていたのではないかと考えられる理由である。一八九四年から九五年にかけての冬のこと、ドライサーは野心に燃えてニューヨークに至り、新聞記者としての名声を確立しようとした。この時点で、彼はピッツバーグの一流新聞でかなりの名声を得ていたにもかかわらず、やっと手にした『ワールド』紙の職はいわゆる「出来高払い」（"space-rate"）の仕事だった。これは一コラムにつき七ドル五〇セントが支払われるシステムで、彼の書く記事は常に長すぎると悪評で、削りに削られ、週に数ドルしか手にすることができなかった。しかも、この一八九四年はアメリカ大不況の時代で、ニューヨークの街には失業者があふれ、マンハッタンの南端にある市庁舎に近い公園には浮浪者が住みついていた。ドライサーの仲間の「出来高払い」記者の中には妻子を抱えていて、生活苦から自殺者まで出ている。彼はまさに底辺からニューヨークを見ている。

ドライサーはこの時、初めて父親に対して多少の同情心がわいたようである。(18) そして、自ら底辺に沈んだ記者として、浮浪者たちの生活を体験し、取材していくうち、彼らが病死したり、自殺したりすると、その死体がイースト川にあるブラックウェルズ島（後にウェルフェア島と改称され、市の福祉施設が建てられた）に小船で運ばれ、ポターズ・フィールドという無縁墓地に埋められることを知った。ドライサーにとって、この人間の哀れな末路は彼が抱いていた「成功」という華々しい夢と共に、常に怯えるように脳裡から離れることのない妄執となった。

ハーストウッドの敗残の姿は一八九四年から九五年にかけてのドライサー自身の体験が生かされて書かれたが、彼は一九〇三年の冬にはハーストウッドとまったく同じどん底の生活をバワリー地区で味わい、自殺まで考えている。不思議なことだが、ハーストウッドの末路を彼は数年後の自らをデジャヴュによって書いていたのかもしれない。それは、もはや父親の体験でもないし、モデルとなったホプキンズのものでもない。彼自身の中に恐怖のようにしみついていた落魄の妄執のなせる術だった。ハーストウッドの最期を描く迫眞性はそこに由来するとさえ言えるかもしれない。

すでに書いたように、ドライサーは矛盾の多い作家だった。『シスター・キャリー』を書いた彼の心情もそうかもしれない。彼はキャリーと一体化しているが、同時にハーストウッドにも自らを重ね合わせている。というのは、一九〇〇年、三十歳を控えてドライサーはキャリーのように欲望をエネルギーとして多少の成功を収めはしていたが、念願だった「一年一作」の小説家への道はまだ未知の彼方だったのである。アーサー・ヘンリーとの協同作業での雑文作家という不安定な地歩を踏み外したら、ハーストウッドと同じ運命が待ち受けているかもしれなかった。キャリーが最後で夢見るように、物質的成功を超えた世界、眞の芸術的、文学的世界を目指すべき、とおそらく、『シスター・キャリー』を書くことによって、ドライサーは学んでいたのではなかったろうか。

第二章　『ジェニー・ゲアハート』

――隠された意匠

　ドライサーは『シスター・キャリー』がやがて「不道徳」の汚名を着せられ、アメリカ読書界からひどい受容のされ方をすることを予期しないまま、次作の『ジェニー・ゲアハート』にとりかかった。

　正確に言えば、彼は一九〇一年一月六日にこの第二作を書き始めている。その二週前、十二月二十五日に父親のジョン・ポールが他界したことが直接の引き金になったのではないか、とリンガマンは推測している。(1) というのは、すでによく知られているように、主人公のジェニーはドライサーの二人の姉、メイムとエマをモデルとして構想されているが、父親は晩年ロチェスターに住んでいたメイムとその夫の家に引き取られ、静かな余生を送り、生涯を閉じているからである。自己の宗教的信条を頑なに子供たちにおしつけ、職人としてのプライドに固執し、生活能力に欠けていた父親が晩年を長女の家で安穏に過したということが、ドライサーには大変な人生の皮肉に映ったに違いない。ことに、それが貧困の中で、家族の者たちを援けるのに大奮闘した母が早くに死んでしまったことと比較する時、その皮肉はますます痛烈だったはずである。

たしかに、リンガマンの推測のとおり、この父親の死が引き金となって、ドライサーはジェニーの物語にかかったのだろうが、それ以上に、彼の潜在意識の中には、生れ故郷のテレ・ホートでの貧しかった生活のすべてをゲアハート家の人々の中に盛りこみたかったのではなかろうかという推測もまた成り立つ。やがて、それは後年の大作『アメリカの悲劇』を書くとき、より明確になるが、自分の少年時代の貧しかった環境を辿ることはドライサーにとって執念のようなものだった。そのため、筆は非常に早く進み、一ヶ月足らずで十章まで書き終えていたことがわかっている。(2) 十章は現在の本の形で言えば、いわば第一部ともいうべきものの終りにあたる。ジェニーを愛したブランダー上院議員(Senator Brander)がワシントンで急死し、ジェニーが彼の子供を宿していることがわかり、父親の怒りをかい家から追われる場面である。これを機に父親も他の町に出稼ぎにいき、長男のバス(Sebastian)は新しい機会を求めてクリーヴランドへ旅立っていく。それはゲアハート家の離散であると同時に、作者の記憶に鮮明に残っていたドライサー一家の離散の場面だった。

しかし、ここからドライサーにとって『ジェニー・ゲアハート』は大変な重荷となった。というのは、『シスター・キャリー』が出版されたものの、日がたつにつれて、それが「不道徳」という理由で、出版社からはもちろん、世間からはあまりにも不当な扱いを受けていることが明らかになってきたからだった。

　ドライサーは姉たちの実情を見ていたし、また都市に生きる男女たちの姿を記者として客観的に見てきた男だから、世紀末から新しい世紀への転換期において、アメリカ社会の中に生きる人々の性や宗教に対する感情構造が急激に変化しているのを知っていた。彼はまだ眞の意味での「道徳性《モラリティ》」とは何かそれほど深くは考えていなかったが、小説家とは変化する社会の中に生きる人々の現実を描く人間でなければならない、と考えていた。

　キャリーはこの時代の現実を具現した女性である。その証拠とは言わないまでも、ドライサーの原稿をタイプしてくれていた数人の女性チーム（彼女たちは自らを「幼児組《インファント・クラス》」(3)と呼称していた）は、タイプを打つ過程で興奮して、ドライサーに次のような手紙を送っている――

　親愛なる作者殿

　私たちはすでに『シスター・キャリー』の前回の邪まなる章も打ち終えました。今はもう次の熱く煮えたぎる場面を待ちうけております。ですから、早く彼女を私どもにお送りください。

（傍点筆者）

先を早く読みたい
幼児組一同

現実の都市で働く女性たちはこのように熱烈な共感をキャリーに寄せている。彼女たちが言う「邪まなる章」はキャリーがエイムズと出会い、また次に自分より上の世界があることを意識する章のことで、働く女性たちはキャリーが男性によって次々に上昇していく過程を是認しながらも、また同時に当時の社会通念に従って、それを「邪まな《イニクィタス》」という言葉で表現している。彼女たちの現実はキャリーのようにありたいか、あるいは多かれ少なかれキャリーと同じ心情を抱いている。しかし同時に彼女たちは、社会通念がそれを「邪まな」と考えることを十分に意識している都市人でもある。

ドライサーが書かなければならないのは、都市に生きる現実であり、また打ちこわしていかなくてはならないのは「邪まな」というレッテルをすぐに貼ろうとする社会の感情構造だった。

しかし、この社会の感情構造はそうたやすい敵ではなかった。ドライサーは苦悩の果てにやっと精神的に回復してきた一九〇三年になって、『ブックラヴァーズ・マガジン』誌に「眞の芸術は率直に語る」(“True Art Speaks Plainly”)というエッセイを寄稿し、その中で自らの考えを確立している。彼はこう書いた——

不道徳！　不道徳！　この言葉の衣の陰には富める者の声が存在している。だが、そこには貧困と無知の中に閉ざされて、語ることのできぬ大きな暗闇もまた存在しているのだ。この両者の間をつまらぬ小説家どもが真実も美も気にかけずに歩き、この自然にも人間の全てにもまったく関係のない半分虚構のいいかげんな人生の面だけを描きだしているのだ。(4)

彼は更に続けて、芸術における「道徳性」とは社会通念の「道徳観」に迎合して書くことではなく、社会とそこに生きる人間の現実を率直に書くことである、と結論する。

しかし、ドライサーはこの結論に到達するまでおよそ三年間にわたって、物理的にも精神的にも苦悩の日々を送っている。『シスター・キャリー』はこの世に生れ出たものの、まるで私生児のように社会から認知されなかったのである。従って、『ジェニー・ゲアハート』に取りかかって、日を経るにつれて、彼は新しいジェニーを「不道徳」の名の許に再びこの世から葬らせるわけにはいかなかった。彼女がブランダー上院議員の死後、次の愛人レスター・ケイン（Lester Kane）に誘惑される状況をいかにアメリカ社会に認知してもらうかが、ドライサーにとって難問だった。

彼はその年（一九〇一年）、『ジェニー・ゲアハート』を四十章まで書き進め、三十章までをタイプ原稿に打ち直してくれる例の「幼児組《インファント・クラス》」と称する女性たちに依頼し、出来上がったものを幾つかの出版社に示し始めている。しかし、その結果はあまりかんばしくなかった。マクミラン社のブレット氏（George P. Bret）に宛てた手紙では「人物分析に過誤があるので、十五章以後は全部破棄し、新たな見解で書き直し、より眞実に近い魅力ある作品にしたい」(5)と述べている。この辺りから、ドライサーはジェニーの物語を進めることができなくなっている。彼は小説への期待が大きく、この時期得意としていたジャーナリズムの書き物をほとんどしなかったため、収入の道を閉ざされていて、経済的にも苦しい立場に陥りかけていた。

幸いなことに、テイラー（J. F. Taylor Co.）という新興出版社のジュエット氏（Rutger B. Jewett）がドライサーの『シスター・キャリー』に関心を寄せ、その再版を引き受け第二作の『ジェニー・ゲアハート』の完成まで、前渡金を分割で渡そう、と提案してきた。具体的には、テイラー社はダブルデイ社から『シスター・キャリー』の原版を買い取り、なおかつ次作完成まで一年間毎月百ドルを提供するというものだった。

ドライサーはその年の十一月にこの契約をすませると、妻を実家に帰らせ、ジェニーの物語を完成させるため、ヴァージニア州ベッドフォード・シティにおもむいている。しかし、最初は南部の土地に感激したものの、自分で「マラリアのような」と表現する重い気分に悩まされるようになる。しかも、ドライサーを世に売りだしたいと願う熱心なジュエットからの手紙が彼をかえって圧迫する。というのは、『シスター・キャリー』の力強さと魅力を認めたはずのジュエットが手紙ではその「不道徳性」を指摘し、ジェニーの場合、「……彼女は社会の掟を踏み破ったのであるから、当然その罪を自ら感じているようにしなければならないはず(6)」とさえ示唆する始末だった。

ドライサーがしばらくの間ジェニーの物語に「掟を破りし者」("Transgressor")の題を与えていたのは、おそらくこのジュエットの助言を慮ってのことかもしれない。しかし、この後、すでに記したように、貧しき人々の語ることのできない「声」を表現することこそ芸術の使命と考えるに至るドライサーとしてはジュエットの助言を簡単に入れるわけにはいかなかった。物語の中で、ジェニーとレスターの当時のいわば「不道徳な」関係をどのような形で社会の掟の中に戻し、彼女を社会的に容認してもらう筋立てにするかが問題だった(ドライサーは彼女とレスターの最終的結婚という原稿も書いている)。だが、ドライサーの認識しているアメリカの現実に彼は背くことができず、彼の筆は停滞してしまった。

ドライサーはベッドフォード・シティにわずか一ヶ月ほどしか滞在していない。彼は妻の実家を訪れ、そこでクリスマスを過した後、今度は二人でヴァージニア州ヒルトンの町へやってくるが、再び妻を実家に帰した後、ジェニーの物語と苦闘しながら、南部を放浪したのであった。テイラー社はその年(一九〇二年)の秋には『ジェニー・ゲアハート』を出版したいと希望していて、ドライサーに早く完成するように迫るが、これがまたドライサーを苦しめることとなった。彼は七月にフィラデルフィアにやってきて、単身で下宿生活を始めるが、この時点で完全に病気になっていた。彼自身は「マラリアか、何か血液の病気か、あるいは過度の性生活と創作による衰弱[7]」と考えたようだが、実際は今日いうところの「ノイローゼ」だった。

たまたま彼を診た医師が名医で、医師自身も昔に同じ神経症状に悩んだ経験を持っていたため、ドライサーに精神安定剤を与えると同時に、病状記録として彼に日記を書かせるという治療法を取った。これが現在残っている一九〇二年の十月二二日から翌年二月一七日までの日記である。この四ヶ月はドライサーは精神的・経済的に最悪の状態だった。テイラー社からの毎月の百ドルはすでに六月で終っていたし、合計七百ドルの前渡金はすべて使いつくしていたにもかかわらず、『ジェニー・ゲアハート』は一歩も先へ進んでいなかった。十一月には、ドライサーはジュエットに手紙を書き、病気で小説を完成できない、と訴えている、とリンガマンは記している。オリジナル原稿で四十章まではできていたのだろうが、一九〇三年の冬には、ジェニーの物語は完全に頓挫していた、と考えてよさそうである。

ドライサーが既視感《デジャヴュ》の特性を具えていた作家ではないか、と前にも述べたが、一九〇三年の冬、ニューヨークへ一人戻ってきた彼はブルックリンの安宿に滞在し、バワリー地区で浮浪者のように失意と貧困の生活をし、まさに『シスター・キャリー』のハーストウッドの体験をなぞっている。また、『ジェニー・ゲアハート』の前半で描かれるブランダー上院議員が三十も年下のジェニーに魅了されていく図も、ドライサー自身がやがてこの物語を再び手がけなければならなくなったきっかけを作る彼自身の若い女性との恋愛沙汰と似ていた。

ドライサーはこの冬、ハーストウッドと同じように自殺を考えるほど精神的に落ちこんでいたが、偶然ブロードウェイで長兄のポールと出会い、彼のおかげで救われている。ポールは弟の変わりはてた姿に驚き、彼をロングアイランドにあったサナトリウムに入れ、肉体と精神の回復をさせていく。この辺りの状況についてはいずれ自伝的小説『〈天才〉』を論ずる際に詳しく書くつもりである。ドライサーはその後、自ら進んで鉄道で肉体労働に従事し、ポールの世話で雑誌編集者の道を歩むことになる。新しい時代の動きに敏感だったドライサーはやがて編集者兼ジャーナリズム作家として蘇生するのだが、一九〇七年の六月には、バタリック社（Butterick Co.）という婦人雑誌の出版社に招かれ、年俸七千ドル・プラス・アルファ（雑誌の販売部数に応じたボーナス）という破格の条件で『デリニエイター』（*The Delineator*）を中心とする三つの婦人雑誌の編集長となった。もともと婦人服の型紙《ドレス・パターン》を売り物としていた『デリニエイター』をドライサーは時事問題や社会記事を載せる新しいタイプの婦人綜合雑誌にし、大成功を収めた。また一方、念願だった『シスター・キャリー』の再版もドッジ社（B. W. Dodge & Co.）がこの年五月に刊行し、書評、売れ行きともにまずまずの成績を収めた。

これで、ドライサーが少年時代から願っていた「成功」の夢がついに達成されたかに見えるが、彼は大きな不満をまだ抱えていた。一つは、彼が願っていた「小説家」として必ずしも成功していなかったことである。またもう一つは彼の結婚生活にあった。結婚当初から、ドライサーはセアラの地方的保守性に不満を抱いていたが、雑誌編集者として大成功を収めていくにつれ、彼女とはほとんど別居状態だった。一九〇九年の時点で、彼より二歳年上のセアラは四十歳となっていたし、もともとピューリタン的で、性的に奔放だったドライサーとはうまくいかなかった。二人の仲は完全に冷えきっていたにもかかわらず、セアラの要請で体面を保つために二人は仲の良い夫婦を演じていたようである。その頃、ドライサーはセルマ・カドリップ（Thelma Cudlip）という年若い美女と出会ったのである。「十八か十九の年頃の娘の美しさに勝るもなし」(8)と書いた彼のことであるから、自分より二十歳も若い年齢の差などものともせず、セルマを追い求めた。

セルマはバタリック社の速記部の統括をしていた女性の娘であり、美術学校で学んでいた画学生だった。ダンスパーティでドライサーと出会い、著名な編集者であり、小説家でもある中年の男に言い寄られ、次第に親密の度を増していったものと考えることができる。

当初は、セルマの母親もセアラも二人の間柄をそれほど深刻には考えていず、むしろ公認していたようだが、親密の度が深まってくると、両者共に懸命となって、その仲を妨害する工作に出ている。母親の方は、バタリック社のワイルダー社長（George Wilder）と親しかったこともあり、彼に直訴し、ドライサーの不倫スキャンダルを公けにしたくないなら、社として何らかの方策を取ってくれるように頼んだ。

ワイルダー社長はドライサーをバタリック社に迎え、『デリニエイター』を大成功に導いた当の人だったが、一九一〇年九月、彼はドライサーを呼び、セルマを取るか、編集長の現職にとどまるか、二者択一を迫った。驚いたことに、ドライサーはセルマを選び、何のあてもないまま、編集長の椅子を投げだしたのである。それほどセルマに執心していたわけであろうが、現実には彼女との恋は実を結んだわけではない。セルマは母親の手で故郷のノース・カロライナ州に帰され、後にヨーロッパに行かされ、ドライサーから引き離されている。ドライサーの思慕はその後も続いているが[9]、しかし、これほどあっさりとジャーナリズムの世界から退いた理由の一つは、彼が「小説家」の夢を捨てきれずにいたためではないか、と推測することができる。後で書くが、編集長の職にありながらも、彼は一九〇五年企業界の風雲児チャールズ・T・ヤーキーズ（Charles T. Yerkes）が死んだとき、その死亡記事を切り抜いて、いつかは大小説にしたいと考えていたし、また翌年の七月に起こったグレイス・ブラウン（Grace Brown）殺害事件にも強い関心を寄せ、犯人のジレット（Gillette）の心理状況に同情を感じている。これはやがて『アメリカの悲劇』をドライサーに書かせるモチーフとなるのは周知のことだが、彼は雑誌の編集に明け暮れながら、まだ「偉大なるアメリカ小説」を完成する夢を見続けていたのである。

ドライサーが正式にバタリック社を辞めたのはこの年の十月十五日だった。心中はかなり複雑で、生活上の不安が強かったようであるが、親友のメンケンをはじめ、彼が小説の分野に戻ることを喜んでくれた人々も多かった。当時の大批評家の一人、ハネカー（James G. Huneker）はドライサーにわざわざ手紙を寄せ、「貴兄、シオドア・ドライサーが昔の（小説の）分野にお戻りになる気持がおありになれば、わが国の文運のためには素晴らしきことになりましょう」と述べている。[10] またハーパーズ社の編集者、ヒッチコック（Ripley Hitchcock）は『シスター・キャリー』を高く評価していたので、ドライサーがバタリック社を辞したと聞くと、すぐに手紙を書き、会社勤めから解放されたことを祝うと同時に、次作の用意があるかどうかを尋ねた。[11] この頃、ドライサーはすでにジェニーの物語を再度手がける決意はしていたらしく、その年の十二月一日までには完成する予定、と答えている。もちろん、これはドライサーのいつもの楽観的予測であるが、とにかく、彼は一九〇四年に中断していた所から書き進め、一九一一年の一月には初稿を脱稿している。

これで『ジェニー・ゲアハート』は完成したように見えたが、ドライサーはジェニーとその終生の情人レスターとの関係を最終的にどのようにするか自信がなかった。当初彼が苦心の末に選んだ結論はハッピー・エンドだった。レスターが経済的に不利になることを承知の上で、長い間日陰者の地位に甘んじていたジェニーと正式に結婚をし、彼女を社会的に「道徳性」の規範の中に立ち返らせるというものだった。ドライサーはこの結末の原稿を友人たちの間にまわして読んでもらっているが、その中にリリアン・ローゼンタール（Lillian Rosenthal）という文学的才女がいて、彼女は二人の結婚はかえってこの小説の魅力である「哀れを誘う感動《ポィナンシー》」を減ずる、と指摘した。ドライサーはこの意見に同調し、後半を完全に書き直した。レスターが昔の恋人であったレティ（Lettie）という彼と同じ階層の女性と結婚するというプロットに変えたばかりか、ジェニーに最愛の娘のヴェスタ（Vesta）さえ病気で失わせ、彼女の悲運を強調したのである。

ドライサーはこのようにして完成した原稿をすでに不仲となり、別居していたセアラに依頼し、文章の訂正と削除をさせている。またハーパーズ社のヒッチコックもさらに二万五千語を削り、ドライサーとの関係が険悪になったとさえ言われている。[12] だが、一九一一年の九月末、ドライサーが書き始めてから十年の歳月の後、『ジェニー・ゲアハート』はついに世に出た。ドライサーが期待していたほど売れ行きはよくなかったが、メンケンをはじめ、フロイド・デル（Flolyd Dell）などの若手の批評家たちは「偉大な小説」と賞賛してくれた。保守的な批評家の中には、ドライサーの描写の露骨さやジェニーの生き方に対して非難する者もいたが、『ニューヨーク・トリビューン書評』誌の書評家が述べたとおり、シオドア・ドライサーはこの作品によって「アメリカ文学にしっかりと地歩を築いた」[13] のである。

ジェニーの物語は、現代の女性が読めばおそらく憤懣やるかたのない思いをする類のものである。『シスター・キャリー』のキャロライン・ミーバーには「道徳性《モラリティ》」という規範をそれほど強く意識せずに、とにかく自立心と才能を頼りに上へ昇りたいという意欲とエネルギーがみなぎっていた。彼女の方がはるかに現代的であると言えるが、それだけに当時としては「危険な存在」であったはずである。彼女の存在を認めれば、規範によって社会の秩序を保っていた上層階級の枠組みが崩れてしまう。だから、彼らがその作者であるドライサーを「不道徳」の名の許に葬り去ろうとしたのも当然である。

現実主義を目指すドライサーは体験的に彼らの社会だけがアメリカではないことをよく知っていた。彼は本質的に自らの体験から書くタイプの作家であり、彼が体験的に理解したアメリカ社会を書くことが自らの責務のように考えていた男である。従って、上層階級の人々の認識に抵抗して書こうとはしていたが、『シスター・キャリー』の受けた手痛い反応の教訓から、ジェニーの人物形成については細心の注意を払って、アメリカの読者階層を形作っている上層階級社会からも容認される女性に仕立てあげる必要に迫られていた。未婚の母となったり、上流階級の男性の愛人として生涯日陰者として暮すというプロット自体がすでに当時の社会規範を「踏み破って《トランスグレス》」いるのであるから、他の面で（あるいは「踏み破った」説得力のある理由を書きこんで）ドライサーはジェニーを非の打ち所のない女性として提示しなければならなかった。

キャリーがドライサーの率直な感情の吐露から生れた女性であるとすれば、ジェニーはむしろ作家としての生活をたてようと遅まきながら決意した彼の一種の妥協の産物だったと考えるべきだろう。完璧な美女（それも年若い美女）、品格がありながらそれでいて男心をそそる美女を求めたドライサーに同情して読めば、ジェニーは彼が心の中に抱き続けた「理想の女性」像であったかもしれない。彼だけでなく、二十世紀初頭のアメリカの男性たちにとってもそうであったのだろう。しかし、その像は現実主義者ドライサーには少々そぐわないものになっていた。

第二章でドライサーはジェニーの美しさ、優しさ、純真さをこの世の奇蹟のように描いている。ドイツ系のガラス職人の長女として生れたジェニーは物語りの始まる時点で十八歳となっているが、その日の食さえ事欠く貧しい生活の中で、彼女は生来の美しさを失わず、母を援けて弟妹たちの世話をよくする。ドライサーは「この世には自分よりはるかに自由で、充実した人世を送っている娘たちがいることを知っていたが、ジェニーはそれを羨ましいと思ったことなど一度もなかった。心の中では淋しい思いをしているのかもしれなかったが、唇には歌をたやすことがなかった」(14)と書いている。彼女は貧しさの中で自然を愛し、自然の風物の移り変りに感動し、優しい瞳を遠くの見果てぬ夢に投げかける娘、と作者は描く。

少し感傷的な完璧さであることは否めない。しかし、このくらいでないと、母と共に掃除女としてホテルに働きに出、通りかかったブランダー上院議員というハンサムな初老の男に見初められるはずがなかったかもしれない。ブランダーはやがて年齢の差と階層の垣を越えて、ジェニーに愛情を注いでいくこととなり、彼女の方もそれに応えていくが、ジェニーに罪悪感がなかった、と言えば嘘になる。彼女は父親からルター派の教義によって厳しい躾を受けて育った娘である。正式の結婚による以外、男と女の関係ができることを重い罪として意識する女性である。しかし、彼女も控えめではあるが、同時にまた、ホテルの中を往きかう上層の男女たちの華やかさに思わず見とれる普通の娘である。キャリーの場合、ほとんど何の逡巡もなくドルーエとの同棲生活に入っていくが、それに引きかえ、ジェニーの場合、ブランダーとの関係が成立するまでが一つの複雑なドラマであり、前半の物語の中心となっている。

ジェニーは常に受動的である。ブランダーは彼女を「完璧な乙女《パーフェクト・メイデン》」(七七)と考えており、百年かけて初めてこの世に生れるようなこの貴重な花を望まない男がはたしているだろうか、と彼女をわがものにした後に自ら問いかけている。

ドライサーはここに一つの意匠を隠していると言えないだろうか。というのは、『ジェニー・ゲアハート』は貧しい美貌の女性の悲運を描いた物語、リリアン・ローゼンタールがコメントしたように女主人公の「哀れを誘う感動」の物語と読まれてきたが、実はまたジェニーの背景にいる男たち——ブランダーやレスター・ケインはもちろんのこと、ジェニーの父親であるウィリアム(William)——の物語として読むことができるからである。

たしかに、小説の前景には常にジェニーが立っているし、またこの小説の劇的効果を作りだす主題の一つに貧富によって生じたアメリカ社会の階層差があることは言うまでもない。ジェニーが父親の不興をかって、一度はブランダーとの交際を断っていたにもかかわらず、再び彼を頼っていくのは貧しさのためであった。兄のセバスチャンが弟妹のために駅構内に停車している無蓋貨車から石炭を投げ落してやっている現場を官憲につかまり、裁判で十ドルの罰金刑を受けた。だが、その十ドルの金を父も母も工面ができない。ジェニーは意を決して、ブランダーに頼みにいくのである。

ブランダーはその時こう考えている。「夜おそくに私の部屋までやってきて、必死の思いで必要な金をこの娘は乞うている――わずか十ドルの金をだ。私にとってはまさに取るにたらぬ金額にすぎぬものを」（七五）と。十ドルという僅かな金がセバスチャンという青年の運命も、そしてジェニーという娘の生涯も決定してしまう。富を持つ者と、貧困の中に暮す者のあまりにも大きな差異、これはドライサーが常に書かなければならないと考えていた主題である。

この不条理は、やがてレスター・ケインに見初められ、誘惑され、そして同棲するようになったジェニーがケイン家、特にその当主であるレスターの父親から階層の違う女として拒否されるとき、ますます大きなものとなっている。というのは、ジェニーもレスターも共に移民者の二世であるからだ。

ジェニーの父親はすでに述べたとおり、ドイツからの移民で、ガラス職の技術を持っている男である。ただ、新大陸では不運で、自分の技術を生かす場に恵まれないまま貧困生活にあえいでいる。自尊心の強い、頑固な職人気質、厳格なルター派の信条がわざわいして、子供たちから疎んじられ、無能な父と見なされている。一方、レスターの父親、アーチボールド（Archibald）もまたスコットランドからの移民で、荷馬車造りから始めて、鉄道の客車、貨車の製造会社を興し、今はシンシナッティに本拠を置く大企業の社主となった男である。ロバート（Robert）とレスターという有能な息子を持つほか、三人の娘を持ち、家族の者から一族の長として敬愛されている。ウィリアムがアメリカにおける典型的な失敗者であるとすれば、アーチボールドは「アメリカの夢」を見事に実現した成功者である。

冷静に考えれば、この二人には共通する点が多い。移民者、厳格な新教徒、勤勉家、節制家、保守性、そして夢見る大志など。だが、何かが二人を失敗者と成功者に分けてしまった。ドライサーは運命論者だから、それは運命の悪戯、偶然の結果としたいのだろう。だが、彼はこの両者に大きな皮肉をも書きこもうとしている。多くの共通点を持ち、同じような出自や境遇を共有するくせに、成功者は成功者だけの階層を作り、失敗者を拒むことである。平等をうたっている社会であるにもかかわらず、成功者たちは自らの特権が失敗者の病菌に冒されるのを恐れるように、彼らは階層差を意識し、強調するのである。

例えばの話、レスターがメイド上がりの女、ジェニーを愛し、同棲するということについては、ケイン家の人々はレスターという一風変った弟の品格のない行為として、非難したり、それを種にからかったりはしても、正面切って反対はしない。しかし、その女性と結婚するとなると、別問題である。レスター自身を含めて、兄妹たちも自分たちがジェニーと同じように移民者の子であり、この新大陸アメリカが自由と平等の権利を認めている社会であることなど、思いおこすことさえせずに、結婚に反対している。

この貧富から由来する階層差という障壁はドライサーが常に書きたいと考えていたものである。彼はそこからアメリカのドラマが生ずる、と考えている。特に『アメリカの悲劇』において、彼はこの障壁の矛盾を頭におき、障壁がいかに厚く、貧しいアメリカ人を悲劇的運命へと追いやっているかをつぶさに書いている。あの小説の主人公、クライド・グリフィスがアメリカ社会の矛盾の犠牲者であったのと同じように、この悲運の美女、ジェニーもまた同じように犠牲者だった。ただ、クライドと違い、彼女の場合、率先して自己を代償として投げうつ犠牲者だった。ブランダーとの関係は兄を釈放してもらう十ドルの金のため、レスターの誘惑に応ずるのも父親の事故による大火傷のため、そして更にレスター自身の経済的再生のため、ジェニーは常に自己を代償として、最愛の人々を救ってきた。

ドライサーは最後の五十七章で、(15) シンシナティへ送られるレスターの遺体をシカゴ駅で密かに見送るジェニーの姿を描いている。彼女はこの時「厚いヴェールで顔をおおうこと」(四二六)

に決め、誰にも気どられぬようにしているが、これはあくまでも彼女が日陰に生きた者、ついに二つの階層を阻む障壁を越えることができなかった者、とドライサーが結論したかったことを示すのである。また、実際にこの場面について、ドライサーは間接的ではあるが、「今この時、富と地位がジェニーの心に自分と愛する人を永遠に隔てる大きな垣、一つの壁として映った」（四三〇頁）と、記している。皮肉なことに、当初ドライサーが考えていた「踏み破りし者」という題は、社会の掟こそ「踏み破り」はしたが、ついにそこに存在する垣を踏み破ることのできなかったジェニーの現実にふさわしくないものとなっていた。

私はジェニーの後景にある人々をドライサーが用意した「隠れた意匠」として論じようとしていたのに、前景に立つジェニーの存在の意味を説いてしまった。結局は、この小説が前々から『シスター・キャリー』以上に、女性の物語として読まれてきたから、それも自然の成り行きかもしれない。特に、「女性学」（Women's Studies）がアメリカのキャンパスで盛んになり始めた一九八〇年代では、ジェニーの存在は十九世紀末から二十世紀初頭にかけての「女性の価値観を代表する」(16)ものと考えられ、分析されている。従って、ジェニーの物語はアメリカの女性を描いたもので、彼女がアメリカ文学の重要なヒロインとして記憶されるということに異論はない。ただ、ドライサーがジェニーを当時の社会の道徳規範に無理にでも沿い、「理想の女性」に仕立てあげすぎたため、現実主義文学の主人公としては、彼女はキャリーよりはるかに見劣りがするし、彼女を取り巻く男性たちの心理や行動、性衝動や世俗的欲望の方がより現実的に見えるように思える。ジェニーという「理想」に映しだされて、男たちの「現実」がより鮮明になるという奇異な効果がかもしだされていないだろうか。

従って、『シスター・キャリー』も多少そうだったが[17]『ジェニー・ゲアハート』においても、男性作家のドライサーにとっては、後景に配した男たちにこそ、自己を盛りこむ場があると考えていたとしても不思議ではない。

その第一がジェニーの父親のウィリアムである。彼がドライサー自身の父親をモデルとしたことはすでによく知られている。小説に登場する時点では、ウィリアムは失職しており、病に伏している失敗者だが、ドイツ的父権制の威厳とルター派の厳しい宗教精神を家族の者に押しつける頑固な男となっている。しかし、ドライサーはウィリアムを説明するために紹介する彼の経歴から、この男がかなり奔放で、自由にあこがれる精神を持ってこの新大陸へやってきたことを暗示している。というのは、彼が故国を捨てたのは徴兵を忌避してのことで、アメリカにやってきてからはガラス職の技術を生かす場を求めて放浪し、その途中でメノー派の集落で十八歳の娘と出会い、恋をし、駈落ち同様でペンシルヴァニアからオハイオに移り住んだことになっているからである。

彼はこの娘（ジェニーの母親）に次から次へと六人の子供を産ませ、ついに成功しないまま貧しい生活を強いているのだが、今では若い頃の奔放だった自分の精神はおくびにも出さず、信仰心と克己を説き、世間体を重んずる厳格な父親像を保持しようとしている。ずいぶん勝手な男に思えるだろうが、これは実は世の挫折者の現実である。彼らは本来「夢見る人《ドリーマー》」であったのだが、その夢が破れた場合、人生に対して非常に皮肉な態度を取りながら、なおどこかで自らを責める人間になる。自責は彼らの心の底に沈むが、それが表面に現われるとき、自らが冒した過誤だけは子供たちには冒させまいとして、口うるさく宗教心を説き、必要以上に厳しく通俗的なモラルを押しつける。子供たちに自らの果たせなかった夢を託したいと密かに願っているわけだから、その意味では彼らは未だに「夢見る人」のままであるかもしれない。こういうタイプの父親像はアメリカ文学、特に現代文学の中にしばしば現われるが、それだけ二十世紀になって挫折した「夢見る人」がアメリカ社会の一つの典型となっていることを示していると言えよう。

ブランダー上院議員の場合は、既視感《デジャヴュ》の特性を持っていたまさにドライサー自身の感情をこめたものである。普通であれば、有能な弁護士で、上院議員にまでなっている中年の男が、いかに独身とはいえ、ホテルの掃除婦の娘である十八歳のジェニーに魅了されるはずもない。しかも、十九世紀末から二十世紀初頭のきわめて保守的な時代の話である。

しかし、すでに述べたように、ドライサーは一九〇九年に四十歳の成功した編集者でありながら、セルマ・カドリップという十八歳の娘に魅了されている。彼の場合、不仲になっていたとはいえ、まだセアラという妻がいる身だったが、セルマに対し、少年のように激しく恋心をたぎらせている。リンガマンの詳細な伝記でも、ドライサーとセルマの間に肉体関係があったかどうかは不分明のままになっているが、一九一〇年の春、ドライサーは彼女を自分のアパートに連れてきて、二人の愛は「男の欲情」を満足させなければならない段階まできた、(18)と告白している。しかし、その場にセアラが突然現われて、二人の関係をぶちこわしにかかった。だが、依然としてその関係は続いていたので、セルマの母親が介入し、ドライサーが離婚をし、なおかつ一年間の冷却期間をおくなら、セルマとの結婚を認めるという提案をしたのである。結果的には、セルマは故郷のノース・カロライナに帰され、後にロンドンへ美術の勉強のため行かされてしまい、ドライサーは編集長の地位を辞することになった。後に彼が『ジェニー・ゲアハート』出版後に、次作『資本家』の主人公のモデルとなったチャールズ・T・ヤーキーズの足跡をたどるという意味でヨーロッパ旅行に出るが、それもまたセルマの後を追うという意図が隠されていたと推測されている。

ブランダーのジェニーに対する愛情は、ドライサーのセルマの対する愛情にきわめて似ている。最初は単に美しいものを賞でるという優しい感情から発し、やがて時を経るに従って男が一人前の女を見、そして自分もまた相手に男として見てもらいたい、と願いだしている。ちなみに、この感情はドライサーの執念のようなもので、『巨人』（*The Titan*）の中では、中年となったクーパーウッドが理想の美女ベリナイシー（Berenice）に対していだく愛情に細かく描きこまれることになる。

ブランダー上院議員に話を戻せば、彼が選挙に破れ、上院の議席を失い、初めて個人としての幸福な生活を考えることが可能になった時期に、ジェニーの兄バスが逮捕されるという事件が起っている。彼にとっては決断の時である。それまで恐れていた世間の目や、ジェニーの父親の反対を覚悟の上で、彼女をわが手に取ることを決意している。バスを留置場から釈放させる手筈を整えると、ブランダーは部屋に待たせていたジェニーの許に戻り、それを告げる。喜びと感謝の涙を浮べてブランダーの傍らに近寄ったジェニーを、彼は腕の中にしっかりと抱きしめている。「その時、長い年月の間に培った慎重さがブランダーから消え去った。……彼はジェニーを抱きしめ、彼女に何度も何度も接吻をした」（七六）

しかし、ブランダーは百ドルの現金と結婚の口約束だけを残し、ワシントンに去り、そこでチフスにかかり、病後突然に心臓発作に襲われ、死んでしまう。ジェニーとの新しい関係ができてからわずか六週間後のことである。その間、彼はジェニーへ手紙を書くこともしていないし、また万一の際にジェニーの名誉と生活への配慮を何一つ示していない。悪気はないが、仕事一途のワシントンの生活である。これもまた男の身勝手である。ジェニーの立場からすれば、兄を救ってくれた恩人ではあるが、ブランダーは彼女の人生のほんの一瞬の時を激しい嵐のように過ぎ去った存在に思えるはずである。しかも、彼女の方からは、男としてのブランダーに（好意はあったにせよ）強い愛情を意識しないうちに、身体の中に消しがたい痕跡を、やがて生れくるヴェスタ（Vesta）という女児の形で押しつけられている。

第三の場合のレスターもそうだが、ドライサーは男性の側の信条や願望を一種のどうにもならない宿命ととらえて書いている。おそらく、それが彼の本音だったのだろう。だから、ジェニーはこう自分に言い聞かせる。「つまるところ、あの人（ブランダー）は意図的に私を傷つけたわけではない。むしろ、親切な心、寛大な気持からしたことで――それは決して偽りではなかった。本質的にあの人は善い人だった」（九五）この言葉は、単にブランダーだけでなく、ドライサーが描く男性主人公たちすべてに当てはまる。『アメリカの悲劇』の主人公であり、殺人を犯すクライド青年でさえ、ドライサーは決して「悪い人」としては描いていない。自らの願望や、欲望に負けていく男たちの脆弱さこそ彼が書きたい現実であり、そこから生じた女性に対する身勝手さを書いているだけである。

レスターにしても、当時の上流階層の男性としては自由闊達な精神を持ち、同情心の強い男ではあるが、ジェニーを自分の生活を守るための便宜的伴侶とし、いわば「利用」しているのは、いかにも男性中心の考え方である。すでに述べたように、ドライサーは一度はジェニーとレスターとの結婚という結末を書いたのに、それを現在の読者が見るような形に改めている。レスターはより現実的な選択をし、ジェニーと別れ、父親の遺産を継承し、事業家としての成功を取ってしまう。たしかに、この結末の方が、自己犠牲の化身のようなジェニーの「哀れを誘う《ポイナンシー》」感動を強めるだろうし、また彼女が永遠に越えることができなかった階層の「厚い壁」という存在を読者に意識させたかったドライサーの意図にも合致する。と同時に、男の身勝手が当然のようにまかり通っていた時代の男性の現実感をより大きなものにしている。

ことに時代は二十世紀の初頭のことである。産業主義と進化論思想がアメリカ人の間に深く、広く浸透し、後にドライサーが『資本家』の冒頭で主人公のクーパーウッド少年に体得させるように、「弱肉強食」の原理が男たちの心を支配していた時代である。ドライサーは、レスターが父親の死後しばらくは、ジェニーと別れることを拒否し、遺産を与えられないまま、自分の資力で事業を行っていこうとし、次々に失敗していく図を描いている。これは、レスターのような生れと育ちの男は、大きな資力と地位という家族の背景によってしか成功が保証されていないことを示したものである。つまり、彼の創意と工夫という才能は父親や兄ロバートの実業的才能に守られていて初めて発揮できるもので、一人で世の中で事業を行なうタイプのものではない。

従って、レスターにとって、父親の遺言で示された自分の取り分（ジェニーとの縁を切るという条件での）は「少なくとも八十万ドル、……いや会社がどんどん成長している現状を考えれば、二百万ドルにも相当するもの」（三三八頁）を失うことは、現実問題としてジェニーの存在以上に大きい。それだけの資力と会社での地位を復活させれば、彼は自らの才能を発揮できるばかりか、再び世の成功者の一人として生きていくことができる。だから、彼はジェニーに生涯経済的援助を与えればよい、と考え、彼女の精神的損失の考慮をしないのである。

これが男性の現実的な選択である。当時の社会の通念としての「道徳観」はレスターの選択を当然と見なし、彼を社会は許容し、家族の者も、企業社会も彼の復帰を喜んで迎えている。

このように読んでいくと、ジェニーの物語は彼女を「哀れを誘う」犠牲者にしていった三人の男たちの物語でもあることが歴然としてくる。特に、ドライサーという作家は自己の体験を生かさなければ承知しない、というより、自己体験にもとづいてしか書くことができない作家である。だから、ウィリアム、ブランダー、レスターの中に自己の性格や願望、あるいは失意や喜びをこめて書いている。ジェニーという存在は過去において女性の「理想像」と考えられたが、それは完全に男たちの側から、特に作者ドライサーの見た「理想像」であって、現実感は乏しい。キャリーの創造によって社会から厳しい批判を受けたドライサーが妥協の精神から産みだした存在である。自己犠牲をいとわず、耐えて耐えてというタイプの女性でありながら、生来の美貌と優しさを失わず、性的にも魅力的な女性、これはドライサーが生涯求めた理想ではあるが、現実性は欠いている。

むしろ、彼女によって照らしだされた男たち、彼らの身勝手、欲望、野心などの方が現実性をはるかに帯びている。ドライサーは三人の男たちを書くという意匠をジェニーの哀れにして、美しい物語の陰にひそかに置く技巧を意図したものと考えてもよさそうである。

第三章　『資本家』——欲望と闘争

ドライサーほど自己愛が強く、自己体験から書こうとする作家が文壇への登場をキャリーとジェニーという女主人公たちの二つの小説でなしたのは、考えてみれば不思議である。もちろん、すでに述べてきた通り、これらの女主人公たちの陰には、ドライサーの各部分を体現している男性たちはいたが、ほかにも原因があったはずである。その一つは、たまたま彼の姉たちにそれぞれの主人公の原型となるべき女たちがいて、二人の生き方や、ある意味での不幸の原因を彼がアメリカ社会の仕組みの中に見ていたためであろう。階層差の大きな障壁、そしてそれを守ろうとする社会の体面的欺瞞に対するドライサーの本能的な挑戦が二人の女性の物語形成につながったのであろう。

しかし、文学的な面から考えれば、当時の小説の概念が作家の自伝的要素を過分に注入した作品を忌避したためと、考えることができる。アメリカ小説はリアリズムの到来によって、「現実再現」[1]を目指しはしていたが、小説はあくまでも虚構《フィクション》であり、作者の想像力の産物という概念がまだ根強く残っていた。そのため、「自伝的《オートバイオグラフィカル》」という言葉はまだ禁句であり、作者自身の投影がごく自然なリアリズム小説の手法として認知されるのはいわゆるモダニズム作家たちの登場からだった。それさえ、堂々というわけではなかった。トマス・ウルフ（Thomas Wolfe）でさえ、一九三六年に発表した自らの「小説の話」[2]の中で、「自伝的」と称された自分の小説について示唆に富んだアポロギアを述べたのがその証左でもある。

　自己体験を書くことにこだわっていたドライサーにとっては、実際のところ、自己投影は宿命のようなものだった。後に書くことになるが、彼は当時の文学風潮に逆らうように、『ジェニー・ゲアハート』を一九一一年一月に脱稿した直後に、自伝的小説の『〈天才〉』にかかっている。しかも、それとほぼ同時進行の形で、生誕から青春までを扱った詳細な自伝『あけぼの』も書き続けている。これらの作品はすぐには出版の機会を得ることはできなかったが、ドライサーが正面きって自分を、そして自己体験を小説化したいという当時の願いを示すものであった。

　一九一二年の六月、ドライサーはその願望を世間に宣言するように、『ニューヨーク・タイムズ書評』誌のインタヴューで「次の新しい小説ではジェニーのような気質の女を書くつもりはない」と、述べ、これから考えている三つか四つの小説はすべて男性主人公の物語にするつもりだ、と言っている。(3) 事実、以後彼はついに女性を主人公とした長編小説を書くことはなかった。そして、この時すでに彼は一九〇五年十二月にこの世を去った異端児であり、大富豪であったチャールズ・T・ヤーキーズの生涯に着目していて、その小説化を着々と進めていたのである。ヤーキーズの変化に富んだ経歴に魅せられ、しかも彼の中に自分と同質であると同時に、異質な点も強く見いだし、虚構化の願望を刺戟されていた。これが後に「欲望三部作」（"The Trilogy of Desire"）と呼ばれる三つの小説の第一作『資本家』となるわけで、ドライサーが初めて、本格的に虚構としての小説の中に自己投影をいかになすかが問われる作品となった。

『資本家』の着想そのものをドライサーが得たのはヤーキーズ没後の一九〇六年だったろう、とリーハンもリンガマンも推測している。リーハンによれば、ペンシルヴァニア大学所蔵の「ドライサー文書」の中に、大阪のルースリーフに貼りつけた新聞の切り抜きがあり、ドライサー自身の筆跡で一九〇六年二月四日の日付が記されているからである。その切り抜きの題は「偉大なる小説の素材」となっていて、ヤーキーズの生涯の経歴をまとめてあり、バルザックでも今日生きていたら大小説の格好の素材となるだろうが、アメリカではこれを利用できる作家もいない、と結んであった。(4) ドライサーは一八八〇年代、シカゴで母と共に一時期暮した少年の頃ヤーキーズのことを聞き知っていた。また、彼はピッツバーグでの新聞記者時代にバルザックに心酔していたことがよく知られているから、この記事を読み、いずれはヤーキーズの物語を書こうと密かに考えていたに違いない。しかし、正確に何時頃から書き始めたのかは、はっきりしていない。

リンガマンの詳細な伝記があるから、彼の推測に従うとするが、それによると一九一一年の七月に『〈天才〉』の原稿を書き終えたドライサーはすぐさま『資本家』にかかったことになっている。この時点で、ヤーキーズを題材とした大長編をすでに四月末日にドライサーはハーパーズ社と契約書をかわしており、『資本家』（当初の計画では一冊でヤーキーズの全生涯を扱うはずだった）の原稿を翌年の七月末日に渡す約束だった。従って、リンガマンは『〈天才〉』が脱稿したらすぐに書き始めた、と推測し、その年の十一月には三分の一まで書いた、と記している。

ただこの時点で、ロンドンの出版社の社主であり、イギリスでのドライサーの支持者だったグラント・リチャーズ（Grant Richards）の誘いで、ドライサーはヤーキーズが晩年を過したロンドンを見、ついで自らの故郷の地、ドイツのマイエン、そしてフランス、イタリアを訪問する長旅に出ている。十二月にニューヨークを出発して、翌年四月（タイタニック号に乗船の予定を都合で一船おくらせたために助かっている）にまでわたる大旅行だった。

この旅のため、ドライサーはハーパーズ社から渡されていた『資本家』の前渡金二千ドルをすべて使いつくしていた。その年の七月には原稿を完成させる約束だったのであるから、帰国後、慌てて『資本家』にかかるが、結局ヤーキーズのフィラデルフィア時代に相当する部分までしか進まず、そこで区切りをつけて七月末にハーパーズ社に渡した。書き始めた当初は、ヤーキーズの生涯の物語を予定したが、あまりにも厖大なものになるため、ハーパーズ社の要請によって、それぞれが独立した形での三部作とする構想に改めた、と言われている。この点、ドライサー自身は不満だったようだが、結果的には、商業上からも文学的立場からもこの決定は最良だった。というのも、三部作中、特に第一部に当る『資本家』の中にヤーキーズという人物はもちろん、ドライサー自身の考え方も人間像も充分に書きこまれていたからである。

ドライサーはヤーキーズの人格、経歴をかなり自由に書き変え、完全に虚構化している。主人公はフランク・アルジャーノン・クーパーウッド（Frank Algernon Cowperwood）であり、彼は実在のチャールズ・ヤーキーズではないが、リーハンの著書の中に、ドライサー自身が調べ、書き残したヤーキーズの経歴を簡略化して記しているので、ここでも『資本家』の部分に相当する箇所だけを利用させていただくことにする。(5)

ヤーキーズは一八三七年六月にフィラデルフィアに生れ、高校卒業後、穀類会社の事務員として働いた後、一八五八年に三番街（フィラデルフィアのウォール街に相当する地区）で株式の仲介業者として独立する。そのすぐ後に、同地域にあった融資会社を買収し、本格的に株式市場に乗り出し、南北戦争により莫大な利益をあげると同時に、市債を一手に扱うことにより、違法な利益を得ている。しかし、この違法性が問題となり、彼は破綻をきたし、裁判にもかけられ、一八七二年に有罪判決を受け、投獄された。

七ヶ月刑務所に入れられたヤーキーズは同年の九月に赦免され、業界に復帰した。復帰後一年、一八七三年九月十八日のジェイ・クック社の倒産による金融界のショック時に彼は大胆な投機的売買によって大もうけし、再び産をなした。その後、彼はフィラデルフィアの市街鉄道事業に投資し、大成功を収めたが、一八八〇年にフィラデルフィアに見切りをつけ、西部に新天地を求めて出発した。最初はノース・ダコタ州のファーゴにおいて不動産業に手を染めたが、翌年には発展途上中のシカゴに移り、やがてシカゴの市街鉄道事業王となっていく。ドライサーの『資本家』はヤーキーズの少年時代から、フィラデルフィアを旅立つ場面までに相当する部分を扱い、シカゴ時代は次作の『巨人』として発表されることになる。

このヤーキーズについては、チャールズ・E・ラッセル（Charles E. Russel）という人が一九〇七年に雑誌『エヴリボディズ』に連載で書いているし、また本の形でB・W・ドッジ社が『無法の富』（*Lawless Wealth*）という題で出版している。また、一九一一年六月には、エドウィン・レフェーヴル（Edwin Lefevre）という人物が「なぜこんなことが可能か？」（"What Availth it?"）なるエッセイを『エヴリボディズ』誌に載せ、ヤーキーズの大胆不敵な哲学を紹介している。このレフェーブルの見方がドライサーに強い影響を与えた、とリンガマンは指摘している。(6) ドライサーはレフェーブルの結論「ヤーキーズは他の（アメリカの）産業王たちと大同小異だった。ただ、彼は偽善的でなかった」に共鳴したのである。

ドライサーの共鳴は、クーパーウッドの名前を見ても明らかである。「フランク」という名は「率直な」を意味している。ミドルネームの「アルジャーノン」はドライサーが少年時代にあこがれた成功物語の主人公、ホレイショー・アルジャーから由来するものと考えられ、「成功を志す」男の意味がこめられている。姓の「クーパーウッド」(Cowperwood)は既に述べたように『シスター・キャリー』の「ハーストウッド」と対比する意味でつけられている。後者が敗者、弱者を代表する人物であるとすれば、前者は"Cowper"の中に隠された文字"Power"を意識させる強者、勝者を意味する。クーパーウッドはアメリカの典型的な成功者、無一文から身を起こし、巨万の富を成す人であると同時に、因襲にこだわらず、人間の本性、特に欲望に関して率直であり、欲望を満たす実行力を示す新しいタイプのアメリカ人としてドライサーに創造されている。当然ながら、ヤーキーズに対するドライサーの共感の一部がクーパーウッドを形造っている。

リーハンはヤーキーズとドライサーの共通点を列挙している。面白いので、簡単にまとめてここに紹介してみる。

第一、欲情と成功の意欲に駆りたてられ、野心的であった。

第二、美と芸術を愛しながら、きわめて唯物的であった。

第三、一人の女性には満足できない強い性衝動を持ち、常に「若く」ありたいと願っていた。

第四、華やかな美女を愛し、芸術的美と女性の美を同一視しており、それを獲得する過程にも美的感覚を抱いていた。
第五、都市人間であった。
第六、金銭が力をもたらし、力が金銭をもたらす「汚れた世界」に人が生きているという認識を持っていた。

リーハンのこのような指摘は、たしかにクーパーウッドの物語を読む上で非常に有益である。しかし、一方でドライサーとヤーキーズには大きな差異があったことも意識しなければならない。従って、虚構の人物、クーパーウッドの形成に当っては、ドライサーは自分とは異なる部分も強調している。例えばの話、少年の頃から外見的にハンサムで魅力的なクーパーウッドに比して、周知のように、ドライサーは少年時代から「醜い」部類に入る方だった。成人し、成功した後のドライサーは写真などから見ると落ち着きがあり、恰幅もよく、それほど「醜い」という印象を受けないが、少年時代は「出っ歯」で「にきび面」で大変な劣等感に悩んでいる。後年彼が多くの美女たちと関係を持ち得たのは、一つには作家としての名声と、さらには女性に強い関心を示し、大変にまめであったため、と推測することができる。

リンガマンはシカゴ『トリビューン』紙の書評欄の女性編集長として後に有名になったファニー・ブッチャー（Fanny Butcher）の言葉を例にその点を説明している。彼女はドライサーに会った時、「ハンサムではない」と思ったが、四十の男としては「まずまず」（"presentable"）だったと記憶している。ただ、ドライサーには動物的なほど相手の女性を惹きつけるものがあったようだ、と彼女も認めている。しかし、女性に対するドライサーの自信は後年のもので、それは少年期のコンプレックスの為せる術と考えてよさそうである。

クーパーウッドの人生経歴についても、ドライサーは自分に欠けていた才能と幸運、そして環境を多分に加えている。クーパーウッドは「弱肉強食」のダーウィン的世界観を早くから身につけ、（「水槽の中でのイカとロブスターの闘争」や「他の少年との撲り合い」などの挿話が有名となっている）、高校を中退して、伯父の世話で穀物商で働き、商才を発揮し、強者への道を着々と進んでいる。そして、伯父の遺産を手にするや、それを資金に株の投資会社を設立し、若き実業家として知られるようになっているが、その時クーパーウッドは二十歳の若者である。

これはドライサー自身の青春時代と比べものにならない。十六歳でシカゴにやってきた彼はまさに生きるためだけの生活をしている。二十歳の時は、家具の割賦販売店の集金係をしていたが、集金の不正が店主に露見して解雇されている。彼自身の苦闘と不満は『アメリカの悲劇』のクライド青年の状況と似ている。さらに、クーパーウッドの環境だが、これもドライサーの場合よりはるかに恵まれているように仕組まれている。クーパーウッド家は決して大富豪ではなかったが、父親は立派な銀行の行員であり、その銀行の発展によってやがては頭取にまでなっていく人物で、大胆で投機的だった息子のフランクをよく理解し、最後まで物質的にも精神的にも息子を支援している。頑なで宗教心だけが強く、子供たちの行為を理解しようとはしなかったドライサーの父親とは正反対の理想的な父親像となっている。

女性に対する関係も、ドライサーの場合と大いに異なる。クーパーウッドは常に自分の愛する女性から愛され、手中にしていく。彼は十三歳ですでに金銭を稼ぐ興味を覚えるが、(8)同時にこの頃初めて女性に強い関心を抱いている。しかも彼は当初から「美人に対してなかなかの眼を持っていた。それに、彼自身ハンサムで魅力的な少年だったから、自分が関心を抱いた相手からも同じように関心をひくのは難しいことではなかった」(一九)のである。そこで、最初は十歳のペイシェンス、次に彼が十六の時は十二歳のドーラ、十七の時には十五歳のマージョリーという具合に彼は次々に自分の望む美少女たちをデートの相手としている。しかも、この間クーパーウッドは女性への強い関心を示しながら、決して性的欲望をさらけだすことをしていない。後に自分より年上のセンプル夫人(Mrs. Semple)に想いを寄せる時、欲望を他の女性で満たすことを考えるが、彼はそういう類の職業的女性には興味を示すことができない。「彼は(そういう類の女たちより)もっと親密で、微妙で、個人的で、人間的な関係を持つことのできる女性を望んでいた」(三九)これはクーパーウッドが性欲に対して強い克己心を持っていたことを示すもので、ドライサー自身の青春時代とは違う。(9)ドライサーは『アメリカの悲劇』の中で、クライドに悟らせているように、世の成功者は女性に対する克己心という美徳を持つ、と考えている。やがて成人し、大成功をしたクーパーウッドはむしろ美女には眼のない奔放さを発揮することになるが、この青年時代では少なくともドライサーとは異質な部分を持つのである。

必ずしもリーハンの指摘に異を唱えるわけではないが、ドライサーがヤーキーズとの同質性を認めてクーパーウッドという虚構の人物を創造する興味をかきたてられたに違いないのだが、しかし、虚構の人物を造るとなれば、自分に欠けていた部分、自分と異なる部分も書きこんでいきたかった、と考えることができる。たしかに、リーハンが指摘しているように、ドライサーの最初の結婚とヤーキーズの最初の結婚は類似点はある。[10] また二人は共に成功の後に挫折を味わい、[11] 女性関係の派手さも似ている。だが、リンガマンなどの詳細な伝記を読むと、ドライサーの結婚の経緯や小説家として一応の成功を見るまでの経緯は虚構化されたヤーキーズ、つまりクーパーウッドの場合とはまったくと言ってよいほどに異なっている。であるから、ヤーキーズの生涯を小説として書きたいと考えた時、ドライサーは〈自己投影〉をすることができる素材を見ると同時に、現実にクーパーウッドを形成していくうち、〈自己願望〉を多分にこめてしまった、と考えるべきであろう。

更に頭にとどめておかなければならないのは、ドライサーが『資本家』を書き始めた時点ではすでに彼の自伝的小説ともされている『〈天才〉』を書き終えていたことである。彼はその中であまりにも自己弁護的な〈自己投影〉をしてしまっている。従って、クーパーウッドの創造に当っては、『〈天才〉』の主人公ユージーン・ウィトラよりもより普遍的なアメリカ人成功者、世紀末の超人思想の代弁者たるべき人物像を意識せざるをえなかった。ジェニー・ゲアハートを男性から見て当時の理想の女性像としたように、フランク・クーパーウッドもまた男性から見た当時の（弱肉強食を是認した進歩の時代の）理想的な男性像をドライサーは意図したのである。

文学的に見て、『ジェニー・ゲアハート』が今日の読者にとって魅力を欠くように『資本家』もこの時代の経済小説としての魅力を除けば、感動の少ない小説である。特にその前半、クーパーウッドの順風満帆の成功物語には当時の多くの読者たちに抱かれたような興奮は現在のような複雑な経済機構の社会ではとても感じられない。ドライサーの願望と当時のアメリカ人の期待は理解できるにしても、次から次へのクーパーウッドの征服（金銭と女性の）はメロドラマチックでしかなく、かつ冗長である。

だいたい、ドライサーは人生における強者を書くには不向きな作家である。彼自身、外見では強者に見えながら、弱者の素質を多分に持っていたからである。『シスター・キャリー』発表後の彼の自信喪失と、その余波から起ったノイローゼ症状はあまりにも有名だったし、ニューヨークで一時浮浪者のような生活をしたことも、彼の弱さを示す好例である。また、ドイツの故郷の町を訪れた際、ドライサー家の墓地に自分と同じ名前の墓を見いだし、自らの運命を見た思いで愕然とした男でもある。[12] さらには、長兄ポールの非運な最期を脳裏から消し去ることができなかったドライサーである。彼は世間的成功を得た後半生においていかにも自信に溢れた言動の挿話で有名だが、本質的には気弱なペシミストの一面を多分に持っている人間だった。

従って、クーパーウッドの形成に当っても、彼はクーパーウッドを常勝の人、限りない強者として描きながら、また一方に、ヤーキーズの経歴をよく調べ、そこから偶然性と世俗の力というまったく質の違う二つの要素の犠牲者となるクーパーウッドを書こうとしている。そこに、彼は自らの弱者の一面を投影することができる、と考えている。『シスター・キャリー』や『ジェニー・ゲアハート』でドライサーが書きこんできたように、偶然性は彼が人生に強く感じとっていた暗黙の力であり、人間の手に及ばないものだった。同時に、それはドライサーの小説作りにおいては技法としてプロットの鍵となるものだった。一方、世俗的な意味での力（政治的、社会的、経済的な力）はこの小説、いや「欲望三部作」全体を統括する主題ともなるべきものであるから、また後で触れることとし、まず偶然性について述べることにする。

『資本家』の中でドライサーが偶然性をプロットの鍵として利用する箇所は大まかに言えば二点である。一つは一八七一年に起ったシカゴの大火であり、それと同じくして、無名の人物からクーパーウッドとアイリーン・バトラー（Aileen Butler）の情事を密告する手紙がバトラー氏とクーパーウッド夫人の許に届けられることである。シカゴの大火は実際に起ったことだが、後者はドライサーの作為で、主人公の転落の効果を高めるために用意したものである。シカゴの大火は経済の中心街も焼きつくしたので、一時的な経済パニックを惹き起し、株価が下落し、銀行や投資会社は損失を恐れて、資金を急速に撤収し始めたために、それにつられて多くの証券会社が倒産した。クーパーウッドもその影響を大きく受けた当の人だった。

この一八七一年の時点では、南北戦争とその戦後の経済ブーム期にクーパーウッドは大胆な投資をして、若いながらフィラデルフィアの財界でやり手の投資家となっていた。しかも彼は市の収入役のステナー（George W. Stener）と結託して、市債の売買を扱い、市から低金利、無担保で五十万ドルもの資金を借入れて、それを運用していた。それだけでなく、彼は父親の銀行をはじめ、有力な銀行や政界人からも資金を預り、鉄道関係の株式に手広く投資をしていたのである。従って、シカゴ大火の余波で株価が暴落すると、資金の撤収を求める銀行や個人投資家への返済資金の手当をしなければならない羽目におちいっている。

シカゴ大火という偶発事さえなければ、クーパーウッドの資金運用には何も問題がなかったはずである。またこの時、彼が考えたように、ステナーを通じて市当局から三十五万ドルの借入れをすることができていたら、危機を乗り切れたはずでもある。しかし、そこにまた新たな偶然性が加わる。つまり、たまたまその時、ステナーは休暇で、メリーランド州に鴨猟に出かけており、連絡が取れなかったのである。彼は仕方なく市の政界に力を持ち、しかも自分を常に庇護してくれてきたバトラーの許へ行き、市からの巨額な借入金のことを含めて、率直に会社の危機を打ちあけ、資金援助を頼みこむ。バトラーはすでに十万ドルの資金をクーパーウッドに預け、それを運用させていた男である。バトラーは即答はせず、一晩考えさせてくれ、と言い、クーパーウッドを帰らせた直後に、密告の手紙を手にする。これを読み、彼は最愛の娘を奪われた上、しかも妻子ある身で娘を情婦のように家を他所に用意して密会を重ねているクーパーウッドに激しい怒りを覚える。一転して、彼はクーパーウッドの敵となり、政治的力の限りをつくして、若い資本家の抹殺にかかるわけである。

このような状況はすべてドライサーの虚構である。現実のヤーキーズが恋した女性は薬品会社の化学分析を行う人物の娘で、メアリー・ムーアというが、その父親にはバトラーのような政治的な力はなかった。ドライサーはクーパーウッドの転落を劇的にするために、女性と政治的力の面白い結びつきを狙ったわけであるし、またリーハンの指摘では、セントルイスの記者時代にインターヴューをした政治家をモデルに、アイルランド系の市の清掃事業者から成り上がったバトラーを創造したようである(13)。

さらにこれに追いかけて、ドライサーはクーパーウッドを窮地に追いこむもう一つの偶然を加えている。これが、二十八章の後半で描かれるクーパーウッドの公金横領の原因となる場面である。バトラーの手がまわり、ステナーも市からの融資をクーパーウッドにかたく拒むから、資金手当に窮した彼はついに市の会計係をつかまえ、市の減債基金（The Sinking Fund）に充当するため、市債をその朝六万ドル買い入れたから、その代金分の小切手を切ってくれと頼む。そして、それを現金化し、自分の返済資金に流用し、減債基金に入れないままにしたのである。

具体的にはステナーに拒否され、彼の部屋から出てきた時、クーパーウッドが親しい会計係のアルバート・スタイアーズ（Albert Stires）に偶然出会い、ふと巧妙な考えを思いつき、彼に話を持ちかける場面である。実はこの方法はクーパーウッドが慣例として行なっていたことで、後で減債基金に金を入れておけば非合法なことではない。ふと魔がさし、小切手を切らせ、現金化し、流用してしまっただけである。彼の心に日頃とは違う弱い感情が顔を出し、藁にもすがる気持で六万ドルを手にしているが、その金額ではいわば焼け石に水で、結局は倒産し、この一事が後に公金流用として裁判で問題となる。ドライサーはこの偶然の出来事をクーパーウッドが見せる「弱さ」、人間であるがための過誤の徴候として、ぜひ書きたいのである。

というのは、その他の点ではクーパーウッドの資金運用については、当時の慣行として特に違法性はなかったからである。当時は、市債の売買と市の資金を運用のために貸出す権限は市の収入役が握っており、収入役はそれを適切な投資会社や銀行に依託するのが慣例だった。クーパーウッドの場合、収入役のステナーとの関係を密にしすぎ、運用金額が多すぎたことと、市から低金利、無担保で借り入れていた金額が五十万ドルにもなるということが一般の市民を驚かせただけである。もちろん、これらの運用に当って、収入役は私的にクーパーウッドから報酬を得ており、さらに収入役の背後に存在する政治家たちも金銭的恩恵をクーパーウッドから受けている。それがモレンハウアー（Mollenhauer）を頂点とする政治組織であり、バトラーもまたその一員である。彼らが気の弱い役人のステナーを収入役に据え、市の資金からうまい汁を吸い、クーパーウッドなどの野心的事業家を通じて、投資や株の売買で肥え太ってきた人々である。ステナーは彼らの傀儡であり、道具でしかないから、バトラーの策謀によってクーパーウッドを葬るためには、道具であったステナーも共に葬り去られる。

ドライサーは当初からステナーを弱者として提示している。強者としてのクーパーウッドと対比し、特に事件発覚から裁判の過程で人間の強弱を実にうまく対照的に描いている。しかし、強者であるクーパーウッドも人間であるかぎり、彼の力では及ばぬ偶然性に弄ばれる犠牲者であることをドライサーは意識している。本来強い者がより強い力（この小説では運命という力と世俗的力の合体したものだが）と必死に戦う姿をドライサーは書きたかったのであろうし、またそれを書く時に本領を発揮している。従って、二十三章のシカゴ大火の報に始まり、三十一章のクーパーウッドの会社の事業停止に至るまでがこの小説の最も魅力的な部分となっている。この時点で、彼は借入金百二十五万ドルを抱え、全ての資産処分金七十五万ドル、差引五十万ドルの不足でついに倒産する。

更にもう一つの偶然性をドライサーは最後に用意するが、これはもう一種のおまけのようなものである。ヤーキーズの実際の経歴の中では現実のことであるが、小説としては、大団円に導くために作為された虚構の挿話のようにさえ思える。それは、アメリカ経済史にも残っている一八七三年九月八日のジェイ・クック投資会社の倒産による経済パニックである。この機に、すでに赦免され、業界への復帰のチャンスをうかがっていたクーパーウッドは今で言う「空売り」戦術に出て、鉄道株の下落をあおりたて、それが底をついた時点で「買い」に出る作戦を取り、巨大な資産を再び作っていく。ドライサーはこの辺りにはもうあまり紙数をつくすことをしない。彼はクーパーウッドを敗軍の将としてフィラデルフィアから旅立たせるのではなく、むしろ莫大な資金を手に西部の征服へと出発するお膳立てをしているにすぎない。

クーパーウッドが成功するにしても失敗するにしても、偶然性のなすがままになっている存在であると描くのは、いかにもペシミストであるドライサーらしい。しかも、彼は偶然性の生贄のように無力になっていく様を書く時、ドライサーは〈自己投影〉の本領を発揮する。それは、ハーストウッドを描いた時と同じである。ただ、クーパーウッドの場合、〈弱肉強食〉の論理を信奉し、強者たらんとする人である。しかし、強者はまた他の強者とこの世では闘わなければならない。そのためにはドライサーは「力」が個人に求められると考えている。ドライサーはこの小説において、強者たらんとする者がどのような力を具えているべきかを書くと同時に、彼がこの世でどのような力と対決し、それといかに戦うかということを描きだしたかったのである。

前述してきた偶然性もドライサー自身が感じとっていた人間の努力を超える力であったことを意識の上におきながら、さらに「世俗の力」について考えてみよう。

ドライサーはクーパーウッドの少年時代からこの小説を書きおこしているが、まず少年にこの世は力と力との闘争の場であること、そして個人的な力を持たない限り、滅ぼされることを強く意識させている。(14) 次いで、彼は単に力を持つだけでなく、力を発揮するための道具の必要性を悟っている。(15) 道具はこの小説では金銭であり、政治的システム（人脈）であることが明らかになり、前者はいわゆる財力、後者は政治権力ということになる。しかも、世俗の中では、外見では力を持つように思える人間も実はその背後に存在する権力者の道具にすぎないことをクーパーウッドは悟っていくことになる。

ドライサーは機会あるごとに、クーパーウッドが個人的な力（外見的な魅力と性格的強靭さを兼備した）を具えた人物として提示している。少年の頃初めて彼が出会う伯父はすぐに彼が並みの子供ではないことを見抜いているし、彼が公金横領の罪で刑務所に入れられる時でも、所長でさえたちどころにクーパーウッドが自分をはるかに超える人間であることを意識している。

クーパーウッドと対照的に収入役のステナーは、ドライサーによって権力者の道具、本来は弱者でありながら、後楯の力で外見だけの強者となっている人間として描かれる。彼は権力者を恐れる人間であるから、シカゴ大火による危機に際し、自己保身だけを考え、財力を利して事態収拾をしようと企てるクーパーウッドに同調することができない。本質的な弱者にふさわしく、危機に直面すると萎縮してしまい、権力に対抗することを選ばず、権力にすがりつこうとし、その結果、無残に切り捨てられている。ドライサーは、ステナーのような弱者は一度破滅したら、二度と浮かびあがることはない、と暗示している。こういう考え方は、ハーストウッドを創造した時と変わっていない。

それでは、財力と政治権力という世俗の力を発揮するバトラーとその仲間たちは強者であるのか、彼らが人生の勝者となる人々であろうか。この問いにも、ドライサーは否定的である。バトラーを例にとるなら、彼もまたクーパーウッドにひけを取らないほど個人としての力を具えた人物として提示される。アイルランド移民でありながら、性格的魅力、成功への野心、知力と努力、そして時代の進行と共に発展した都市を利して産を成してきた人物である。当初は、家庭の残飯を集め、それを養豚業者に売る仕事から出発し、やがて五十万人もの人口にふくれあがったフィラデルフィア市のゴミ処理、清掃業を一手に扱う会社へ発展させ、そこから生じた利益を様々な事業に投資する資産家となり、政界へも多大な影響力を持つアメリカの成功神話の典型のような男である。このバトラーがクーパーウッドを当初非常に好んだのは当然である。ドライサーは二人に意識的に成功者の同質性を用意したからである。そして、この同質の両者がアイリーンという女性をめぐって天敵となっていくメロドラマチックな展開をドライサーは狙っていた、と想像できる。だが、ドライサーは両者の闘いに勝ったバトラーを勝者の地位におくことはしなかった。彼は、第一に、娘のアイリーンを自分の意のままにできず、クーパーウッドに奪われている。そして、第二に、バトラーはクーパーウッドが刑務所に入れられてから半年もたたないうちに、心臓発作で死んでしまうからである。

　ドライサーは進化論の〈弱肉強食〉の論理が人間社会にも通用し、アメリカ社会には特にこの競争原理が根づいていることを信じた作家である。だが、同時に彼はペシミストとして「人生ノート」（〝Notes on Life〟）[16]に記したように、「必然の方程式」（〝equation inevitable〟）と呼んだ考え方を常にする人間だった。それは、人が仮りにどのような力を持とうと、いずれは他の力に屈するものであり、自然界には均衡《バランス》の論理が働いていて、プラスの後にマイナスが必ずくるという考え方である。そして、自然界の生物は人間を含めて究極の死滅という運命を与えられている。これがドライサーの人生哲学だった。彼は成功の頂点にいても、自らの死を祖先の墓に見た男である。バトラーの死はドライサーのこの哲学をよく示す例である。クーパーウッドと激しい闘争の末、力で押し切って勝ったかに見えながら、彼は勝者たりえない。これは、キャロライン・ミーバーが小説の最後で揺り椅子に座って感じた空虚と同じである。

このように考えれば、不死鳥のように蘇り、アイリーンを伴って西部征服へと旅立つクーパーウッドも決して勝者ではない。彼の以後の人生にも「必然の方程式」は必ずつきまとっている。ドライサーは終章でわざわざブラック・グルーパー（日本のマハタに相当する大魚）の描写を書いている。これは、たしかに、クーパーウッドの姿を暗示する。抜けめなく、保護色の巨大な魚体を海中の岩陰に隠し、近寄る魚を捕食する獰猛な魚である。だが、これはクーパーウッドだけを暗示するものではない。十九世紀後半にアメリカで産を成した大企業たち全てがこの魚の狡猾さと獰猛な力を発揮して成功した人たちであった。だが、ドライサーはクーパーウッドが同じグルーパーの中でも一際《ひときわ》異なる存在であるということを書きたいのである。バトラーやモレンハウアーのような人物たちとは違い、あくまでも孤立し、やがては偶然性の力や必然の哲理に負けるにしても、決して闘争そのものを捨てない男として書きたいのである。

ドライサーがクーパーウッドの物語を書き続ける意味は、この闘争の継続ということと、彼をして他のグルーパーたちと一味違う大魚であるとしていくための特質を書くことにあったように思える。彼は他の企業家たちと同様に野心家であり、自らの欲望に率直に反応して世俗的成功を目指した男であるが、非常に立派な審美眼を具えた男で、美をこよなく愛した。彼にとっての美は、芸術の美、そして女性の美の両方であり、それを手中にするためには、因襲や社会慣習を無視し、それを踏み倒していくのがクーパーウッド流だった。これは、彼をして、他の成功した企業家たち（だいたいが名門家庭を構築し、非常に保守的になっていくのだが）とまた大いに異ならしめている点だった。この章では、意識的にアイリーン・バトラーという当時としては希有な女性を論ずることを避けたが、それは、次の章、『巨人』を論ずる時の主題の一部にしたいと考えてのことだった。クーパーウッドの審美性と美の探究は、彼をアメリカの企業家たちの中では特異なものを持っていた。そして、ドライサーはそこに自らとの同質性を見いだし、＜自己投影＞の恰好の素材を発見しているのである。

第四章　『巨人』

――美しきものを求めて

　ドライサーは『資本家』をハーパーズ社より出版してから間もなく、一九一二年の十二月にチャールズ・T・ヤーキーズの足跡を追って、久しぶりに懐しいシカゴを訪れ、翌年の二月十日まで滞在している。この間、彼はヤーキーズ関係の資料調査をニューベリ図書館で熱心に行なった、と言われている。(1) また実際にヤーキーズを知っていた人々と会ったりもしているが、特に詩人であり、弁護士でもあったエドガー・リー・マスターズ（Edgar Lee Masters）の親交を得て、彼の紹介でヤーキーズと対立し、彼の市街電車の五十年事業権獲得を阻止するために闘った元市長のハリソン（Carter H. Harrison）と会い、当時の事情を詳細に聞いたりしている。こうすることにより、ドライサーは『資本家』の続編となる『巨人』執筆への意欲を自らに駆りたてたようである。

後述するが、シカゴ時代のヤーキーズは事業家として強引すぎるほど辣腕を揮ったので有名だが、その一方で次から次へと美しい女たちを求め、シカゴの社交界や上流階級の人々の反感をかったことで名高い。前章で書いたように、『資本家』において、ドライサーは自己の中にあった〈強者願望〉をヤーキーズをモデルとしたクーパーウッドに具現化したかったため、クーパーウッドは現実のヤーキーズ以上に強烈な存在となり、また飽くことのない〈征服者〉の様相を示していた。この精神は『巨人』においても同じであるが、それはドライサーの直接の自己投影というよりも、むしろ彼が生涯抱き続けた願望のなせる術だったと考えるべきだろう。

しかしながら、『資本家』と違って、『巨人』の場合、ドライサーが直接的な形で自己投影を為している部分も大いにある。読者もすぐ気づかれるはずだが、『巨人』は富と権力の征服を志向し、シカゴの怪物的巨人になっていくクーパーウッドの物語だけではない。ドライサーはヤーキーズの実例をなぞるようにして、クーパーウッドの数多くの美女たちとの関係を詳細に物語りの中に組みこみ、『巨人』が事業における政治と経済の闘争記録であると共に、一方でシカゴ社交界の内幕と美女征服のドラマでもあるように仕組んでいる。小説の構成を見ても明らかだが、大まかながら、前者の物語が一段落すると、後者の物語が展開される形をとっている。『資本家』がアメリカ文学史上初めて登場した本格的な「経済小説」であったことと比較すると、この作品はだいぶ様相が違う。というのも、『巨人』においては女性たちが前作よりはるかに大きな役割を負わされているからである。『資本家』から登場したアイリーンはもちろん、後半に登場し、クーパーウッドにとって一種の救済の女神を演ずるベリナイシー・フレミング（Berenice Fleming）はドライサー自身にとっても重要であり、彼がなぜ『巨人』を書かなければならなかったかというライトモチーフさえ示唆する存在であるからだ。

ベリナイシーの創造は、実在のモデルがあって為されたものだが、[2] ドライサー自身とセルマ・カドリップの関係を意識して為されたことも明白である。セルマが十八歳の若い娘で、ドライサーとは二十歳以上も年齢差があったこと、あるいはセルマがベリナイシーと同じように画家志望であったこと、有能な母親の強力な庇護の許にあったこと、類似点が多い。さらに、ベリナイシーの創造には、小説執筆当時のドライサーの情事がからんでいた。というのは、彼はシカゴ訪問の際に、イレーヌ・ハイマン（Elaine Hyman）というユダヤ系の知的な女優志願の美女に恋をしていたからである。彼女はドライサーの『シスター・キャリー』を激賞していた新進の批評家、フロイド・デル（Floyd Dell）の愛人だった。ドライサーはこの地中海風の美女（これもベリナイシーの描写と類似している）に一目惚れし、親しい友人となったデルにお構いなしに口説き、ニューヨークに来らせている。彼女はやがて女優となり、キラ・マーカム（Kirah Markham）を芸名として、しばらくドライサーと同棲していたことがよく知られている。

このように、美女に対するドライサーの性向はシカゴ時代のヤーキーズとよく似ている。ドライサーは自分では美女に対して自制心が働かない、と感じていたが、彼はヤーキーズの奔放だった女性関係を利用して、自分の中にあった∧美しきもの∨の現世的典型である美女への執着を直接、クーパーウッドの物語へ書きこんでいる。クーパーウッドの存在が『資本家』の中で描かれた存在と微妙に違うのはそのためである。ドライサーは『巨人』のクーパーウッドを、美術品の蒐集を含めて、∧美しきもの∨へのこだわりを異常なほどに持つ男として描出し、当時の他のアメリカのいわゆる「企業家」たちと異なるユニークな存在にしている。

論を進める前に、前章と同じように、クーパーウッドのモデルとなったヤーキーズのシカゴ時代の実際の足跡をリーハンの記述をもとに示しておくことにする。(3)

ヤーキーズは一八八〇年にフィラデルフィアを後にし（クーパーウッドは一八七三年に去ったことになっている）、最初ノース・ダコタ州に行き、そこで不動産業で一稼ぎした後に、一八八一年にシカゴに乗りこんだ。南北戦争後、中西部の中心都市へと発展しようとしていたシカゴで、ヤーキーズは中心街に社屋を構え、穀物と株式の取引を業務とするかたわら、ガス会社を興し、それを基礎としてやがてシカゴのガス供給を統合する会社へと発展させた。

その後、フィラデルフィアから招いた三人の資本家たちの後援を受け、当時まだ鉄道馬車だった市街鉄道に眼をむけ、やがてその一つを買収し、ついには北地区の市街電車網を確立するに至った。これが、一八八六年のことである。この時、市当局より二十年間保証の事業権を得たが、これが後に更新の時機となって、政治問題となり、新たに五十年間の事業権を求めたヤーキーズは、要求を市長と市議会に拒否されて、シカゴを去る決意をすることになる。

また、一八九六年には、シカゴの金融会社ムーア・ブラザーズ社が倒産し、一時的パニックが起こるが、この時、ヤーキーズの辣腕ぶりに反感を持っていたシカゴの有力な銀行家たちが協力し、多額の借入金を抱えていたヤーキーズに同時に返済を迫ることで、彼を破産に追いこもうと企てた。しかし、この計画は、ヤーキーズが隠し持っていた資金と、ニューヨークの金融資本家の後援を得たヤーキーズの反撃に会い、見事に失敗している。

だが、この事件もヤーキーズにシカゴを見かぎらせる原因となっている。彼はニューヨークへの移動を決断し、五番街と六十八丁目の角に豪壮な邸宅の建設をし、そこにそれまで蒐集してきた名画（レンブラント、ファン・ダイク、ターナー、コロー、デラクロワ、ミレーなどの作品のほか、当時の英・仏・米の画家たちの絵画など）をそこに飾り、美術館のようにした。そして、ヤーキーズは市街電車の事業権の改更の戦いに敗れると、電車会社とガス会社を売却し、そこから得た二千万ドルを手にシカゴと訣別したのである。

『巨人』の物語は、出来事の大筋においてヤーキーズの軌跡を踏襲する。フランク・クーパーウッドは「戦いは強者のためにあり」(4)という信条を胸に刻んで、シカゴへ乗りこんでくる。大金を手にする事業家であり、道往く人々が羨ましく眺める美女を伴侶としているクーパーウッドではあるが、彼はフィラデルフィアでは前科者であり、古く因襲的な都会では紳士として認められない男である。

しかし、シカゴは若い都市であり、そこにはアメリカの他の地で成功しなかった人々、南北戦争後の南部に住めなくなった人々、一山あてようという東部からの人々などが続々とやってきていた土地だった。彼らは何とは知らず、また何故ともわからず、シカゴにやってきていた時代であったから、新しい人生を求めるクーパーウッドにとってはうってつけの場所だった。

彼はまず最初にシカゴでの最大の銀行、レイク・シティ・ナショナル・バンクを訪れ、その頭取であるジュダ・アディスン(Judah Addison)と会う。後々、アディスンは彼の変わらぬ友人となるが、紹介状を見るまでもなく、当時三十六歳のクーパーウッドの人柄に惚れこんでしまう。外見の印象はもちろんのこと、きびきびと自信に満ちた態度と物言いは並みの人物ではないことを表わしていたが、何よりもアディスンを魅了したのは彼の眼だった。澄んだ瞳は優しく、深く、理解に満ちていたが、同時に「人をあざむくように、読みとりがたい謎を秘め、女でも男でも同様に惹きつけずにはおかない(七)眼だった。

アディスンの引きまわしで、クーパーウッドはすぐにアンソン・メリル(Anson Merril)という衣類の卸売業者や不動産業者のランボー（Rambaud）などと知りあい、シカゴにおける友人の輪を築いてゆく。次いで、クーパーウッドはシカゴ商品取引所のブローカーをやっていたピーター・ローリン（Peter Laughlin）というスコットランド系の男に眼をつけ、彼を説いて、自分の協同経営者とし、ピーター・ローリン会社を設立している。資本の大半をクーパーウッドが提供し、更にニューヨークとフィラデルフィアに持つ株式取引の権利を提供し、会社の利益の四十九パーセントを与えるという好条件での話だった。もちろん、ローリンは否応なく、この話に乗り、以後クーパーウッドの手足となって働くこととなるが、クーパーウッドの方は、ローリンの陰で大金を動かし、シカゴにおける株取引と金融業界への地歩を着々と固めていくことになる。

この間に、彼はフィラデルフィアの弁護士を通して、二十万ドルを与える条件を提供し、前妻のリリアンと離婚し、晴れてアイリーンと結婚している。ペンシルヴァニア州西部のダルトンという小さな村で密かに二人は式を挙げ、シカゴの社交界にデビューし、新しい生活を目指そうと考えている。

しかし、クーパーウッドがアイリーンに率直に告げているように、彼自身に前歴の傷があることに加えて、二人がかつて不倫の関係にあったことなどの理由で、社交界でたやすく受け入れられるかは怪しい、と彼は考えていた。彼はそのことを慮って、すでにアディスンには自分の前歴を告白しておいたし、またアイリーンにもシカゴでの社交生活が必ずしも快適なものにならないかもしれないことを予期させている。

ドライサーはこのクーパーウッドの危惧を六章（三二～三八）ですでに書きこんでおり、『巨人』がクーパーウッドの経済・政治の闘争の記録であるだけでなく、実は『資本家』以上に、社交界における微妙な階層差、またそれをめぐっての攻防戦であるかの実情を描き、やがてこの戦場で敗れ、生贄のようにアイリーンが生ける屍と化していく物語となることを示唆する。というのも、後で述べることになるが、この時点ですでにアイリーンの描き方に前作とは違う筆致が現われているからである。

クーパーウッドはアイリーンを妻としてシカゴ社交界に披露するかたわら、自分はローリンを使って、シカゴ市内のガス会社の統合を企てている。当時市内には三つのガス会社があったが、彼らは統合に反対で、しかも買収にも応じないという状況だった。そこで彼は市郊外に権益を持つ小さなガス会社を買収し、それを拡大し、やがて民主党のボスである政治家のマッケンティ(McKenty)を抱きこみ、彼の力を利用して市長を動かし、市内のガス供給権を入手する。これにより、彼は郊外地のガス会社と合併したシカゴ・ガス会社を設立し、将来の市内のガス供給を独占しようと計画する。あわてた既存の市内のガス会社の背後にいる大資本家のノーマン・シュライハート(Norman Schryhart)はクーパーウッドに会見を求め、新旧のガス会社の友好的合併を提案するが、クーパーウッドに法外な条件を出されて、引きさがる。これがシュライハートとその一派との最初の戦いとなったが、第一ラウンドではクーパーウッドは完勝したわけである。

クーパーウッドが次に興味を抱いたのは、市街鉄道事業だった。当時はまだ鉄道馬車の時代であり、シカゴの市街鉄道は中心部にあるシカゴ川をはさんで南北に分れていた。南地区の市街鉄道網は一八五九年に設立されたシカゴ・シティ鉄道会社が開発したもので、七〇マイルの軌道と一五〇輌の車を有する大会社で、この大株主がシュライハートだった。北地区にはノース・シカゴ鉄道というのがあり、南地区の鉄道とほぼ同時期に設立されていたが、あまり発展していなかった。他に、シカゴ西区鉄道もあったが、これはもともと市当局が設立したものを民営に移譲した会社で、利益はあがっていなかった。

クーパーウッドは将来の北部の発展を考え、あまり整備されていなかったノース・シカゴ鉄道に眼をつけた。ただ問題が一つあった。当時のシカゴの商業中心街はシカゴ川の南側にあったことである。つまり、南北の鉄道の終着駅はそこにあったから、北の路線はすべてシカゴ川にかかる橋を渡らなければならなかった。そして、橋はミシガン湖から川へ入ってくる大きな汽船を通すため、すべてが跳橋となっており、橋番の気まぐれで、橋の開閉がなされており、橋の前後の交通渋滞は日常茶飯の事となっていた。これが北からの鉄道の発展を阻む致命的欠陥だった。

クーパーウッドはラ・サール通りとワシントン通りの川底には今はほとんど使われていないト

ンネルが市によって建造されていることを知り、これを改良し、鉄道に利用することを思いつく。彼は一方で着々とノース・シカゴ鉄道の買収にかかり、それを手中にするや、市当局から格安でトンネルの使用権を得、念願だった市街鉄道事業へ本格的に乗りだすのである。

以上のような経過はかなり忠実にヤーキーズの業績をなぞる形で提示されている。しかし、ドライサーはクーパーウッドをヤーキーズより以上に想像力に富み、かつ事業の刷新を常に求めると共に、シカゴ市民の便利さと快適さを頭においた人物として描出する。

たしかに、クーパーウッドは自己愛の強い男で「名誉と名声を願ったが、それ以上に金を得たい」(一八五)と考えたが、同時に「ひとたび牽引ケーブルが敷設され、新車輛が走りだし、明るく照らされたトンネルも完成し、橋の渋滞も解消されたら、一般の人々は何と素晴らしき改善と喜び、この私を支援してくれるはず」(二一九)と考える人間でもある。彼が単なる企業搾取家ではなく、シカゴという新興都市の将来を見抜いた事業家であることを、ドライサーは書きたかった。都市の発展を利する事業によって自らも利益を得るが、一般大衆にも利になることを志した事業家でもあった印象をドライサーは描きたかった。

例えば、クーパーウッドは南地区より先にノース・シカゴ鉄道に電力による牽引ケーブル方式(現在サンフランシスコのケーブル・カーに残されている方式)を導入している。また、当時の貧弱すぎるほどの車輛(冬期には寒さしのぎに床に藁を敷いてあったそうである)を快適な新車輌に変えている。道路の改装も行ない、現在ループと呼ばれている高架鉄道の基となるものも建設している。このような具体的事物の描写は、少年期から青年期にかけて、シカゴにおいて同じ時代を体験したドライサーらしく歴史的資料としても貴重である。このようにして、クーパーウッドは北地区と西地区の市街鉄道を充実させ、市より二〇年間の事業権を得、シュライハート一派のシカゴ・シティ鉄道をはるかに凌駕する存在に自分の会社を完成している。

しかしながら、この過程でクーパーウッドはかなり強引な手段を使ったし、政治的圧力を利用したり、あるいは不正と弾劾の誹りを受けて当然とも思える術策をも弄している。そのため、彼はシカゴの財界、政界から敵視され、彼らの手先でもあるジャーナリズムの世界からも攻撃の対象となっている。ドライサーはクーパーウッドを常に正当化して書くから、彼の勝利の過程はメロドラマチックに痛快であり、さながらクーパーウッドは新しい時代のヒーローのように見え、現実性を欠いてしまう。

ただ、ドライサーは彼の劇的な成功を通して、次のことは示し得ている。一つは、彼に対する人々の敵意には、彼が東部からの闖入者であることと、あまりにも華やかな成功に対する嫉妬と羨望が隠されていたことであり、そして、第二には、シュライハートが感じとったように、あまりにも強力な〈強者〉への恐怖感を人々が持ったことである。〈強者〉礼讃のこの時代でも、ブラック・グループーパーのような獰猛な大魚には、小さい魚たちは群れをなして対抗するしか術はないのである。小説の後半で示されるように、反クーパーウッド運動はシュライハートに指揮され、資本家と大衆が群れを作り、声を揃えての排斥となっている。これは、クーパーウッドが並みの資本家ではなく、個人的に〈強者〉の質を具えた人であったことを鮮明にしている。

クーパーウッドがシカゴの政財界から敵意を抱かれたのには、もう一つ大きな理由がある。彼は当時の社交界の「お上品な伝統」に逆らって、アイリーンという妻がありながら、社交界の年若い美しい女たちを次々に自分の愛人としたことである。これはヤーキーズ自身の派手な女性関係を使い、ドライサーが自らの感情移入をし、美女の征服がまた〈強者〉の生の究極的意味であり、金銭的成功はこの意味を達成する手段でもあるという、この小説の主題を明確にしようという意図があったからである。

クーパーウッドの美女征服の過程は経済的征服の過程にひけを取らないほどにメロドラマチックである。彼は社交界でも他の男たちの脅威となり、女たちからは恐れられながらも、神秘的で、異常な魅力を発散するヒーローと見なされる。クーパーウッドが関係を持つのは、最初は芸術家タイプの知的な美女、リータ・ソールバーグ（Rita Sohlberg）、女優志願のステファニー・プラトウ（Stephanie Platow）、シカゴの有力紙『シカゴ・プレス』の編集長の娘、セシリー・ヘイグニン（Cecily Haguenin）、シカゴ西区鉄道社の社長令嬢、フローレンス・コックレイン

(Florence Cochrane)、財界の大立者ハンド氏(Mr. Hand)の妻、キャロリン(Caroline)などである。彼女たちはみな社交界の花であった女性たちだが、クーパーウッドは彼女たちを手に入れると、別宅を構えていて、そこである一定期間にわたって、関係を保っている。

それでは、彼がこれほど情熱を傾け、手中にした女性たちとの関係をなぜ安定させ、長く保つことができなかったのであろうか。この理由の背後には、クーパーウッドのモデルであったヤーキーズの女性遍歴の事実よりもむしろドライサー自身の心情に密かなる理由があるように思える。

ドライサーはクーパーウッドの最初の妻、リリアンを描いた時、自分の妻であったセアラと関連を持たせて書いている。セアラはドライサーより二歳年上であったが、リリアンも五歳年上の女性としている。共に少し神経質な、知的で芸術的教養を持ったおやかな美女であるが、性的には上品すぎて、年月と共にその魅力が薄れていく女性である。リリアンは「彼(クーパーウッド)より少し背が高かった――彼もすでに大人になりきっていた(五フィート十・五インチ)けれど――だが、背の高いにもかかわらず、その姿、形は美しく、芸術的だった」(三七)、と描かれている。また、彼女の髪の色は淡い褐色で、肌の色は乳白色で、「蝋のよう」であり、唇は「淡いピンク」眼は「灰色とも青い色とも、また灰色とも茶色とも、見る時の光線で変わる」と記している。(三八)いかにも繊細な冷たい感じの美女であり、まさに「彫刻」のような姿だった。

ドライサーはこの描写に追いかけるようにして、「彼女の美しさはクーパーウッドがその時点で描いていた芸術的美の感覚にぴったりだった」(三八)と書いている。まだ大人になりきってはいなかった若者(クーパーウッドは十九歳だった)にとって、ほっそりとした冷たい感覚を秘めた美しく若い人妻は芸術的見地からも最高の美女に思えたのである。この印象は実は彼が初めてセアラに会った時のものに似ている。セアラも「穏かで、品があった」(5)し、また彼女は「物腰の品の良さに同調するように、肉体的にも繊細だった」ミズリー州のダンヴィルという田舎町の農場経営者の娘であったセアラは「お上品な伝統」の許に育った新教徒であり、ドライサーにとっては「堅苦しすぎるほど」に生真面目だったが、それがかえって裕福で堅実な家庭を知らなかったドライサーの気持ちを惹きつけたのである。

二十二歳になろうとしていたドライサーにとって、セアラは美しい女性の一つの原型であった。亜麻色の長い髪を編み、それを後頭部に結いあげた姿、これは彼の母親の若かりし頃を思わせるものであったが、それはまたリリアンの描写に生かされている。セアラとリリアンの描写を合体させれば、ドライサーにとっての「美しい女性」の原型像が明確になってくる。それは、年の頃は二十代の前半、背が高く、ほっそりとした体形、色白で少し冷たい感じの顔立ち、芸術的雰囲気を静かに発散し、年齢以上に落ちついた物腰の品の良い美女で、しかも知的でなくてならない。ただ、こういう女性は実際に共に暮せば、あまりにも冷ややかで、特に性については保守的で、ドライサーのような欲望の強かった男を満足させることはできないのかもしれない。しかし、若い時代のドライサーの抱いた一つの理想像だったことは間違いない。

クーパーウッドがリリアンを強く求めるのは、実際の下敷きがあったにせよ、作者の感情移入によるところが大きい。ドライサーがセアラに感じたように、クーパーウッドも結婚し、数年を経て、リリアンの容色にかげりが出てくると、何となく不満を感じている。その頃、彼はバトラー家の十代の後半だった娘、アイリーンに出会い、たちどころに彼女の魅力の虜となっている。

ドライサー自身に引きつけて考えるなら、中年となった彼にとっての美女の原型はさらに一つ増え、それがセルマ・カドリップという十八歳の美女に夢中になった理由でもある。ドライサーは告白的に『〈天才〉』の中で、「十八か十九の年頃の娘の美しさに勝るものはない(6)」という有名な言葉を書いたように、もう一つの美女の原型はまず十代後半の女性でなくてはならない。これは、すでに述べたように、『巨人』の最後をしめくくり、初老となったクーパーウッドの心情の救済者となる年若い美女ベリナイシーの登場と大いに関わることでもある。しかし、ここではまずアイリーンというクーパーウッドの第二の、そして生涯の妻となった女性にこの原型を見ていくことにする。

クーパーウッドがアイリーンの姿を初めて見たのは、彼女ガまだ十五歳の少女の頃だったが、彼が真剣に彼女に魅了されていくのはアイリーンが女学校（女子教育の修道院学校）を卒え、社交界へデビューをした後である。ドライサーは「これほど活力と明るい活動性を見せる女性を彼

（クーパーウッド）はかつて知らなかった」[7]とアイリーンについて書き、さらに続けて、彼女の髪は「赤みをおびた金髪であり、それは豊かに肩口まで垂れさがっていた。鼻の形は美しく、鼻筋がとおっているが、決して繊細さを思わせることはなく、眼は大きく、力感にあふれ、しかも肉感的にさえ見え、その瞳は碧に近いグレーだった、と描写している。ドライサーは彼女が非常に健康的で、肉感的でさえあり、明るく活発な女性で、男性にも積極的に関心を示すことを暗示し、いかにリリアンの虚弱さ、繊細さ、お上品な保守性と対照的であったかを読者に印象づけようとしている。

『資本家』の中でのアイリーンはクーパーウッドという妻子ある男に恋をし、大胆に因襲を恐れず激しい情熱を傾けて、男を支える存在となっているから、これも一つの理想的女性像である。ドライサーは年若い時に描いた女性の理想像をリリアンに、そしてある程度の女性経験を持ち、結婚生活を味わった男から見た理想像をアイリーンに示している

ドライサーは女性に関しては理想を追い求めすぎるが、自分の情熱をクーパーウッドに代弁させているように思えて仕方がない。例えばクーパーウッドはリリアンを美女の一つの原型として求めながら、その美と気品が結婚によって薄れていくと、今度はそこにないもう一つの原型をアイリーンに求めていく。しかし、彼はその先をまた求める宿命を負わされている。繊細と気品の美と、情熱と活力の美との合体、しかもその完璧な合体の美を永遠に保つなど、人間わざではな

いのだが、クーパーウッドはその難題を追求し続ける。

『資本家』において、理想の女性像に思えたアイリーンが『巨人』に至って、悲惨な犠牲者の様相を帯びるのは、クーパーウッドのこの果てしない欲求によるところが大きい。また、ドライサーはここにおいて彼女を劇的な犠牲者に変貌させる要因として、彼が執念を燃やして生涯考え続けるアメリカ社会の中の階層差の主題を導入してくる。しかも『巨人』において導入される階層差は上流社会の中、特に社交界の中に微妙に存在する隔差の問題であり、アイリーンはその典型的な生贄、ベリナイシーはそれを捨て去ろうと自立を求める女性、そして、クーパーウッドはそれを超越した存在として提示されることになる。

クーパーウッドがフィラデルフィアを捨てる大きな理由は、彼がいかに財を成し、名声を得ても、そこでは前科者としての彼も、不倫の女というレッテルを貼られたアイリーンも社交界の中では侮蔑の対象でしかなかったからである。伝統あるフィラデルフィアに比して、シカゴは新興都市である。アイリーンの眼からも「なんてひどい所！」（一七）に見え、彼女は美しい鼻をつんと上にそらし、嫌悪の感情を示している。当時のシカゴは南北戦争後の景気に沸く西部の町の一つに過ぎなかった。従って、クーパーウッドが考えたように、「充分な金さえあれば、そこに立派な家を建て、（連中と）対等にやれる」（六五）はずだった。そして、社交界が二人を受け入れ[8]

てくれるかどうかは「やってみるだけ」(六五)だった。
クーパーウッド夫妻はミシガン街に豪壮な邸宅を完成させると、最初の晩餐会を開いて、正式に社交界へのデビューを計っている。一八七八年十一月のことであり、この時点でクーパーウッドはシカゴの投資業界ではすでにやり手の実業家として広く知られるようになっていたが、アイリーンにとっては最初の女主人役をつとめる舞台だった。ドライサーはここで(第十章「試金石」)彼女が必ずしも社交界に適する女性ではないのではなかろうか、と暗示する筆致を使っている。

この夜、アイリーンは自分の髪の色に合わせて、濃い茶のビロード地のドレスを選び、同色のストッキング、靴の色も茶で、留め金は赤、宝石はトパーズという装いをしている。白い首筋とあらわな腕、豊かな胸を充分に見せた姿はクーパーウッドが思わず眼を見張るほどに美しかったが、客の婦人方を引きたてるべき女主人役としては美しすぎたし、その豪華な美しさに着飾るまでに「彼女はそうやすやすとできる女では決してなかった」(六九)のである。ドライサーはすぐ続けて、社交界の女性はこういう着こなしを気楽にやらなければいけないし、それが「社交の上で成功する確かな証拠である」と書いて、彼女には難点があることを示すのである。

しかも、華やかすぎるほどに美しく、生き生きとしたアイリーンは若い男性たちの人気の的にはなりえたが、野心的大物実業家クーパーウッドの妻、社交界の重要な存在感を持つ女主人役には必ずしも適してない。シカゴ社交界の重鎮だったアディソン夫妻は彼女の装いや振る舞いをすぐに批判的に見る。アディソンは「彼（クーパーウッド）はやり手だし、必ず大金を稼ぐ男だ。だがあの二人が社交界に入れるかどうかは怪しいね。彼一人なら、間違いなく入れるが、奥さんの方がね。美しい女だが、彼にはタイプの違う女性が必要だと思う。彼女では美人すぎるんだな」と言う。アディソン夫人もそれに応じて、「わたしも同感。わたし、彼女が好きよ、でも、彼女はどうやら社交界のゲームの仕方を心得ていないのじゃないかしら。惜しいわ」（七二～七三）と答えている。

アディソン夫妻のこのやりとりは、ドライサーが用意した伏線だが、それにしてもアイリーンの運命はあまりにも惨めである。というのも、クーパーウッド自身、彼女の美しさを魅力的と考え続け、彼女への愛情を意識しながらも、社交界には不適な女として、彼女を次第に遠ざけ、孤独の淵へ追いやってしまうからである。では、社交界の女性として何がアイリーンに欠けていたのだろうか？　ドライサーは、それは一種の「冷ややかさ」である、と表現している。正確には、冷静な穏かさのことであろうが、その背景には知性と賢明さが秘められている感覚を他人に与えるもの、と暗示している。つまりは、彼女の陽気な活発さと華やかすぎるほどの美貌（いずれも『資産家』の中で彼女を光り輝やかせた特質ではあったが）は社交界においては女主人役としては不向きなのである。

ブラッドフォード・キャンダ（Bradford Canda）というその夜の客の一人が新聞の社交欄の記者に漏らすように、「彼女（アイリーン）がもう少し年をとっていて、あれほど美しくなかったらよかった」（七三）はずである。彼はあれでは「年配の婦人たち」が彼女のそばに近づきたくなくなる、と心配している。というのも、社交界を牛耳っているのは常に彼の言う「年配の婦人たち」であったからである。

ドライサーは社会の階層差を強く意識した作家であり、これまでも他の作品で見てきたように、富める者と貧しき者の階層差がアメリカにおいては建前とは裏腹に大きな意味を持ち、後者は前者の偏見により社会の犠牲者にならざるをえない、と考えている。この階層差を真正面から彼が取り扱うのが『アメリカの悲劇』だが、『巨人』の中では、同じ富める者の階層の中にも、また異なった種類の階層差があることを彼は示したいのである。そのために、彼は社交界という一種の結社的偏見と不文律で構成されている婦人たちの世界を利用している。婦人たちはある新人たちを自分たちの世界に「受け入れるか否か」（"accept or not accept"）を彼女たちの暗黙の社交ルールによって定め、そのルールに外れる者にはあらゆる招待状が送られることがない。また一方、ルールに外れた者が、仮にどのように豊かであろうと、社会的な力を持とうと、彼／彼女からの招待状を彼女たちはやんわりと断わるか、あるいは無視する。

アイリーンは財力、美貌の両面において申し分ない女性として描かれながら、この最初の夜に

「年配の婦人たち」に必ずしも好感を持たれなかった。同時に、彼女はクーパーウッドが恐れたように、派手すぎ、冷静さに欠け、知的教養と東部女性に期待されている慎ましさを人々に感じさせることができなかった。そのため、時が経ち、クーパーウッド自身の過去と、彼女が不倫の末に彼と結ばれた経緯が知れると、彼女は誰からも招かれず、また彼女の招きに誰も応じないという憂き目に会うことになる。

しかも、不思議なことに、「年配の婦人たち」はクーパーウッド自身を拒否することはしない。彼女たちはハンサムで財力のあるこの野心的な男を「危険な人物」と評しながらも、こわいもの見たさの女性の好奇心を満たそうとするかのように、彼だけを単独で社交界に受け入れる。これがアイリーンを益々孤立させ、彼女を激しい嫉妬にかりたてている。彼女は当初クーパーウッドを求め、文字通り生命をかけて戦う。彼とリータ・ソールバーグとの情事に気づいた時、十八章で彼女は相手と女性とは思えない死闘を演じている。だが、その結果、彼女はクーパーウッドの心がすでに自分から離れ、残るのはただ哀れみの感情だけであることを悟り、以後、彼女は戦うことをやめてしまう。社交界からは受け入れられず、夫からは見放されたアイリーンは評判の良くないプレイボーイたちを求め、生ける屍のような生活に堕ちていかざるをえない。まさに社交界の生贄とされた美女となっている。

＊　＊　＊

シカゴのような新興都市においても、社交界の保守性と独特な女性たちの掟の苛酷さは以上のように想像以上であったから、ボストンやフィラデルフィアなどの東部の伝統的な都市では尚更であったろう、と推測することができる。ニューヨークのようなコスモポリタン的感情が支配していた世界でも、社交界の保守性と厳格さは変らなかったようである。

クーパーウッドは経済界でも辣腕の異端者としてドライサーによって創造されたが、同時に彼が社交界でも異端児であり、社交界を超越していた人物という風に強調されている。ドライサーは社交界内の階層を意識的に示しながら、経済界と同時に、それを越えることのできる人物を創ったと言うべきである。

しかしながら、クーパーウッドがいかに超人的な存在であろうと、彼の伴侶（妻であろうと、愛人であろうと）となれば話は別である。悲劇的なアイリーンだけでなく、クーパーウッドにとって救済の女神となるベリナイシーさえもニューヨークの社交界からは拒否される運命を担わされている。実はこのベリナイシーには小説的展開にふさわしい実在のモデルがあり、彼女はそれにもとづいて形造られている。

チャールズ・T・ヤーキーズが現実に関係のあった女性はエミリー・グリグズビー（Emily Grigsby）といい、ケンタッキー州ルーイヴィルの南軍将校の娘で、母親に連れられてニューヨークに移り、そこから修道院女学校に通っていたとされている。(9) 彼女の母親はルーイヴィルで高級娼家を経営しており、ヤーキーズ自身はこの母親とオハイオ州シンシナッティで出会い、母娘のためにニューヨークに家を構えてやったとのことである。

ドライサーは母親が娼家の女主人であったことなどを事実通りに使っているが、ただクーパーウッドと母親フレミング夫人（Mrs.Fleming）との出会いから、ベリナイシーへの求愛などは多分に想像力を加えて、それだけでもメロドラマチックな一巻の小説になるよう長々と書いている。事実、第四十章から始まる後半の二十三章（『巨人』全体の四〇パーセントを占める部分）の背後にはベリナイシー母娘が存在している。

クーパーウッドは最初ルーイヴィルの資産家ギリス大佐（Colonel Gillis）からフレミング夫人を紹介されている。大佐は彼に融資をしている男だが、ある時彼は大佐に連れられて、気晴らしに高級娼家に遊びにいく。フレミング夫人はハッティ・スター（Hattie Starr）という名前で、上流紳士たちに遊びのために家と女性を提供していたのである。しかし、彼女はなかなか気品のある南部の貴婦人であり、ペンシルヴァニア州西部の山地に別荘を持ち、娘をニューヨークの名門寄宿女学校に、息子を西部の軍隊教育をする寄宿学校に入れている。実は彼女はもともとヴァージニア州からケンタッキー州へと移り住んだ名門へドン家（Hedden）の出であり、若くしてケンタッキーの富豪フレミング氏と結婚し、不倫の末に離婚し、次に結婚したカーター（Carter）という放蕩者の夫に死に別れ、ついに金に困った三十八歳の美女がルーイヴィルに落ちつき、紳士たちの世話になりながら、やがて彼らのために遊び場を提供する家の女主人となったのである。

クーパーウッドが魅せられたのは、このまだ色香を漂わせる中年の南部女性にではなかった。彼女の家でふと見た彼女の娘の写真にだった。まだ十二歳ぐらいの娘の写真だったが、「彼（クーパーウッド）は強い印象を受けた。繊細すぎるほどやせた少女、それでいて不思議なほどに魅力的な微笑をたたえ、ほっそりとした首に美しい顔を昂然とそらし、退屈しきったような優越感をあたりに振りまいていた」（三四七）と、ドライサーは書いている。ギリス大佐の言葉のように、彼女は「生れながらの貴婦人」（三四四）である。クーパーウッドは町の写真館に飾られていた彼女の大きな写真を入手し、それをつくづくと眺め「讃嘆の感情と好奇心が益々強まり、メリル夫人やその他の多くの年配の婦人たちが常々ほのめかしているあの理想の社交界の花、生れついての貴婦人、真の社交界の花の化身がここにいる」（三四八）と、彼は考えている。

クーパーウッドが実際にこの娘、ベリナイシーと会うのは、彼女が十七歳の時である。彼はその時すでに五十二歳を過ぎていた。実際に見た娘は写真の中の少女よりはるかに美しかった。「すらりと背が高く、繊細なほどにほっそりとした体形、赤銅のような赤毛の髪に白い肌、それまでクーパーウッドが出会ったこともないような美しい女」（三五一）だったし、それに加えて、彼女は口では言い表せないような気品を見せていた。まさに、リリアンとアイリーンの最も美しき時代の姿を合体させた存在である。クーパーウッドは初めて自分の探し求めていた∧美しきもの∨の理想の姿を目のあたりにした思いだったが、彼は自分の年齢を考え、彼女の保護者の地位に甘んじようとしている。

しかし、社交界はこのような理想的な女性すら許容しない。彼女が成長し、社交界へデビューし、名門の家の男性と恋をし、やがて結婚へ至ろうとすると、母親の過去が明るみに出て、男は去り、彼女自身ニューヨーク社交界から拒否されることになる。ベリナイシーはもともと画家志望であり、またダンスの才能を持つ女性だったから、彼女は社交界に訣別し、ダンス教師として自立の道を探そうとしている。この時、クーパーウッドは母親の依頼を受け、自分が経済的にも彼女の保護者となり、永続的な援助をすることを約束している。それは何らかの代償を求めてのことではなく、あくまでも∧美しきもの∨の具象であるベリナイシーを世間の荒波によって汚させたくないという純粋な感情からである。この純粋な感情に、やがて時がたち、クーパーウッドがシカゴでの闘争に敗れた時、ベリナイシーが応えて、失意の初老の男を救済する役割を演じている。

ドライサーは社会進化論に共鳴した作家でありながら、同時にまたこの世には「バランス、つまり均一化が必要」（五五一）と信じてもいる。「強者は強すぎてはいけないし、弱者もまた弱すぎるべきではない」（同頁）と考えている。これはすでに見てきたように、ドライサーの書く全ての物語の哲学である。だから、ヤーキーズという実在した人間をモデルとしても、彼はクーパーウッドを永遠の強者、強すぎる強者にするわけにはいかないのである。クーパーウッドのシカゴにおける最後の戦いは、五〇年間の市街鉄道権利を手に入れるためのものだったが、彼はシカゴ市民の反対によって、済界、政界を相手にした戦いに逆転敗北を喫し、敗走するようにシカゴに訣別を告げざるをえないのである。

ドライサーの物語の中では、美女の宿命もまた同じ均一化の法則に支配されている。男は、どこかでクーパーウッドのように女性にこの世の〈美しきもの〉の具現を求めようとしているが、年月の経過と共に美女もまた色香を失っていく。美と智と情を兼備した理想の女性でさえ、年ふればその魅力を失う宿命をまぬがれることはできない。まして、現実には、美あれば智なく、智あれば情なく、情あれば美なくと、神は均一化の法則をもって万全の理想の女性をめったにお造りにならない。にもかかわらず、クーパーウッドは果てしなく理想を追い求めている。ロマンチックであり、彼がまた並みのアメリカ企業家と異なる点であるが、それだけに自負の強い男であったことを示すものであろう。

伝記を読むかぎり、ドライサー自身がそのような強い自負を持っていたかどうか怪しい。しかし、美しい女性が彼にとって成功の証しとしての意味を持っていたことは確かである。クーパーウッドもその点では同じである。並みの財界の巨人たちは成功すれば、社交界の法則を守って、性的には保守的生活を（少なくとも表面では）続け、体面（"Respectability"）の保持につとめる。しかし、ドライサーが描くクーパーウッドは違う。彼は財界の異端児であると同時に、アメリカの上流中産階級のモラルを牛耳っている社交界の異端児でもある。というのは、彼は成功者として社交界の法則を守って、自らの角を矯める男ではない。ドライサーは少なくともそう書きたいのである。ドライサーはヤーキーズという財界人を調べていくうちに、自らの中の情熱――〈美しきもの〉をあくまでも追求する男としての情熱をクーパーウッドを借りて書きつくそうとしていた、と言うべきだろう。

第五章　『〈天才〉』と自伝

——大作にむけての音合せ

人はトマス・ウルフを自伝的小説の作家と称するが、不思議なことに、ドライサーをそう呼ぶことはない。しかし、これまで私が述べてきたように、アメリカで近代小説が本格的に生れ始めていたこの時代、ドライサーほど架空の人物を借りて自己を反映させようとした作家はいないのではないだろうか。彼は『ジェニー・ゲアハート』を出版した一九一一年の翌年、六月に新しい時代の小説家として『ニューヨーク・タイムズ書評』誌のインタビューを受け、次に書く小説はすべて男性主人公の物語になる、と宣言している。実はこの時点で、彼はすでに最も自伝的と考えられている『〈天才〉』(1)を完成させていたのである。このことは、ドライサーが女性主人公のキャリーやジェニーのイメージを消し去ると同時に、有名な女性雑誌の編集者という自らのイメージをも払拭し、直接男性主人公に託して、自らをより鮮明に描きたいという意欲の表われと考えることができる。

　彼は一九一一年一月に『ジェニー・ゲアハート』を脱稿すると、すぐその後この『〈天才〉』に取りかかっている。しかも、『〈天才〉』を書くかたわら、同時進行的に、後に発表される自伝『あけぼの』と『ぼく自身の本』（*A Book About Myself*, 1922）に手を染めている。この頃、ドライサーは妻のセアラとは別居同然になっており、セントラルパーク・ウェスト通りにアパートの一室を借りて仕事場とし、そこに寝起きしていたが、家主の婦人の話では、彼は「バラ色に空が染まる早朝から夜露の落ちる夕暮れまで」机にむかって書き続けていたとのことである。(2) リンガマンが述べるように、自己について書くとなると、ドライサーは追憶の数々が奔流のように迸しり出たのである。(3)

　たとえ自分自身を素材にしていたとはいえ、想が迸しり出て、何時間も倦むことなく書くことができるのは羨ましい話である。それはドライサーの才能の一つではあったが、また欠点でもあった。書きすぎるのである。彼が生涯の間に関係した出版社の編集者たちを悩ませたのは、ドライサーの原稿をいかに削るかということだった。『〈天才〉』にしても、出版を引き受けたジョン・レイン社のJ・F・ジョーンズはチャップマンという編集者に原稿を渡し、五万語を削らせ、さらに初校の段階で、ドライサーの友人であり、作家でもあるフロイド・デルに委託し、二万語を削らせている。（ただし、デルの削除にドライサーは不満で、その大部分は復活させたそうであるが。）[4]その結果でも『＜天才＞』は七百頁を越す厖大なものとなった。[5]ドライサーが有力な婦人雑誌の総編集長の地位を抛って、念願だった一年一作（"one book a year"）の小説家として本格的な成功をかちとろうとした意欲が窺い知れようというものだった。

ドライサーがこの小説にとりかかったのは一九一一年の一月末であろう、と推測されている。この年の二月二十四日付けのメンケンに宛てた手紙で、『ジェニー・ゲアハート』をすでに脱稿し、次の小説『＜天才＞』を半分近く書いた、と書き送っているからである。[6]そして、同じ年の四月十七日付けの同氏への手紙では、「三作目の小説が終わりに近づきました。残念ながら陰鬱な小説だと言わざるをえないのですが、現実そのものです[7]」と記している。ドライサーは当初この小説を五月一日までには完成させる予定だったようだが、実際には途中ですでに彼の構想の一つにあった「欲望三部作」への関心が強くなり、その資料集めにかかっている。そのため、『＜天才＞』の脱稿はその年の八月に入ってからとなった。

しかも、この自伝的小説は当時の文学風土としてはあまりにも露骨に男女関係を描いていたため、彼の出版社だったハーパーズ社は出版に難色を示した。そのため、原稿は出版されないままになっていたが、ドライサーは親友のメンケンに読んでもらい、彼の意見を聞こうとしている。しかし、メンケンですら、文章の粗さや、重複の多さに呆れて、手紙で読後感を述べることができず、自らニューヨークにきて、ドライサーを訪れている。一九一五年一月のことである。その結果、二人は大喧嘩し、その頃ドライサーと同棲していた女優のキラ・マーカムがアパートから逃げだしたという。メンケンといえど、『〈天才〉』に描かれていた男女関係の率直さ（“sexual frankness”）には杞憂を示し、彼自身は不快さを感じないが、いわゆる「コムストック派」（“Comstockery”）の攻撃を受けることは必至と説いた(8)。

結局、ドライサーは後半の一部と結論部分は書き直しはしたが、それ以外は自分の意見を固執したため、メンケンはいつもするようには自分の雑誌『スマート・セット』（*Smart Set*）にその一部を掲載し、紹介するということをしなかった。他の雑誌ももちろん本の刊行前に連載の形でその一部を載せることを拒否した。ただ、『巨人』を出版したジョン・レイン社だけは『〈天才〉』も出版可能と考えてくれた。既述したように、ドライサーと編集に当ったチャップマンやフロイド・デルとの間で削除についての悶着こそあったが、とにかく一九一五年十月、『〈天才〉』はドライサーの第五作目の小説として世に出た。

出版前からの以上のような経緯からして、『〈天才〉』出版後に、それがアメリカ社会からどのような扱いを受けたかはたやすく想像できる。出版後、次々に出された書評は賛否まっぷたつに分かれていた。否の側の問題点は露骨な性体験の告白（現在読めば何でもない情景描写であり、単にメロドラマチックな男女関係を描いているにすぎないが）についてだった。ドライサーは「文学的キャリバン」とされ、彼が選んだ主人公は「異常性格者」であり、「唾棄すべきろくでなし」、「街角のドン・ファン」と非難された。[9] 一方、ドライサーを弁護したのは、彼をそれまで応援してきたリーディ（William M. Reedy）、ポイス（J. C. Powys）、マスターズ（Edgar Lee Masters）などだった。彼らは『＜天才＞』をヨーロッパ風の本格的小説とし、それまでのアメリカ小説のお上品さを打ちこわし、「アメリカを描いた散文による叙事詩であり……滔滔と流れる驚くべき人生の潮流の巨大さと重みを描いたもの」と称賛した。[10] また、ある書評家は「ヒーローとしての欲望」と題し、ドライサーの告白する自らの性欲を人間の本来持つものと肯定し、そこから生ずる人間の混沌たる状況は単にこの小説の主人公や作者の魂にあるでけでなく、「アメリカの魂の中にある」[11] と述べた。

『＜天才＞』をめぐる賛否の論争はその後も続くが、決定的な打撃をドライサー側に与えたのは、その年の十二月二日号の『ネイション』誌に掲載された「シオドア・ドライサーの野蛮な自然主義」と題した論文だった。これはイリノイ大学の英文科教授、スチュアート・P・シャーマン（Stuart P. Sherman）が書いたもので、彼は『＜天才＞』だけでなく、過去の四作を含めて論じ、ドライサーの自然主義は人間としての動機を軽んじて、「動物的本能だけを人間の生活における最高の要素とし、……その結果、小説家の問題を（人間の）最低のものへ引き下げている」[12] と断じた。

これを追うように、「ニューヨーク悪徳抑止会」(The New York Society for the Suppression of Vice) が翌年の七月に『〈天才〉』を発禁とし、その他の諸州にも圧力をかけた。こうなれば、もはやドライサーだけの問題ではなくなり、メンケンをはじめ、もともと『〈天才〉』に不満だったフロイド・デルや、この小説を当初から推賞していたポイスら、いわゆる「文芸リベラリスト」たちがこぞって立ちあがり、コムストック派の「清教徒的道徳主義者」と「文芸検閲」に反対する抗議運動を展開した。ドライサーにとっては『シスター・キャリー』発表時以来の大事件となり、彼を再度苦境におとしこんだ。

『〈天才〉』をめぐっての闘争は、実は単にヨーロッパから流入してきていた新しい思潮を積極的に取り入れようとする文学風潮とアメリカ社会の感情構造を培ってきた「清教徒精神」との対立によるものだけではなかった。その底に、折からの第一次世界大戦のために、アメリカ国内での意識がドイツを中心とするヨーロッパからの移民をめぐって微妙な動揺を見せていたことがある。アメリカの主流を占めていたアングロ・サクソン系のアメリカ人たちが増大する一方の移民者たちのもたらす暗黙の脅威を感じ始めていたのである。

ドライサーの小説は新しく入ってくる移民たち(ドイツ系、イタリア系、ユダヤ系)を代表する価値観を露骨に表現するものと映ったのである。それは、アングロ・サクソン系アメリカ人たちが築いてきた社会原理、慣習、道徳感を完全に無視しているように見え、その原因をドライ

サーがドイツ系移民（カトリック教徒）の子であることに求めようと、意識的にあげつらう者も多かった。(13)

『＜天才＞』はこのように文学的にはあまり意味のない論争の渦に呑みこまれてしまい、ドライサーの作品の中での眞価を問われることがあまりなかった。いや、というよりも、文学的意味あいでもあっさりと彼の最悪のものとして斥けられてきた。だが、果たしてそうなのだろうか？

自伝的小説と作者自身が銘打ったこの大部な作品の意味あいと眞価はどこにあるのか、従来の評者たち、研究者たちの意見を参考にしながらも、再考すべきではなかろうか、と私は考えている。

発刊当時、メンケンは原稿段階で感じた批判を棚上げし、虚心に読み返して書評を書く、とドライサーに誓ったが、その結果は以前の考えとあまり変らなかった。

彼は「『＜天才＞』はまったく形を成していない。……やたらふくれあがり、転がりだし、煙の雲のようにひろがり、しかも内部の組織も曖昧模糊としている」(14)、と評した。当初メンケンが感じた「あまりにも長すぎて、繰り返しが多い」という印象はそのままだと感じ、文学的技巧の拙劣さという観点からこの小説を一蹴したのである。

メンケンの読み方はそれほど不適切なものではなかった。リンガマンも「道徳論は別におくとしても、『＜天才＞』には深刻な技術的欠陥――不適切な言語表現、恋人たちの愚かしいほどの会話、明確な見解の欠如など――があった。ドライサーは主人公と自分自身との距離をきちんを置くことができていなかった」[15]、と述べている。ハスマンも「『〈天才〉』はドライサーの思考の発展を彩る指標としては興味はそそるが、芸術的には失敗作だった」[16]とし、リンガマン同様に、作家があまりにも個人的な問題を扱ったため、客観的処理ができていなかった点を指摘している。

ドライサー研究家として深い理解を示してきたリーハンさえ、この小説の扱い方は他の主要作に比してきわめて軽い。そして、その結論部分では、フィッツジェラルドの『偉大なるギャツビー』と比較し、両者の類似点を指摘しながらも、ドライサーの『〈天才〉』には「意味ある過去」("a meaningful past")[17]という意識がたりない。そのために主人公が単なる「幻想的世界」に導かれていくにとどまる、と論じている。

おそらく誰もが指摘しうるのは、ドライサーがこの自伝的小説に対して自己との距離を充分にとることができなかったという点だった。自伝にせよ、自伝的小説にせよ、作者に求められるのは対象への距離であることは確かである。T・S・エリオットがかつて標榜した「距離をおくこと」("distancing")は創作においても鑑賞においても、芸術の基本姿勢であり、それが作者の対象に対する「公平無私」な態度("detachment")を生みだす。

しかし、ドライサーの場合、特に『〈天才〉』の後半においては事細かに語られる主人公とその愛人スザンヌ(Suzanne Dale)の物語が、ドライサー自身と彼の恋人セルマ・カドリップとの関係そのものとなっている。二人の関係は一九一〇年に露見し、既述したように、周囲から引き離される羽目になっているが、ドライサーはその事情をすぐ翌年に小説化している。これでは時間的にも「距離をおく」暇もないではないかと考えられても当然である。

自己との距離を置くことができなければ、作者は必然的に「自己正当化」に走りがちとなる。これは、自伝や自伝的小説の一番おちいりやすい陥穽である。リーハンの指摘のように、ドライサーが自身の半生の行為を「意味ある過去」にすることができなかったのもそのためであるかもしれない。ドライサーはある程度の時間を置くことによって、時の容赦の無さと、過去への悔恨の情を『<天才>』の中に注入し、自己の分身をより客体化することができなかったのかもしれない。しかし、作品という立場より、ドライサー個人の当時の心境から読むと『<天才>』は評者たちの意図とは逆に、彼の自己正当化そのもののために書かれていたのではないかとさえ思える。

例えば、彼は当初原稿段階で『<天才>』の結末をユージーンとスザンヌが無事に結ばれて、結婚に至る、と書いたが、出版された版ではまったく反対の結末へ改めている。二人は別れ、時を経てニューヨークの街頭で偶然出会うのだが、たがいに声もかけず、それぞれに別の道へと過ぎ去っていくという結末になっている。[18]

リンガマンの伝記に示されるように、ドライサーはセルマへの思いをこの結末のようにたやすく断ったわけではなかった。いや、『〈天才〉』の執筆自体が彼女への思慕を示す間接的ジェスチャーだったとさえ考えられる。しかし、彼は一九一二年の春にヨーロッパでセルマに再会することなく帰国し、「欲望三部作」の第一部『資本家』の完成に心を傾け、作家として世に立ちうる証拠がために立ちむかわなければならなかったのである。彼にとっては、新しい道を進む決意、過去を「正当化」し、自己そのものに新しいエネルギーを注入する必要があったのではないだろうか。

『〈天才〉』の読み方を私たちは変えてみる必要があるのではなかろうか。これまで、この自伝的小説は発刊順に従って第五作目として扱われ、「欲望三部作」の第二作『巨人』と、彼の最高作と考えられる『アメリカの悲劇』の間にはさまれた曖昧な地位を占めてきた。誰もが高く評価してこなかった作品である。小説としては粗野、自伝としては想像力に彩られすぎていたし、全てで八作ある彼の長編小説の中で「最悪」のものとしても異論がないはずである。

だが、ドライサーが『〈天才〉』を完成した芸術的作品として意図したのではなく（当初はそうであったにしても、途中で『あけぼの』など本格的自伝に手を染めた事実からしても）、後半生を始める年に（彼は初稿を完成した八月にちょうど四十歳を迎えている）自己認識をし直し、才能に恵まれた作家という自己正当化をするための作業を慌ただしくした、と考えてはどうだろう。
『＜天才＞』の後半で、出版社の社主がユージーンにむかってこう言っている。

　この世に天才というものがあれば、君はたしかに天才だと、私は思う。しかし、全ての天才がそうであるように、君には奇矯な性向がつきまとっている。（六六三）

　この文の中には、ドライサーの自負が隠されている。彼は社主の口を借りて、自らを"genius"（「創造の才に恵まれた男」）と定義しているのであり、ただ「奇矯な性向」がつきまとっていることも自認しているのである。「奇矯な」（"erratic"）という言葉には「因襲的な道筋から逸脱した」（"deviating from the conventional course"）の意味がこめられている。ドライサーは当時の社会的因襲からして自分の行為を代弁するユージーンのそれが「不行跡」と銘打たれても仕方のないものと承知しながら、それを自己の偽らざる軌跡としたいのである。
　メンケンは『＜天才＞』の原稿を読んだ段階で、主人公の前半生（少年期）の物語が「あっさりしすぎている」（"under-described"）と不平を洩らしている。[19] だが、これはドライサーが『＜天才＞』執筆の途中ですでに『あけぼの』を着想し、書き始めていることから推測すれば、自らの少年期から青年期への発達史は本格的な自伝の形で書こうと意図していたために生じた現象であると考えるべきだろう。事実、『〈天才〉』の物語の中心は、自伝の『あけぼの』と『ぼく自身の本』の後に続くべき部分なのである。

自伝の『あけぼの』はアメリカ人にとっての自伝の古典であるベンジャミン・フランクリンの『自伝』にならって、父と母の出自から書きだされている。そして、ドライサーの誕生、少年時代から青年になるまでの生活へと物語は展開する。メンケンを満足させるに充分なほど克明に貧しかった少年時代の生活が描かれ、自学自習で世間と苦闘し、成長していく過程が綴られている。やがてシカゴへ出ての自立、母を呼び寄せての兄弟姉妹とのシカゴでの共同生活、母の死へと語りつがれ、最後に割賦屋の集金人としてまずまずの収入を得ながら、集金した金を使いこんだ事が露見し、解雇されるまでが扱われている。一八九一年一月、ドライサーが二十歳を迎えることになる年が明けた時点までで、「この出来事と共に私の青春の時は終りを告げた」[20]と、ドライサーは書いている。

自伝の続編『ぼく自身の本』はこの後を承けて始まる。割賦屋の集金人を解雇されたドライサーは一時『ヘラルド』紙でアルバイトをするが、その時にそれまで漠然と考えていた新聞記者への道こそ自分に開かれた唯一のもの、と一念発起している。一八九一年四月、ドライサーは冬の間の雑職で貯えた資金をたよりに、是が非でも記者になろうと、シカゴの三流新聞『デイリー・グロウブ』社へ日参し、ついに六月に臨時記者として雇われる。

『ぼく自身の本』はここからが本筋に入り、読物記事の記者としての才能を発揮し始めたドライサーがセントルイスの一流紙『グロウブ・デモクラット』に転進し、大成功を収めながらも大失敗を冒して、二流紙の『リパブリック』社へ逃げるように転ずる経緯が語られていく。さらに、『リパブリック』紙で花形記者となったドライサーが後に妻となるセアラ・ホワイトと出会い、恋におちる話。兄のポールにすすめられ、より大きな発展を夢見て、ニューヨークを目指す旅。その旅の途中、転々と記者をしながら、ピッツバーグにしばらく落ちつき、そこでも読物記事の記者として高給を得、時流の哲学、社会学の書物に読みふけった話。そして、ついに高給を得ていた職を抛って、ニューヨークに出、『ワールド』紙の臨時記者となる話。だが、惨めな待遇と、才能発揮の場を与えられず、編集長と喧嘩し、新聞記者の生活には二度と戻るまい、と決意して終る。この時点、一八九五年の冬、ドライサーは二十三歳である。彼は「見込みのない失敗者」(“a hopeless failure”)[21]という認識をもって、希望のない世界へ抛りだされている。

この自伝と並べると、『＜天才＞』の第一部「青春」(“Youth”)の後半から第二部「苦闘」(“The Struggle”)、第三部「反逆」(“The Revolt”)は、主人公こそ架空のユージーン・ウィトラという画家となっているが、二つの自伝以後のドライサーの生活を丹念に追っていると考えてよい。『＜天才＞』の第一部と自伝と重複している部分の差異を挙げるとするなら、主人公の女性関係が前者においてより詳らかに語られていることである。自伝ではそれほど詳細に書かれていなかったセアラの家庭状況や彼女への求愛の経緯がアンジェラ・ブルー（Angela Blue）との関係を通じて語られる。これによって、ドライサーがセアラとの結婚をあれほど延ばしたのか、そしてまた、結婚後の当初からなぜ不仲となったのかなどがよくわかるように仕組まれている。この書き方も、やがて第三部で展開されるスザンヌ・デイル（セルマ・カドリップに当る女性）との恋の正当化のためと考えられるが、これを書いた時点では、ドライサーは別居同然だったとはいえ、セアラとはまだ夫婦であり、原稿の整理編集を彼女に依頼していた間柄だったから、正真正銘の自伝としてはこのような事は書けなかったはずである。そのような意味で、第一部後半からの女性関係の話はドライサー研究の人々にとっては興味深い秘話のように読むことができる。

第二部は、ユージーンとアンジェラの結婚式の模様から始まる。二人はニューヨーク州バッファローでアンジェラの妹立会いのもとに簡単に結婚式をすました。この時すでにユージーンは「おそらく間違いをしてしまったという意識に常につきまとわれていた」（一九七）。彼はこの時点では、新進の画家としてニューヨーク画壇に登場していた。都市の現実とそこに生活する人々の姿を主題とし、従来のアメリカの画家たちが示しえなかった不思議なエネルギーを秘めたリアリズム画家の才能を発揮し始めており、ムッシュ・シャルル（M. Charles）というフランス人画商の熱烈な後援を得ていた。

しかし、彼に対する世評は二分していた。彼を高く評価する人々はこう言った。「彼（ウィトラ氏）は明らかに新しい土壌から生れきて、偉大なる使命へと新たに立ちむかおうとしている。そこには恐れもないし、伝統へ卑屈に頭を下げる姿勢もないし、従来公認されてきた画法を良しとする意識もない……彼は偉大な芸術家だ。それを肝に銘じて、自ら自身の魂でそれを具現化するまで生きのびてくれるように祈る」（二三七〜八）。だが、一方の彼の粗野さを非難する人々はこう述べた。「ウィトラ氏を評して、アメリカのミレーなどと言えば、もちろん彼は有頂天になるだろう。ミレーの芸術を野蛮に誇張したのが自分の長所だと思いこんでいるだろうから。……だが、ミレーは人間を愛し、その精神においては改革者であり、描写力と構図の点では巨匠だった。自分の絵で世間を驚かせたり、不快にさせたりしてやろうという安っぽい願望は一切なかった」（二三七）。そして、彼らはリアリズムと称するユージーンの絵はありふれた写真と同じだ、と一蹴したのである。

この状況は『シスター・キャリー』をめぐる当時の反響をよく反映している。二十世紀に入ってからおよそ十年余の間、ドライサーの小説をめぐって繰り返し行われていた賛否両論の対決だった。だが、アメリカ文壇の新旧対立をよそに、ユージーンにここで述べさせているように眞底「偉大な芸術家になりたかった。彼にむけられた期待と賛辞に値する人物になりたかった」（二三八）ドライサーは、ユージーンを芸術の都パリへアンジェラを伴って旅立たせるのである。

現実のドライサーは、妻のセアラを実家に帰し、第二作の『ジェニー・ゲアハート』を完成するべくヴァージニア州ベッドフォードで一人生活をする。そして、自身への期待からきた重圧からか、不眠症となり、それが嵩じて彼は神経衰弱となり、その後ウェスト・ヴァージニア州のヒルトンに移り住み、セアラを呼び寄せるが、二人の生活は元のようにはならず、再び一人となり、フィラデルフィアへ出、完全にノイローゼ状態となっている。この時、精神病の治療を受けたのは有名な話で、一九〇三年の二月にニューヨークに戻ってきた時は、ドライサーはほとんど浮浪者のようになっていた。創作への意欲も失せ、自殺さえ考えていたと言われている。

『〈天才〉』の第二部「苦闘」はこの時期のドライサーの苦境と、そこから立ち直り、雑誌編集者として大成功に至るまでを、ユージーンを借りて書いている。結婚生活の束縛とその重荷、偉大なる芸術家たらんとする野心とそれに見合う才能の欠如意識、これらが重なってユージーンを不眠症にし、神経衰弱へと駆りたて、肉体的にも消耗させてしまう。ヨーロッパから帰国したユージーンは芸術への自信を深めるどころか反対に、ムッシュ・シャルルが見間違えるほどに変り、その絵も生彩を欠いてしまっている。才能があっても、人間は転落を始めると、本人の力ではどうにもならぬことをドライサーは自己体験から書いているから、ユージーンの転落にも説得力がある。彼は自分の回復のためには、人間の最も根本的な生活、つまり労働によって生きる資を得るという生活から始めるべき、と考えて、アンジェラを実家に帰し、一人ニューヨーク市郊外の町に下宿し、その地の木工工場で労働者として働くことにしている。

ドライサーの伝記的事実とこれを比較してみるが、彼は一九〇三年の冬ニューヨークに戻り、ブルックリンの安下宿に住み、極度の経済的・精神的苦境を脱却するために、ニューヨーク・セントラル鉄道に出向き、肉体労働の仕事を求めている。この時、彼を面接した人事部長のハーディン（A.T.Hardin）という男はドライサーの真摯さに感動し、仕事を約束している。『＜天才＞』では、この時の事情が詳しく書かれている。ユージーンもまた大鉄道会社の本社を訪れ、線路工夫の類の肉体労働につきたいと述べるが、彼を面接する鉄道管理部長はユージーンの動機をよく聞き、彼を傘下の木工工場へ送りこんでくれたのである。

ドライサーの場合、実際にはハーディンとの面接の直後、長兄のポールと偶然再会し、彼に助けられて、ロングアイランドにあった健康改善施設に二ヶ月入れられている。そこは規則的生活と簡素な食事で、精神的・肉体的疲労からノイローゼ状態に陥った患者たちを回復させる施設であり、ドライサーもこの施設での生活で立ち直っている。彼はここを出ると、律儀にもハーディンとの約束を守るためにもう一度ニューヨーク・セントラル鉄道を訪れ、一九〇三年の六月からおよそ半年の間、操作場などで実際に肉体労働者として働いている。この体験を彼は「素人労働者」（"An Amateur Laborer"）と題して小説風に書いている。これは単独に出版されることはなかったが、『＜天才＞』の第二部の下敷きとなっている。

ドライサの伝記的事実と『〈天才〉』のユージーンの体験との共通点は当然ながら、以上のように限りなく見られる。第三部の「反逆」においても同じである。いや、ここではユージーンとドライサー自身の距離はより近くなっていると言っても過言ではない。

ドライサーは一九〇八年の正月、編集長として『ニュー・デリニエイター』（*The New Delineator*）という新しい婦人綜合雑誌の誕生を宣言している。彼はその国際版、さらには傘下の『ディザイナー』（*Designer*）と『ニュー・アイディア』（*The New Idea*）という二つの婦人雑誌の編集長を兼ねる總責任者となり、この三誌の発行部数をわずか一年で四十万から百二十万へと飛躍させた男である。雑誌編集者の才能が花と開いた時であり、ドライサーは経済的にも一つの頂点に達していた。この頃、彼はあるダンス・グループに入り、そのパーティでセルマ・カドリップという十八歳の画家志望の美女と出会ったのである。

『〈天才〉』では、「ユージーンが初めてエミリー・デイル（スザンヌの母）という婦人に出会ったのは彼が成功の頂点に昇りつめた時であった」（四九九）と書かれている。この女性は娘のスザンヌと息子のキンロイ（Kinroy）とスタッテン島に豪華な邸宅を構えて暮す裕福な未亡人である。彼女はニューヨーク社交界に力を揮う女性でもある。実際のセルマの母親はヴァージニア出身の実業家で、ドライサーが勤めていたバタリック社の速記者たちを統括する女性だった。当初、彼女とセアラが友人となり、セアラの助言者としてドライサーとも親しくなったが、社交界にも顔がきき、バタリック社の社主などとも親交のあったなかなかの女傑だった。

　ドライサーによって描かれるエミリー・デイルの方が外見的にも優雅で、社交界の貴婦人となっているが、これはすでに『巨人』の章で述べたように、ドライサーが社交界の中の微妙な階層へ強い関心があったために、こういう設定にしたものと推測できる。しかし、両者ともその強靭さは同じであり、娘を中年男の妻帯者から奪い返すために断固闘うという点も共通している。二人ともに、スザンヌとユージーン（セルマとドライサー）の恋に対抗し、情と常識と慣習の力に訴え、それがかなわぬと知ると、物理的に二人を引き離す作戦に出ている。第三部の興味は、かけはなれた年齢の二人がどのようにして愛情を育むに至るかというメロドラマチックな経緯もさることながら、二人の関係[22]が発覚した後の母と娘、母とユージーンの闘争、そしてアンジェラが夫を取り戻すために必死の（病身の身であったから、死を覚悟してユージーンの子供を産む）努力などにある。結局、ユージーンもドライサーも敗北を喫している。ユージーンは妻も愛人も失い、残された娘を育てながら、画家としての復活にすべてを賭ける身となり、ドライサーはバタリック社を辞し、妻とは完全に別居し、「一年一作」を目指す小説家としての活動に入っている。

　このようにドライサーの伝記的事実と対比して読むと、『＜天才＞』は、特に第二部の中途からは自伝そのものと考えてよいくらいである。『あけぼの』、『ぼく自信の本』につけ加えて『＜天才＞』を並べれば、一九一〇年の時点までの自伝が完成したことになる。しかし、自伝にしても、本来は時空の「距離」を置くことによって作者の側に客観的公正さが生ずるのが常だが、ドライサーは性急すぎて、時を待つことができなかったのである。それは、『ジェニー・ゲアハート』を完成した後、まだ「欲望三部作」の構想が定まらないまま、小説家としての再出発のための題材を手っ取りばやく己自身に求めたのであろう。自伝では形がつかないから、つまりは、小説でなくてならないから、結果的に自伝的小説となってしまったのであろう。

さらに、もう一つ秘められた理由を考えることができる。それは虚構の形を借りて、妻セアラとの結婚生活の現実を書いておきたいという感情が働いていたように思える。リンガマンが述べているように、(23)セアラは才能を次第に大きく発揮していく夫に対し、常に仲の良い夫婦を演じ続け、またドライサーにも公的な場ではそれを演ずるように強制していた。彼女はドライサーには重しのような存在となっており、自分の才能の発揮と自由を阻む女性と感じていたはずである。しかし、表面上は、セルマとの関係が明らかになるまで、彼もまた妻との不仲を隠していた。彼は仕事場という名目をつけて、経済的に許される限り、早い時期からセアラとの家庭以外に常に別のアパートを持っていた。事実上の別居をしながら、社交の際だけ一緒に夫婦として人前に出、外見をつくろっていたのである。だが、『〈天才〉』のアンジェラを通して、読者はドライサー夫人の座にこだわったヒステリックで所有欲の強い四十女のセアラの姿を思い描くことができる。これは虚構という形を借りなければ、あまりにも一方的な告白に思えるが、ドライサーは、一九四二年持病のリューマチで死ぬまで離婚を拒み続けたセアラの隠された現実を描き、自己弁明をすると同時に、彼女への訣別の宣言をしたかったのであろう。

ドライサーは『＜天才＞』を想の迸しるままに書いた、と前に述べておいた。そのために、数多くの批評家や研究者たちから『＜天才＞』の言語の粗野、安っぽい会話、思考の矛盾、冗長さなどについて非難されてきた。しかし、これまで述べてきたように、ドライサーは一九一〇年までの自らの半生（満三十九歳となり、新しい決意の必要な時にあった。）を総括するために、自伝の最後を飾るために『＜天才＞』を書いたのではないだろうか。[24] つまりは、芸術的完成を目指すというよりむしろ、四十歳以後、自分が何を主題として書くべきか、あるいは書きたいのかを認識するための作業ではなかったろうか。実際に、一九一一年以後彼が書くことになる小説『資本家』と『巨人』、そして、『アメリカの悲劇』という三作の中に『＜天才＞』で展開されている主題がより客観化され、かつ効果的に書かれるからである。

ドライサーが『＜天才＞』で第一の主題としたのが、人間の「欲望」（"Desire"）である。すでに述べてきたことだが、彼は進化論的思考と自己体験から「欲望」の是認を強調している。それは清教徒主義に強く彩られていたアメリカ社会では忌避された感情だったが、ドライサーは「欲望」を人間の一つのエネルギーであると考えており、それが弱肉強食を認めるアメリカ社会で必然のように求められている「成功」を達成させる要因となっていることを証明しようとしていた。ユージーン・ウィトラは社会のほぼ底辺から上昇欲に燃えたぎって、芸術家、編集者として成功の道を歩んでいくが、その過程で彼を支え、動かしていくのは「欲望」以外の何ものでもないことを、ドライサーは繰り返し書いている。そして、これが彼に次に書く「欲望三部作」の根底を成す主題を与えたと考えるべきである。

だが、もちろん「欲望」の是認だけを主題としてドライサーがこの自伝的小説を書いているわけではない。「欲望」を助長し、その化身のように存在する文化的新素材であった「都市」も彼の主題の一つだったし、さらにはそれと対比して存在したアメリカの田園という文化素材も彼が忘れることのできない主題だった。

ユージーンは都市の虜となった男であり、同時にその魔力の犠牲者ともなっている。都市は人間の「欲望」の達成には格好の場であるが、同時にまた、それを果てしなく駆りたてる場であるから、人間は精神的におかしくなってしまう。ユージーンがアンジェラという田園文化の化身のような女性を求めたのは、そのような精神的圧迫感から一時的に逃れたいという欲求心のためである。彼自身、本来は田園の出身であり、それを理想の生活とする思いがどこかにひそんでいる。しかし、一度び都市を求め、その魔力にとらわれた男は田園には戻ることが難しい。アンジェラとユージーンの当初からの不仲は、「都市」にとらわれた男と「田園」を守り続けたい女との争いとさえ読みとることができる。そして、この相克はドライサーのほかの小説、特に『アメリカの悲劇』などでは、隠された主題として繰り返し書かれるものとなっている。

　このことは「欲望」を阻む力という第三の主題にも連なる。ドライサーは欲望を人間のエネルギーであることを認め、それが社会での力（つまりは地位）を手中に収めるための要因である、と考えながら、また一方、社会には欲望を常に阻む力が作用していること、そして、それを意識することが社会的成功につながるという考えも持っている。その力とは、社会的慣習であり、掟であり、階層である、とドライサーは意識している。彼は『〈天才〉』でも、社交界のことを詳しく書いているが、それは社会の上層に昇れば昇るほど、社交界の掟が強力な壁となって個人を圧迫することを暗示したいためである。このことは、すでに述べてきたように、『巨人』の中で彼が詳述する大きな主題となっている。

　アメリカ社会の中の階層が複雑に存在することを論証してくれた学者がポール・ファッセル(Paul Fussel)[25]だが、彼が示したように、上流階層の中にも微妙な区分があり、それを暗黙の裡に支配するのが社交界の女性たちである。ドライサーはこの点にも注目していたのである。

　ドライサーの「欲望」は当然ながら性的なものを含んでいる。それが彼を当時の異端者のように仕立てたものであった。彼は非常に率直に、若い時代の男性の単なる性欲の充足から書いている。そして、時を経て、それが完全なる美女を得たいという欲望にまで至ることも認識している。

彼自身それを実践した男であるから、伝記を読めばなぜこれほどに多くの女性を求めたのか驚くのであるが、それはやはり〈天才〉と自認した男の証しだったのかもしれない。ユージーンとスザンヌの関係や、すでに述べたクーパーウッドとベリナイシーの関係は、〈天才〉の宿命とそれを考えたドライサーがどうしても書かなければならないことだったのであろう。

しかし、「欲望」の是認は、やがては手痛い報復を受けることをドライサーも意識していた。それはやがて「欲望三部作」の結末や『アメリカの悲劇』で彼が書くことになる主題だった。このように考えてくると、『〈天才〉』にはドライサーが後半生で書くことになる主題が散りばめられていたことになる。この小説は、いわば、彼の前半生の整理をし、次に書くべき主題の可能性を記す覚書であったように思えてならない。手馴れた音楽家でも演奏の前に音合せをする。自らの扱う楽器の音を確かめ、やがて弾くべき一節をさらりと弾いてみる。ドライサーの『〈天才〉』も、そのような意味合いを持つのではなかろうか。粗さと露わにすぎるという非難は「音合せ」には似つかわしくないのかもしれない。

第六章　『アメリカの悲劇』
── 大海に漂う藻屑

　ドライサーはおよそ六年の年月をかけて書きあげた『アメリカの悲劇』を一九二五年十二月十日に（実際には十五日に刊行された）リヴァライト社より刊行することとなった。しかし、二巻本セット、定価五ドルでの発売を見届ける前の八日に、彼は愛人のヘレン・リチャードソン（Helen Richardson）と二人で、逃げるようにして車でフロリダにむけてニューヨークを後にしている。

『〈天才〉』の発表後十年間というもの、新しく彼の出版社となったリヴァライト社（一九一七年にドライサーに接触して、彼の全作品を出版したいと申し入れた）の執拗な催促にもかかわらず、彼は前渡金を受け取っていた『とりで』（*The Bulwark*）を中途で放棄し、「欲望三部作」の最終作となる『禁欲の人』（*The Stoic*）を書き続けるのにもあきていた。その代わりに手を染めたのが『アメリカの悲劇』だったが、思いがけないほど大部なものとなり、第二部を書き終えた時点で、自分でも「こいつは凄い作品になるぞ」(1)という予感を持つほどだった。しかし、完成した時には心身共に疲れ果ててしまっていた。特に、主人公として創造したクライド・グリフィスの最期の心情にのめりこんでいたドライサーは自分までが精神的に昏迷の状態で、出版後の世評の嵐の中にさらされることを嫌った果ての逃避行だった。

ドライサーとヘレンはフロリダ州東海岸の保養地、フォート・ローダデイルに落ち着き、次第に彼は肉体的・精神的疲労から回復していく。そして、年が明けると共に、書評の報せが出版社と当時ドライサーの秘書であり、密かな愛人でもあったサリー・クーゼル（Sally Kusell）から電報でやってきた。ドライサーの天敵ともいうべきイリノイ大学教授で、『〈天才〉』の書評により名声を得たスチュアート・シャーマンが『ニューヨークヘラルド・トリビューン書評』誌で、絶賛の書評を書いていることをまずサリーが報せてきた。次いで、出版社より「書評驚くほど好評、絶賛、貴下の名声高く、売れ行好調」の電報が届いた。一月九日のことだった。(2)

一月十二日にはサリーからの電報が再度入り、すでに一万七千部が売れている、と報じた。刊行後わずか一ヶ月足らずで、ドライサーはそれまで書いてきた数々の小説、短編、エッセイの類などで稼いできた全てのものを合わせた印税よりも多額のお金を手に入れることができることになっていた。ドライサーが一九一〇年にバタリック社を辞め、念願の「一年一作」の小説家を目指してから、この時初めてそれが名実共に実現したことになる。彼はヘレンを伴って一月二十五日、マイアミから船でニューヨークへの帰路についたが、それは出発の際の不安な暗い感情とは裏腹に、さながら凱旋将軍のような気持であったに違いない。

しかしながら、この大作をドライサーがいつ書き始めたのかは、正確にはわかっていない。日記や手紙を丹念に調べ、かつ関係者たちの話も訊いて詳細きわまる伝記を書いたリンガマンさえ、明確ではないとしている(3)。ただ彼は一九二〇年の八月には『アメリカの悲劇』は書き始められていたのであろう、と推測している。だが、この小説の構想を持ったのはかなり早い時期だったことがわかっている(4)。それについては、リンガマンはもちろん、ドライサー研究者のリーハンも詳しく述べている。リーハンはドライサーが新聞記者時代から雑誌編集者の時代を通じて、三角関係のもつれから起こった殺人事件に強い関心を寄せ、かつ具体的に短編や未完の小説にしていることを詳述している。

また、リンガマンも一九一四年にボストンで起こったリッチセン=リンネル事件(Richesen-Rinnel Case)によって、ドライサーは社会的地位向上とその障害となる女性の殺人という図式を小説化することを改めて思いついたのではなかろうか、と指摘している(5)。この事件はリッチセンという若い牧師がケープ・コッドの教会からボストンの教会の牧師へと昇格し、そこで出会った上流階級の美しい女性に恋をし、かつての恋人リンネルを殺害してしまう事件である。ドライサーはこの事件をもとに小説を実際に書き始め「アメリカの悲劇」("The American Tragedy")という題さえつけている。この作品は六章まで書いたが、やめて、結局長い間頭の中にあったチェスター・ジレット(Chester Gillette)の事件をもとにした小説を構成することに変更している。この後、彼は本格的に事件の資料(『ワールド』紙は当時事件の経緯、特にジレットの裁判記録を逐一報道していた)を集めていることからして、具体的な構想は一九一五年以降とすることができそうである。

チェスター・ジレットの事件は正式には「グレイス・ブラウン=チェスター・ジレット事件」(Grace Brown–Chester Gillette Case)と呼ばれている。一九〇六年七月十二日にニューヨーク州北部のアディロンダックス山地にあるビッグ・ムース湖(Big Moose Lake)で起こった殺人事件である。これについては、リーハンが詳述しているので、彼の記述をもとに要約をしておく。事件前日の午後、二人の若い男女が湖畔でボートを借りたまま帰ってこなかったため、捜索がなされ、転覆していたボートと、その近くの湖底からグレイスの死体が発見され、大騒ぎとなった。湖畔のホテルに残してあった所持品から、彼女が同じ州のコートランド(Cortland)にあるスカート会社で働く女性であることがすぐに判明したが、頭に撲られた跡があり、しかも妊娠六ヶ月の身重であったことから、単なる事故ではないと判断され、行方不明となっている男の探索が始められた。当局は、グレイスの同僚の話から、社主の甥であるチェスター・ジレットが彼女と親しかったことを知り、その行方を追っていたところ、現場に近いイーグル・ベイの町のロッジに宿泊していた本人を発見し、殺人容疑で逮捕した。

チェスターは殺害は認めなかった。彼女に迫られていた結婚を拒むと、グレイスが自分から身を投げ、彼女を助けようとボートから身を乗りだした時、傾き、転覆した、と主張した。彼自身も水中に投げだされたが、浮びあがった時、すでにグレイスは水中に沈んでいたので、そのまま岸へ泳ぎつき、逃げ去った、と言うのだった。しかし、この事件を担当した検事ウォード（Ward）は、チェスターの残した様々な状況証拠から、彼が前もって殺害を計画し、持っていたテニスラケットでグレイスを撲り、水中に突き入れた、と考えた。チェスターの弁護には州の公選弁護士（小説で描かれるのと違い、社主であり、伯父でもあるジレット氏は弁護費用の拠出を拒んだため）ミルズ（A. M. Mills）とトーマス（Charles D. Thomas）が当った。この辺の事情については、ドライサーは大きく虚構化し、後述するように、自分の主題の一つを強調する材料に使っている。裁判の結果、ウォードの提出した状況証拠がチェスターの主張に勝り、第一級殺人の罪で有罪の判決を受けた。チェスターは上告したが、それも却下され、ニューヨーク州西部にあるオーバーン（Auburn）刑務所で電気椅子によって処刑された。

チェスター・ジレットは事件を起こした時点で二十二歳、グレイス・ブラウンは二十歳だった。彼は一八八四年にネヴァダ州で救世軍の伝道に従事していた夫婦の子として生まれている。十四歳の時に家出し、太平洋岸のオレゴン州、ワシントン州を転々とし、さらにカナダからカリフォルニアへと放浪している。一時、商船の船員になったり、又シカゴからミネソタ州セント・ポールまで走る鉄道の車掌をしたこともある。その時に学資でも貯めたのか、オーバリン大学に二年間在学したが、中退し、イリノイ州ザイオンという町で働いていた時、偶然伯父に出会い、そのすすめもあってコートランドへやってきたのである。

彼はここでグレイスと会い、恋をするのだが、彼女の方はニューヨーク州中部のサウス・オツェリック（South Otselic）という寒村の農家の娘である。貧しい家計を支えるために、コートランドに住む既婚の姉の家に寄宿しながら、スカート会社で働いていた。チェスターとの関係ができると、下宿屋に移り、週に二度、定期的に彼と会うようになっていた。しかし、やがて妊娠していることがわかると、チェスターには結婚の意志がなく、実家に帰らされている。彼女は結婚してくれないなら、彼の伯父に全てを打ち明ける、と手紙で訴えたため、彼女を重荷と感じていたチェスターによって、殺害の計画をたてられたもの、と考えられている。

ドライサーが他の幾つかの類似の事件をもとに小説の形にしたり、あるいはしようとしたにもかかわらず、このチェスター・ジレットの事件により強い関心を示し、最終的には大作へと完成していった背景には、自分とチェスターとの共通項を強く見たことがある。ドライサーはすでに自伝的小説と称した『〈天才〉』を書いていたし、また自分と同じ気質を多分に持つと感じた企業家ヤーキーズをモデルに二つの小説『資本家』と『巨人』を発表していた。しかし、彼はこれらの小説に満足していたわけではない。この時代（一九一一年から二〇年までの十年間）彼はいかに自分を素材にして、アメリカの匂いを大いに発散する虚構の小説を書くことができるかに腐心していたように思えてならない。

『〈天才〉』の主人公、ユージーンは画家という設定にこそなっていたが、ドライサー自身を非常に粗野な形で虚構化した存在でしかなかった。「欲望三部作」の主人公フランク・クーパーウッドは自分自身の半面を半ば理想化し、強調した人物であり、正眞正銘の自身の分身にはなりえなかった。

ユージーンの場合、それを書いた一九一一年当時のドライサーは自己存在の正当化をするに急で、ユージーンを成長発展させていくいわばエネルギー源となっていた「欲望」を冷静に分析し、その負の面を認識し、貧困の少年時代から自立していく青春時代を「意味ある過去」(6)へと虚構化することができなかった。クーパーウッドの場合は、すでに述べたが、実在のヤーキーズの野心と欲望の強さを自らと同質と考えてはいたが、ドライサーはその少年時代の環境や企業家としての成功の過程にはかなりの異質感を抱いている。仮にクーパーウッドを世間的な眼で「強者」とするなら、ドライサーは自分の中に「弱者」を垣間見る男であった。彼が当初クーパーウッドを創造する上で考えていたのは、自らとの同質性を認めながらも、自分には具わっていないものを多分に持つ、ある意味での「理想像」を形造ることだった。特に第一部となる『資本家』においては、ドライサーの考えが鮮明に具現化されていた、と言ってよい。そのためか、小説として、第一部が最も優れているし、作者の意図も最高の形で生かされている。彼が第三部を書く段に至って、ついにうんざりしてしまい、「クーパーウッド年代記の第三部を書くのを文字どおり放棄してしまった(7)」のも当然であるかもしれない。

ドライサーがウィトラとクーパーウッドに書きこもうとしたのは、アメリカの清教徒的心情に逆らうように、「欲望」を人間を推進するエネルギーとすることだけでなく、社会進化論を是認する社会では、人間が生きのびるための必須条件となっていることだった。しかも、男性である彼らは「欲望」によって単に物質的成功だけを求めるのではなく、男性にとっての究極の美である「美女」を手にすることを願う、とドライサーは考えた。彼自身がウィトラやクーパーウッドと同質の性格を具えていたことは伝記から考えても明らかである。セルマ・カドリップとの有名な恋愛事件の後には、女優のキラ・マーカム、さらに『とりで』の構想のもととなる物語を提供したとされているアンナ・テイタム（Anna Tatum）、そして一九一九年には終生（途中でドライサーの多彩な女性関係から何度も仲違いはしたが）彼と共に暮すことになるヘレン・リチャードソンとの運命的出会いなど、ドライサーは多情だった。これらの女性たちは現在残っている写真から見て、すべて美しい女たちだった。いや、彼が重荷と考えた妻のセアラ・ホワイトもまた繊細な美人だった。

しかし、ドライサーはチェスター・ジレットを知るに至って、もう一人の自分を発見した思いだったに違いない。ジレットがきわめて宗教的だが、きわめて貧しい家庭に育ったという環境も似ていたし、家を出て自立しようとした年頃も、様々な雑職の経験（鉄道で一時働いたことまで似ていた）、短期間だが大学教育を受けたことも同じだった。しかし、そのような経歴上の類似以上に、ドライサーにとって重要な共通項に思えたのは、二人が共に、欲望の抑制が現実社会では強く求められていることを認識していながら、それができないために失敗を繰り返す自己を抱えていたことだった。これまで、一種の反逆心と自己正当化のために「欲望」の是認を意識的に書いてきたドライサーだったが、ジレットの生涯を調べることにより、自己の中に存在する挫折者としての資質、つまり欲望の負の要素を冷静に見ることができた。

彼は『〈天才〉』を発表した時、あまりにも自己正当化に傾いていると非難された。また、「意味ある過去」をウィトラの中に書きこむことができず、自伝的素材を芸術作品へと昇華させるための「距離を置くこと」ができていない、と考えられた。しかし、前章で述べたように、『〈天オ＞』がいわば本番前の「音合せ」のようなもので、様々な主題を探し求めるための準備だったとすれば、今こそドライサーに絶好の機会が巡ってきたと言うべきである。弱者でありながら、ごくありふれた「成功を夢見る」若者でもあるチェスター・ジレットを素材に自分自身を書きこむことのできる主人公、クライド・グリフィスをドライサーは創造することになったからである。従って、クライドはチェスターの辿った人生航路を借りて、ドライサーが自己の半生の負の部分を、それこそ「意味ある過去」として形づくることが可能な人物となっていった。

『アメリカの悲劇』の第一部はそのためにある。メンケンはこの小説を『アメリカン・マーキュリー』(*The American Mercury*)誌でさんざんに酷評し、特にその前半については「第一巻は牧師さんでも雇って代わりに読んでもらうこと。但し、第二巻は必読！」[8]などと、皮肉に結んでいるが、これは親友であったがための、メンケンの苛らだった誤読だった。彼は他の書評家たちが絶賛する只中にあって、ドライサーの冗長にして、克明すぎる描写に食傷気味だったため、友として忠告をしておきたかった節がある。その証拠に、彼はけなしながらも、肝心の所では、「(この小説は)人間のドキュメントとして奥深くまで書きこみ、重苦しい威厳に満ち、時として悲劇のレベルにまで達している」[9]と記している。だが、前半(出版時の第一巻は第一部と第二部の中途、三十八章までを含む)を不要と片づけたメンケンは自身の主張に実は矛盾をおかしている。というのは、彼はかつて『＜天才＞』の書評をした時には、ウィトラの少年期から青年へとなるまでの部分の「描写が少なすぎる」[10]としているからである。第一部でクライドの人間形成を詳細に書くことはドライサーにとっても、また一人のアメリカ人の悲劇を書こうと目指すこの小説にとっても不可欠であった。クライドが罪を犯す心を育むのは彼の過去にあるからである。このように考えたドライサーは、無意識であったかもしれないが、クライドを通じて自らの「意味ある過去」の形成に初めて関わっていたことになる。

具体的に読み手の側から考えても、第一部のクライドがあってはじめて、第二部の彼の従兄ギルバート（Gilbert）との対比が効果的となってくる。ギルバートが実在のチェスターの従兄ハロルドをどれだけ反映していたかは問題ではない。ドライサーの作為によって、同じグリフィス家の血を承けたほぼ同年配の二人の青年が別々の社会階層に育ったためにいかに差異を担って成長してきたかが、この場面で鮮明となるからである。

しかも、その差異の理由が、それぞれが世俗的意味で有能な父親を持ったか、無能な父親を持ったかによるだけである[11]。ギルバートの父親サミュエル（Samuel）は自分の父が遺してくれた金を元手にして、シャツとカラー製造の会社を興し、成功してライカーガス（Lycurgus）の町で有力な名門の家を築いている。一方、クライドの父親エイサ（Asa）は、もともと実業には不向きな人間で、父の家を若くして出、雑職につきながら中西部へと流浪した男だった。その途中、農夫の娘と結婚し、やがて家族と共に無資格ながらキリスト教の伝道に携わり、カンサス・

シティに至り、小さな伝道所を根拠地に貧しい暮しをしている。

『アメリカの悲劇』は、エイサの家族が夏のある夕方、街頭で伝道活動をする場面から始まっている。主人公のクライドは十二歳であり、「他人の興味をそそる顔立ち――色白で黒髪の――をしたほっそりとした背の高いこの少年は外見では人並み以上に観察力が強く、きわめて繊細に見えるが、自分の置かれている立場に憤りと恥ずかしさを感じているように思えた」[12]と描かれるが、ごく普通の少年である。ドライサーはこの文に続けて、父と母の説く「縁遠い、漠としたロマンス（宗教）とはほとんど無縁な」美や欲望にすぐ反応を示す少年であると書いている。極貧の生活を強いられていたから、この少年は「美や欲望」への願望を満たすため、十四歳で教育も満足に受けないまま世に出、そしてやがてホテルのベルボーイとなったのである。

クライドがギルバートと初めて対面するのは二十歳の時である。シカゴで出会った伯父にすすめられるまま、ライカーガスの地で新しい人生の出発を志したクライドを、彼よりわずかに年上のギルバートが専務室で面接をする場面である。[13]ギルバートの学歴についてはドライサーは詳しく書いていないが、彼の姉のマイラ（Myra）が名門女子大のスミス・カレッジ出身としていることから、彼もおそらく東部の名門男子校を卒業し、父の会社に入り、若くして父親の代行者として会社の実際を取りしきっているらしく、自信に溢れ、堂々としている。

彼は意識的にクライドと自分の格差を強調するように初対面の応対をしている。

「父から聞いたところ、君は何ら実務的な職業経験を持っていないそうだが。簿記などもできない、ですね?」

「はい、できません」クライドはわずかに悔やむように答えた。

「では、速記をやることもだめ、ほかにもそういう類のことは何もできない?」

「ええ、できません」(二〇二)

クライドにとって最も屈辱的な会見であるが、ドライサーにとっては最も重要な場面である。彼は実にアイロニックにこの場面を提示している。というのは、彼はギルバートの方を外見ではクライドより背が少し低く、良く似た顔立ちではあるが、少しいかつく、不遜な若者として描くからである。外見では、より好感の持てる魅力的な青年のクライドが職業上、社会上では無価値であり、しかもその差は二人が育った環境からきたものにすぎない、とドライサーは暗に示している。

後に、ギルバートの母グリフィス夫人が儀礼的にクライドを夕食に招くが、彼女の態度に示されるように、階層をへだてて育ったクライドはたとえ縁者でも自分たちと同種の人間ではない、と夫人は考えている。それどころか、顔形が似ていて、同じ姓を名乗っているだけに彼女には迷惑な話である。社会の上層に位置するグリフィス夫人は自分より下層の人間を油断できないものと恐れている。少しでも気を許せば、それは病原菌のように上層に侵入しようとしてくるからである。この辺のアメリカ人の心情を社会学者のポール・ファッセルはその著書『階層』の中で面白く説明してくれる。彼はアメリカは本来「階層のない社会」("Classless Society")を建前としているが、実際には世界のどの国にもひけを取らないほど強い階層意識を持つ社会であり、「〈カースト〉という言葉を米語にしたくらいである」(14)と述べ、階層を越えて移動することが非常に難しい社会であると指摘している。

ドライサーの小説の主人公たちはほとんどがこの階層差を踏み越えようとしている。クライドもその一人だが、彼は他の主人公たちに比して、最も不利な立場にある。というのは、外見だけは人並以上だが(そのために、名門の世間知らずの娘に見初められるわけだが)、ギルバートとの会話から示されるように、彼は社会の中で成功するためにまったく取り柄のない男である。ドライサーが好んで使う言葉を借りれば、大海に漂う「藻屑」("waif")であり、自力で運命を切り開いていく素質がなく、ただ運命に弄ばされる存在でしかない。第一部の終りにドライサーはクライドが遊び仲間たちと自動車事故に関連し、カンサス・シティから逃亡しなければならない状況を用意したが、これは彼が自らの意志とは裏腹に偶発事にまきこまれる「藻屑」である意識を読者に暗示し、彼の過去により明確に重い「意味」を負わせるためだった。

第一部において、アメリカに育つ貧しい少年が宗教的幻惑に反撥した時、いかに世俗的欲望の性急な充足へと走るかを、ドライサーは丹念に描いている。これも過去の重い「意味」を意識させるためである。そのため、クライド少年の問題は個人的領域を越えて、より普遍的なものとなっている。ベルボーイとなったクライドは比較的に純情な少年だが、チップを貯めこんで小金の自由になる年上の仲間たちから誘われれば、自然に酒色の道へと入りこんでしまう。逆らうことができるほど強い意志も持たず、また同時に遠い将来を見越すヴィジョンもないのだから、当然のことだろう。その結果がホーテンス（Hortense）という性悪女に恋情をもよおし、しまいには彼女らとスケート遊びに行った帰途、少女を轢き逃げするという事故に関与してしまう。

この小説に至るまでは、人間の「欲望」を是認する主題を前面に押しだしてきたドライサーだったが、クライドを形成していく場合、むしろ反対に「欲望」の犠牲者、言うなれば「欲望」を抑制する意志に欠ける人間の運命を書くという意識が強くなっている。ドライサーが宗旨がえをしたわけではない。彼はアメリカに生きる人間、特に移民者や貧しい階層の中で生れ育った人々にとって、「成功」は夢であり、それを達成するためには強い物質的「欲望」をエネルギー源としなければならない、と信じている。ただ、「欲望」を自らのエネルギーとすることのできる人間は数少ない、とも考えている。「欲望」に見合うだけの才能や精神的強靭さを持っていない限り、人はその数少ない成功者の中に入ることはできない。ドライサーはキャリー、クーパーウッド、ウィトラと、人並外れて強い「欲望」を自らのエネルギーとして描いてきたが、それは

「欲望」自体を拒否する清教徒精神に対立させんがためだった。だが、クライドを書くに至って、彼は精神的強さも持たない、才能も教育もない平凡な少年が自らの「欲望」のままに行動した場合、社会は手痛いしっぺ返しをすることを書きたいと考えている。

第二部において、シカゴに流れてきたクライドは旧友のおかげで、ユニオン・リーグという紳士階級のクラブ・ホテルに職を得ている。彼がそこですぐに気づくのは、このホテルがこれまで勤務した一般の高給ホテルよりも調度、雰囲気、社交性、国際性などすべての面で優れていたが、それ以上に彼を驚嘆させる事実があることだった。ドライサーは次のように書いている——

ここには、かつてクライドがグリーン・デイヴィドスンや、最近ではグレート・ノーザンなどのホテルでしばしば見かけることのできたあの女性関係の片鱗さえまったくなかった。(一八八)

もちろん、紳士のクラブ・ホテルには女性は宿泊できない習慣だったが、そこに出入りする紳士たちは女たちの影さえ他人に意識させない、とクライドは畏敬の念で見ている。「静かにすべての力を抑制した様子、それこそが大きな成功を成しとげた男たちの特色だった」(一八八)と、彼は認める。そして、その高い「彼の知らない世界まで上昇させてくれるような」人物と何らか

の縁を作りたいもの、と彼は願いさえしている。(一八九)

しかし、クライドは自分の認識から学習のできない人間と描かれる。と言うより、学習をしても、意志が弱いために欲望の抑制を充分にできない男である。彼は伯父の会社で働くようになってしばらくして、伯父の厚意で昇進し、女工たちを預る地位につくが、その時にもギルバートから部下の女性たちと個人的問題を起こさないように、と厳しく警告されている。(二五五～六)にもかかわらず、彼は部下の一人、農村出身のロバータ(Roberta)という女性に魅せられ、ためらう彼女をむしろ強引に誘い、密かに会う仲となっている。そのために、彼女が妊娠するというのっぴきならぬ状況に置かれ、しかもソンドラに見初められれば、その魅力と彼女を利して上層へと昇ることができる誘惑にまどわされてしまうのである。

愚かな男に違いないが、ドライサーは彼を決してきわだって邪悪な存在と提示するのではない。どこにでもいる普通の若者、欲望を自らのエネルギーとする能力も才覚もないまま、苦境に追いこまれる人間として提示する。ドライサーは第三部でクライドの弁護を引き受けるアルヴィン・ベルナップ(Alvin Belknap)を登場させ、この男もまたクライドと同じような体験をしている、と書く。ただ、ベルナップの父親は上院議員であり、彼も名門大学を卒業して、弁護士となり、民主党の州議会上院の議員を二度も勤めた人物である。代々名門の御曹司であるベルナップが様々な状況証拠から考えても明らかに不利なクライドの弁護を引き受けたのは、「かつて二十年前の昔に、彼自身二人の女性との関係で苦しんだからだった」（六三九）違うのは、ベルナップの場合、結婚する気もないまま妊娠させてしまった相手の女性に、父親が金を用意し、彼の知らぬ間に事の処理をすませてくれたことである。ベルナップは当時学生だったのだが、世慣れた父親のお陰で、後に晴れて自分が本当に好きだったもう一人の女性と結婚することができた。

彼は親身になってクライドを救おうとしているが、それはクライドがいかにロバータ殺害のために計画したにせよ、貧しさ故に他の方法が見いだすことができなかったため、と同情したからである。このベルナップの心情を通して、ドライサーはクライドの罪が必ずしも欲望に対する自制心の欠如というものにあるだけではなく、貧しい階層に生きたためにもよる、と示唆したいのである。

再び社会階層の問題へ戻ってきてしまったが、『アメリカの悲劇』を書くドライサーにとってそれは追い払っても消えることのない妄執のようなものだった。その証しに、この小説の中ではさながら間奏劇のように様々な階層差の話があちこちに散りばめてある。ポール・ファッセルによれば、上層階級の中にも少なくとも三つの層があるので[14]、その差は家についているお金の歴史による。例えば、グリフィス家とフィンチレイ家では格差がすでにあり、そのために新興のグリフィス家の長男ギルバートをソンドラ・フィンチレイがきわめて不遜と考え、彼を苛立たせるためにクライドを自分のお相手に選んだのである。

また、ベルナップ弁護士の場合、彼に対抗するオーヴィル・メイソン（Orville Mason）検事を意識せざるをえない。これまで指摘されてきたように、二人はやがて来る選挙において、民主党と共和党の代表として判事の席を争うのであるから、クライドの裁判は多分に政治的であり、リーハンが述べたように、クライドはある意味では政治的闘争の犠牲者でもある。(15) しかし、階層を妄執としていたドライサーを意識して読むと、メイソンとベルナップの対立には微妙な階級闘争の色合いがあり、クライドはその犠牲者として、メイソンに厳しすぎるほどの糾明を受ける、と考える方がより説得力がある。

メイソンはベルナップと同じようにかなりの名声を持つ弁護士であり、今は検事となっている男だから、読者は彼を上層階級に属する、と考える。しかし、既述したように、ファッセルの理論に従うと、外見同じ階層に属するように見えながら、彼とベルナップの間には大きな格差がある。彼は貧しい農家の出で、寡婦の母に育てられ、十二歳の年から生計を援けるために働き始めたという経歴を持つ。その後は自学自習で地方新聞の記者をふりだしに、法律事務所に勤めながら弁護士資格を得たという立身出世を成しとげた人物である。しかも、十四歳の時に、スケートをしていて転倒し、鼻を折ってしまい、不様な顔立ちになって、青年時代は女たちと遊ぶこともせず、ひたすら勉強した男でもある。（五四六〜七）

考えれば、クライドと似たような環境に育ったメイソンである。本来なら、同情すべきであろうが、ハンサムなため女性問題を起こし、意志薄弱なため、自分では大した努力もせずに、名門の娘を利用して社会の上層へ昇ろうとするクライドに対し、彼は必要以上に苛立たしい憎しみを感じている。しかも、その若者がベルナップという名門の貴公子然たる弁護士に守られて法廷の場に立つのであるから、メイソンの敵愾心はいやが上にも強くなっている。ドライサーは『ワールド』紙の裁判記録をもとに法廷場面を描いたとされているが、メイソンの論証のレトリックはこの小説の圧巻のように見事である。それもクライドとベルナップに対する彼の感情から創出されたものである。

階層差を示す事実、人物の対比はまだ数多く見ることができる。小説の冒頭、クライド少年が街頭伝道の一員として立つ場面からそれは始まっている。貧しく見すぼらしい彼と一家の人々と街を行く着飾った人々。さらに、彼がホテルに勤務するようになれば、ベルボーイの彼と華やかな宿泊客たち、そして、ライカーガスの町へ来れば、裕福な人々の住む屋敷街と自分が下宿する貧弱な家並の続く地域。グリフィス家の夕食に招かれ、垣間見る室内の豪華さとさり気なくそこへ出いりする人々と自分。

このように、対比は枚挙にいとまもないが、それはソンドラとロバータとの対比によって頂点に達している。ドライサーはロバータという女性を終始性格の良い素晴らしい娘と描いている。

ただ、面白いことに、彼はその年齢を意図的にクライドより二歳年上と設定し、当時は完全に不仲となり別居していた妻のセアラと自分の年齢差と同じにしている。ロバータもセアラも農家の娘であり、共に熱心な新教徒の家族に育ったのであるから、ロバータとクライドの心情的関係をドライサー自身とセアラの関係に重ね合わせたかった作為を感じ取ることができる。クライドが数多くの女工たちの中からロバータの清純さと美しさに魅せられ、積極的に彼女を求めるのは、ロバータがそれだけに素晴らしい女性だったという証しである。若き新聞記者のドライサーがシカゴ博覧会へ多数の女教師たちにつき添って行った際、いかにも控えめな、繊細な美女に見えたセアラを選び、積極的に求愛したのに似ている。ドライサーが書こうとしているのは、どんなに素晴らしい女性でも、結婚したり、あるいはより魅力的な女性が現われたりすれば、女性は男の重荷となるということである。彼はロバータを描きながら、密かにセアラへの弁明を書きこんでいた、と読むことができる。

ロバータの哀れは、自分が妊娠したことによってクライドの重荷となったことを充分に意識しているだけに一層強まっている。セアラのように、精神的にも物理的にも別々の生活を送っていながら、ミセス・ドライサーの名称に固執し、死ぬまで離婚を拒み、自分の体面を保持しようとしたのと違い、ロバータはとにかく子供を出産するまで結婚という体裁を取ってくれれば、その後はすぐに別れてもよいとまで提案している。だが、それすらソンドラという新しい恋人と、将来の生活の夢に幻惑されているクライドには通じない。彼女はクライドの将来を阻む者として殺害の計画を立てられてしまう。

ロバータに比して、ソンドラの状況[16]は社会の上層に住む者の特権によって固く守られている。ドライサーはそもそも悲劇を生む張本人はソンドラであり、彼女の気まぐれな戯れの心から全てが始まった、と示唆する。偶然性こそ人間の運命を司る神秘と考えていたドライサーは、ここでもソンドラがある夕方、道を行くクライドをギルバートと間違えて声をかけたのが事の始まり、と書いている。世間知らずのまだ十八歳にもなっていない娘であるから[17]、外見だけでクライドにやがて本気で恋をした気になっている。なおかつ、事件発覚後も、彼女はほとんど無傷のままと言ってよい。

第一に、クライドとの関係も秋には婚約をと、ソンドラの方から口にしているものの、未だ肉体関係にはまで至っていないことをドライサーは各所で暗示している。第二には、事件発覚後、共和党の有力者でもあり、資産家でもある父親のフィンチレイ氏は素早く検察側のメイソンに工作し、いかなる形でもソンドラの名前を公にしないという約束を取りつけ、スキャンダルを未然に防いでいる。(六二七～八) しかも、彼女に母親を付添わせ、メイン州にやり、事が落着くまで身を隠させている。そのため、裁判の過程では、彼女は「X嬢」とのみ言及され、世間の好奇の眼差しから完全に姿を消している。ロバータの哀れ、クライドの惨めな心情と空虚さと対比すれば、ドライサーがいかに階層差による人間の運命を深刻なものと考えていたかがわかるだろう。

たしかに、クライドはアメリカ社会という環境によって育まれた犠牲者である。「成功」の幻影をそこに生きる全ての人々に与え、「襤褸《ぼろ》から富へ」("from rags to riches")という空しい夢を人々に押しなべて強制する物質万能社会の生贄となった、とすることができる。しかし、彼はまたロバータという自分と同類の者の殺害を綿密に計画し、結果的に彼女を溺死させてしまった加害者でもある。ただ、彼を実際の殺害者と断じ、電気椅子に座らせてよいのかどうか、これは微妙な問題である。ドライサーは裁判の経過を詳細に、かつドラマチックに提示し、メイソン検事の功名心と偏見に満ちた社会感情の犠牲にクライドがされてしまった可能性が強い、と示唆している。しかも、彼は人間としてクライドが殺人の罪を負うべきかどうかについて、決着をつけていない。そこで、ロバータの溺死の状況を読み直し、ドライサーの眞意を推測してみよう。

すでに書いたように、クライドは当初ロバータ殺害の計画を綿密にたてている。彼女を結婚するという口実で実家から誘いだし、ユティカ(Utica)で落ちあい、二人して汽車でビッグ・ビターン湖へ行き、ホテルで休息してから貸しボートで湖に漕ぎだし、ランチを食べ、夕方近くなって人気の無い現場に至っている。

クライドはそこでボートを転覆させ、ロバータを水中に沈める計画だった。しかし、実際となると、彼にはそれができない。ドライサーは次のように書く――

……できるはずだ――できなくちゃいけない――簡単に素早く、頭も心も今しっかりしていさえすれば、いやそうでなくとも――そして素早くこの場から泳いで逃げ去り――自由――そして成功へと――もちろんソンドラとの幸せな生活へと逃げ去ることができるはずだ。なのに、なぜこの今になってためらう？　とにかく、このおれはどうしてしまったのか？なぜためらう？（五三〇）

クライドは心の中の葛藤のため、表情がこわばり、異常な状態になっていたから、ロバータは恐怖にかられ、思わず立ちあがり、彼に近づこうとする。彼はその時、ソンドラとの事も告白し、ロバータとは結婚できないのだ、と言おうとまで考えるが、それができず、彼女がうらめしく、腹立たしくなり、近づいてきた彼女を本能的に手で払いのけようとした。

だが、（まだ手には無意識のうちカメラをしっかりと持ったまま）彼女を激しい力で払いのけたから、カメラがその唇と鼻と顎に当ったばかりか、彼女の身体までが斜めに左の舷側へ倒れ落ちた。はずみで、ボートの舷側が水面に接するほど傾いた。（五三一）

ロバータは顔に受けた傷に驚き、水を恐れる恐怖心もあって悲鳴を上げる。クライドは立ちあがり、狂乱状態になりかかった彼女を助けおこしにいこうとするが、それがかえって災いし、ボートは更に大きく揺れ、転覆してしまう。二人は共に水中に投げだされるが、そのはずみでロバータは舷側で頭を打つ。一度水中から浮かび上がった彼女の顔は恐怖にゆがみ、クライドに必死で助けを求めるが、彼は助けるのをためらってしまう。「これは偶然の出来事、事故だ。天がなしてくれた事故だ。意図しなかった一撃によって、お前が企て、為しとげる勇気のなかったことを今天が片づけてくれようとしている」（五三二）という内なる声に押されて、彼はロバータを見捨てて泳ぎ去った。

もちろん、この決定的瞬間の状況はドライサーの創作である。実際にチェスターとグレイスの間でどのような事柄が起こっていたかは今も不明である。チェスターの主張を信ずれば、結婚はできないと言う彼の告白を聞いて絶望的となったグレイスが自ら身を投げたことになる。一方検察側の判断と主張は、チェスターが手にしていたラケットでグレイスを撲り、水中に突き落としたということである。それをドライサーは既に述べたように変え、クライドは実際に手を下してロバータを殺したわけではなく、偶発的な出来事から彼女は水中に没し、もしも彼女を助けようとすれば、自分も引きずりこまれて危うくなると考えて泳ぎ去った、とした。

しかし、殺害計画の用意周到な一つ一つの事実が検察側によって明らかにされると、状況証拠からこのクライドの主張は法廷では認められるはずもなかった。弁護士側は、クライドの語る眞相を信じながらも、戦略的にはとても無理だと考え、クライドには眞相とは異なる主張を法廷でさせている。それはこうである。クライドはロバータを結婚の口実で誘いだしたのだが、湖上に出て、ソンドラとの関係を告白し、他の女を恋している自分とでも結婚したいのか、それとも別れてくれるかを訊ねる。ロバータはそれでもクライドとの結婚を望むと答えたため、彼はでは結婚しようと言う。嬉しさのあまり、彼女はボートの中で立ち上がり、クライドの許に走りよろうとし、ボートが大きく揺れる。倒れそうになった彼女を助けようと、クライドも立ちあがるが、そのはずみで手にしていたカメラがロバータの顔にあたり、二人の動きでボートが転覆する。だが、この作り話は法廷ではほとんど無効に終っている。

殺す準備はしたが、実際には手を下していない、とドライサーは書くが、倫理的に考えれば、土壇場で心変わりがしたとはいえ、それを具体化させる（水中のロバータに手を差しのばす）ことができなかったクライドに殺人の罪はないだろうか？　裁判が終り、有罪となって処刑を待つクライドに対し、自発的に導師となる若い牧師マックミラン（Reverend McMilan）は悩んだ末に、クライドに罪がある、と結論している。彼は自分の無罪を必死に訴えるクライドの告白する眞相を聞き、「それであなたは彼女（ロバータ）を助けに行きたいとは思わなかったのかね？」と訊ねる。クライドは「思わなかった」と答えている。その瞬間、彼は自由になれること、ソン

「ドライサーの世界」正誤表

ページ	行	誤	正
P2	1行	〜のことにになる	〜のことになる
P10	14行	D・H　ロレンス	D・H・ロレンス
P12	8行	強い意志をを〜	強い意志を〜
P20	10行	パーソナル・マスター	パーソナル・マター
P52	8行	勝るもなし	勝るものなし
P65	14行	セルマの対する	セルマに対する
P109	14行	彼女ガまだ	彼女がまだ
P127	7行	〜の魂にあるでけ	〜の魂にあるだけ
P140	1行	ドライサ	ドライサー
P141	15行	『ぼく自信の本』	『ぼく自身の本』
P169	12行	彼女を結婚する	彼女と結婚する
P200	9行	ことが伺い〜	ことが窺い〜

ドラの許へ行けることを考えたからだ、と告白する。すると、牧師は「わが子よ、わが子よ！それならあなたの心の中にすでに殺害の気持があったのですよ」と説き、それに対し、クライドも「そうです、その通りです。ずっとこれまで私はそうに違いない、と思っていました」（八五四）と答えている。

マックミラン牧師は実際に手を下していなくとも、心の中で殺人を犯した以上、それを認め、神に赦しを乞い、全てをゆだねて安らかに来世に生きなさい、とクライドに説く。このマックミラン師の言葉で全てが締めくくられるのであれば、この小説は宗教的意味では「めでたし」だが、ドライサーはマックミラン師自身に自らの下した結論を疑わせている。師は最後の助命嘆願を州知事に提出し、知事と面会する機会を手にするが、その時州知事がクライドの精神的助言者として裁判後に最も長い間を彼と共に過ごしたあなたが新たにつけ加えるべき事実があるのですか、と訊ねる。この時、マックミラン師は「クライドが有罪であるか無罪であるかを決定する重荷が自分の双肩にかかっている」（八六二）と感じる。しかし、彼はクライドが実際には自ら手を下して殺害したのではない、という事実を知事に訴えることができない。というのは、「彼は神とその法の前で罪を犯した」（八六二）という結論にさんざん悩んだ末に達していたではないか、と考えたからである。そこで牧師は「私は彼の精神的助言者として心の問題についてはいろいろ彼から聞きましたが、法律上の点では関与しておりませんので」（八六三）と逃げている。知事はこの牧師の言葉から、処刑の実行を決断するのである。

　しかし、クライドは最後まで自分の法律上の有罪に納得をしないまま電気椅子に座っている。彼に処刑室まで付添ったマックミラン師も「私の結論は正しかっただろうか――神に知恵を与えられるまま、神の知恵で下したあの結論は？　本当に正しかったのだろうか？　あのクライドの眼！」（八七〇）と、自らを疑い続ける。これはドライサー自身の疑問である。果たして罪はクライドにあるのか？　あるいは彼を生んだより大きな社会のものだろうか？

　ドライサーはおそらく執筆当初からこの疑いを抱いていたのだろうが、第三部へと書き進むにつれ、益々この疑問をつのらせていったように思える。そのために、この大作の結末は良い意味で曖昧となっている。クライドの運命を社会の罪、アメリカという特殊な環境の為せるわざ、とすれば簡単だろうが、ドライサーはそれができなかった。その代りに、彼はアメリカに生きる現実は限りなく複雑であり、かつ矛盾に満ち、その中での人間はあまりにも無力、かつ無意味という感情を悲劇の余波として残した。人間存在を「大海の藻屑」のように頼りないものとする考えは、彼には『シスター・キャリー』執筆の当初からあった。それは彼自身が己を見ていた考え方であろう。作家が自己を書きこみ、劇的な物語を構成し、なおかつ社会という大きな場を読む者に意識させ、主人公に普遍性を具わせるというのは長編小説作りの理想だが、ドライサーは『アメリカの悲劇』に至って、結論において自ら困惑したが、やっとその理想をほぼ具現化することができたのではないだろうか。

第七章　『悲劇的なアメリカ』

――衡平の原則を求めて

　ドライサーは『アメリカの悲劇』の成功によって、小説家としてついにアメリカ文壇の頂点にたどりついた、と言ってよい。文学史を振り返ってみれば、この年、一九二五年の時点では、第一次大戦後にヨーロッパでさかんになっていたモダニズムの影響を受けて、アメリカの若い作家たちがすでに新しいタイプの小説を発表し始めていた。後に「失われた世代」の作家たちと呼ばれることになるアメリカのモダニズム文学の傾向が見られるようになっていた。変化がすでに始まっていたのである。

　『アメリカの悲劇』を厳しく批判したメンケンだけはおそらくこの変化の気運を察知していたのかもしれない。彼は書評で、ドライサーの冗長すぎる描写と凡庸に堕しかねない道徳観に警告を発していた。しかし、ドライサーはもちろん、他の批評家たちもこの時にはまだ変化を強く意識していなかったように思える。従って、彼らはこぞってこの新作をアメリカのリアリズム文学の最高峰として、讃辞を惜しみなく与えた。

かくして、『アメリカの悲劇』はドライサーに「大作家」の名声をもたらしたのだが、それだけでなく彼の念願だった金銭的「成功」をもついにもたらした。新作はわずか一年で上下二巻本の五万セットを売りつくし、まだその後も売れ続けた。[1] また、それは翌年には劇化され、ブロードウェイで上演されると、大ヒットとなった。ハリウッドもこの小説を映画化したいと考え、出版社とドライサーからその映画化権を買い取ることになった。

この件については、契約に当って、金額の分配をめぐり出版社側とドライサーの間に悶着が生じ、契約の席でドライサーが社主のリヴァライト氏の言い分に腹を立て、彼の顔にコーヒーをぶちまけたというエピソードが残っている。この話はリンガマンやリーハンがそれぞれ詳述しているので、[2] 細かいことは省くが、結果的にはドライサーが権利金十万ドルのうち九〇パーセントを、出版社が一〇パーセントを取ることで結着がついた。さらに、後になってトーキー時代がやってくると、トーキー映画の権利金としてドライサーの手に三万ドルの金が渡っている。そのほか、ハースト系新聞に小説の一部を連載する権利金や大作家として新聞・雑誌への雑文の寄稿が一度に増えて、彼は眞の意味で裕福な作家となった。

オハイオ州デイトンの『ヘラルド』紙は、「『アメリカの悲劇』はシオドア・ドライサーに富をもたらした」(“*American Tragedy* Brings Fortune to Theodore Dreiser”)と題した記事を載せ、本と映画と芝居などからドライサーが手にした總収入は百万ドルを上まわる、と書いた。(3) これは少し大袈裟にすぎるが、リンガマンは一九二六年度の納税申告書から、ドライサーのこの年の所得は九万ドル余と記している。(4) この年、別居していた妻のセアラからの要求で、生活費として毎月二百ドルを与えることに彼は決めているが、それだけで彼女が充分に暮すことができたことを考えると、九万ドルという金額が当時どのような重さを持っていたか、わかろうというものである。

ドライサーは一九二六年の十二月、ヘレンと共に西五十七丁目の豪華なメゾネット式のアパートに居を移した。以後、木曜日ごとに接客のためのパーティを開き、ニューヨークの文人、芸術家、演劇人、出版関係者たちを数多く集めた。このパーティは後の華やかな作家たち、トルーマン・カポーティやノーマン・メイラーたちの開いたパーティを彷彿させるものだった。さらに、彼は自分の仕事部屋と称し、コロンバス・サークルにあったビルの中に一部屋を構えていた。原稿を書くのにも使ったし、同時にそれはドライサーの相変らずの情事に使われた。

富裕はドライサーが抱き続けていた夢の実現だったが、それが小説家としての彼に幸いだったかは疑問である。事実、これ以後、およそ二十年の間、彼はついに小説を発表できなかった。著名作家としての雑文書きや、講演や社会的活動で多忙となったこともあっただろうが、同時に、この時すでに五十五歳を過ぎていたドライサーは年齢的にもピークを過ぎていたのだろう。次に書くべき小説は、リヴァライト社との契約で前渡金として毎月金を受け取っていた『禁欲の人』（*The Stoic*）だったが、「欲望三部作」の完結編となるこの作品に彼はなかなか集中できなかった。結局、これに本格的にとりかかったのは、一九二九年に発した大不況のあおりで、ドライサー自身かなりの資産を失い、経済的に必要性を感じてきた一九三一年の頃である。彼はクララ・クラーク（Clara Clark）という小説家志望の若い女性を秘書として得、彼女の助けを得ながら一九三二年の夏までこの小説を書き続けている。しかし、現在刊行されている本の四十八章に相当する部分（約三分の二に当り、原稿段階では五十四章となっている）までは書き終えたが、そこで中断している。主人公のクーパーウッドへの興味がもはや彼が一九一〇年代に感じていたほど強いものではなくなっていたのであろう。時代が変わり、ドライサーの考え方も変わってきていた。

彼は『アメリカの悲劇』において、クライド・グリフィスを自らの分身のように創造していたが、そのために、クーパーウッドのような自己の強靭さに信をおき、自らの欲求達成のために果てしなく情熱を傾け、かつそれを成就していく人間像への興味が薄れてしまったのであろう。というのも、ドライサーは今や自らを含めて、アメリカという社会の中でクライドのような人間がなぜ存在するに至ったを考えざるをえなかったからであった。もともと、社会の中にある暗黙の階層に対して疑問と不満を抱いてきたドライサーであったから、名目上の「階層のない社会」と現実の階層差を持つ社会との隔差を今は一段と強く意識し、そのような環境の下でなおかつ一般の人々に「成功」を夢見させ、競争原理を推し進めるアメリカとは何か、と彼は考えていた。特に、『アメリカの悲劇』の作者として世間はドライサーを見ていた。つまり、彼はクライドという平凡で、貧しく弱い人間の代弁者と見做されていた。皮肉なことに、念願の夢をかなえて、富める者の立場になったドライサーを人々は貧しき者、虐げられし者の側に立つ大作家として期待することとなった。

一九二七年に革命十周年を祝う式典にソビエト政府がドライサーを招いたのも、今述べたような彼の資格、つまり大衆の側に立つ社会派の作家という資格からだった。招待はその年の十月にやってきて、十一月三日から十日まで行われる式典に列席するというものだった。しかし、ドライサーはわずか七日間の滞在では無意味と考え、旅費、滞在費を先方の政府持ちで、好きなだけ滞在し、好きな所を見、好きな人に会うという条件を出し、招待を受けた。その条件を受け入れられた彼は十月十九日にニューヨーク港より出発し、パリとベルリンを経て、ロシアに入っている。そして、およそ三ヶ月の滞在の後、パリ、ロンドンを経て、一九二八年二月にニューヨークへ戻ってきている。

ドライサーはロシア滞在中に、国全体の貧しさ、居住環境の劣悪さ、全体主義的統制の厳しさ、労働者の生産効率の悪さなどに気づき、批判的になっている。そして、何よりも個人尊重主義(Individualism)の欠如を実感している。彼はロシア滞在中に通訳兼秘書となったルース・ケネル(Ruth Kennel)にむかって、「より多くの個人尊重主義、そしてより少なく共産主義の政策を取れば、この巨大な国は大発展するだろうに」[5]と述べている。また、ドライサーは労働者たちの効率という点でも炯眼で、「(この国では)労働者を社会的に快適にしようと努力しすぎていて、彼らの効率を全面的に発揮させることをおろそかにしすぎている」[6]とも述べている。これは、その半世紀後の一九八〇年代にソ連の経済体制が労働効率の悪さから崩壊をしていることを考えれば、ドライサーの先見の明と言うべきである。

従って、ロシア滞在中はドライサーは必ずしも新しい「理想の国」というイメージで共産主義体制を見ていない。それはドロシー・トンプソン(Dorothy Thompson)の『新生ロシア』(*The New Russia*)からの剽窃ということで物議をかもした彼のロシア見聞記『ドライサーロシアを見る』(*Dreiser Looks at Russia*, 1928)を読めば明らかである。しかし、ドライサーは帰国した後、新しいロシアを見てきた自分の眼で自らの国、アメリカの現実を見、これもまた理想の国とはかけ離れた存在であることを痛感した。彼は「(アメリカの)平均的な人間は今日では拷問に等しい扱いを受けている。彼らの数も多く、その生活は無意味、彼らは困惑し、挫折感に打ちのめされている」[7]と述べざるをえなかった。

一九二九年秋に起った株式の大暴落に端を発した不況はアメリカ社会の貧富の格差をさらに際立つものとした。この時、ドライサーは資本主義というアメリカの体制が無効になっているのではないか、と感じた。新しいロシアの体制に不満ではあったものの、彼はこの時期、一九二九年から三一年にかけて、急速に左傾していき、政治的発言や実際行動によって、社会主義を信奉する作家として、アメリカ国内を飛びまわり、活躍した。

当時世間を騒がせていたトマス・ムーニー（Thomas J. Mooney）の免罪事件(8)でも、ドライサーは彼の釈放のために直接ムーニーに面会したり、激励のために手紙を書いたりしている。また、『悲劇的なアメリカ』の第二章にも書かれているように、彼はペンシルヴァニア州やケンタッキー州の炭鉱地帯や、ニュージャージー州パセイックの工業地帯を自ら訪れ、労働者のストライキの現実を見聞し、労働者たちの生活の実状や、会社側の搾取の方法と不当な賃金制度などを具さに書いたり、彼らへの支援を広くアメリカ社会へ訴えたりしている。

ドライサーはこのように国内を巡っての実体験から、資本主義によって大国となったアメリカ社会が、かつてのローマ帝国と同じように崩潰の寸前に至っているのではないか、と恐れた。彼は、その原因を支配者と大衆、つまり産業の経営・管理に当る資本家とそれを支える労働者との間に本来あるべき「衡平」（"equity"）が失われているからではないかと考えた。

ドライサーはアメリカの根本精神である「個人尊重主義」を信じ、個人の自由とその能力の発揮を阻む全ての力や体制を認めることはできなかった。彼はこの時期以後、非常に共産主義的言辞や行動を見せるが、決して眞の意味での共産主義者ではなかった。ただ、アメリカの産業主義を推進してきたいわゆる「企業家」(“entrepreneur”)が社会の中であまりにも強い力を得、支配階級となるにつれ、社会を構成する大多数の一般大衆との富のバランスが崩れてしまった、と彼は考えただけである。彼は自然界における「太陽とその惑星」のような微妙なバランス、つまり「衡平」が資本家と労働者の間に存在していなければならない。今こそそのようなバランスを回復するために、アメリカ社会の制度を経済・政治の両面から再構築すべき時である、と彼は感じた。このようなドライサーの感情が如実に表明されたのが、『悲劇的なアメリカ』だった。

『悲劇的なアメリカ』は一九三一年の十二月にリヴァライト社から出版された。文学的にはドライサーの最悪の書とされている。(9) また、この本の中で描かれるアメリカの大企業家たちが産を成していく過程はガステイヴァス・マイヤーズの『アメリカ富豪の歴史』(Gustavas Myers : *History of the Great American Fortunes,* 1910) に依拠するところが多くあったり、ドライサーが論の例証のために挙げてある数字に間違いが多いことなども書評家たちより指摘されてもいる。

しかし、リンガマンが述べているように、粗雑にすぎるアジ演説という非難はまぬがれないにしても、『悲劇的なアメリカ』は「この時代には適切だったし、(アメリカが陥っていた) 深刻な経済的悲劇を矛盾なく説明している」(10)ものだった。しかも、ドライサーは「衡平」の感覚に根ざした富の再分配という「ニュー・ディール」の概念をこの本の中ですでに示していたことにもなる。また、それ以上に、ドライサーの読者にとっては、彼が『アメリカの悲劇』を書くことによって、従来から頭の中にあったアメリカ社会の矛盾と歪《ひず》みへの不満をこの本の中で心おきなく吐露したものと読むことができる。すでに初老の領域に入ろうとしていたドライサーの社会観を知るためには格好の書となっている。

『悲劇的なアメリカ』は二十二章から成っており、ドライサーは経済界、政府機構、宗教界、ジャーナリズム、警察と司法制度などアメリカ社会のあらゆる面の問題点を俎上に載せている。

彼は第一章の「アメリカの現状」(“The American Scene”)において、アメリカの理想であった「自由」や「平等の機会」は今や万人のものではなく、ある特定の人間たちだけに与えられている、と指摘する。その特定な人間たちとは「狡猾で貪欲な者であり、彼らは平等の機会を利用して、特別な、言いかえれば果てしなく個人的な権利とそれに付随する力を確立していく。そのため、この国の九十五パーセントの人々がたえず貧困にあえぐことになっている」(七)、とドライサーは断じている。

この九十五パーセントのアメリカの大衆の現実を、彼は第二章「現在の生活状況」(“Present-Day Living Condition”)の中で、ニュージャージー州パセイックの労働者たちの生活を具体例として説明している。

パセイック市は当時六万余の人口を持つ産業都市（現在でも人口五万余とあまり変わらないが、化学工業、製薬業、精密機械製造業などの産業都市となっている）であり、織物業と染色業が盛んで、毛織物、絹織物の生産地として有名だった。ドライサーはこの都市にあったボタニー織機（Botany Mills）という従業員三千を有する会社を事例にし、労働者たちの賃金と就業時間、健康保険制度、生活物資の購入状況など具体的に示している。それによれば、労働者たちのうち、特殊な技術を持つ熟練工で週給三十五ドル（糸紡ぎ工）だが、平均的には二十ドル程度で、その大半は女工である。一人の女工の例をドライサーは挙げているが、「かつては一台の縒り糸機械を扱い二十五ドルを得ていたが、現在は二台の機械を扱い、わずか十七ドルしか得ていない」（一九）と、述べている。これは、不況のあおりで、賃金の引下げと労働の強化が生じていたものと考えられる。

さらに、ドライサーは従業員千人程度の比較的に小規模の会社の例も挙げ、そこでも大体熟練工が週給三十五から四十ドルを得、普通の工員が二十ドル前後を得ている、と記している。（二〇）また、就業時間については、週四十八時間が建前ではあったが、現実には一日九時間四十五分の就業が行われている。当時は弱年労働者の数も多く、一般の労働者家庭では少年少女は大半中等教育を「夜学」（“continuation school”）で受け、昼間は週給十ドル程度の安い賃金で工場で働いている。

このような状況であったから、パセイックの労働者の家計は非常に苦しいものだった。最も恵まれている場合、夫婦共に働き、子供のうち二人が弱年労働者として工場に出たとして、その収入の総額は週六十ドル前後である。現実には、当時の社会事情からして、主婦は働きに出ないのが通例であったから、一家の収入はせいぜい三十から四十ドル程度のものだったと、と推測することができる。しかも、当時の労働者は会社の社宅（共同住宅）に住み、会社の経営する食料品店から購入する生活形態が普通であり、それらの費用（決して安くはなかったらしい）が賃金から引かれていた。これでは、余暇を楽しむ余裕はもちろん、子弟の高等教育など望むべくもなかった。

しかもこの時代、一九二〇年代の末期から三〇年代にかけて、アメリカ大不況のあおりで、人員削減が大々的に行われていたのであるから、労働者家庭の経済的惨状は想像にかたくない。ドライサーがパセイック市を訪れた一九三一年の時点で、六万余の人口の町に七千人の失業者があふれていた、と記している。（一七）一九二〇年代の中頃には、各社でストライキが行われたが、そのことごとくが労働者側の敗北に終っているが、その直後に大不況がやってきたのである。労働者の家庭では、一日一日を食べていくことができれば幸いという現実だった。

それにひきかえ、会社側（資本家側）は現在では考えられないほどに巨額な資産を形成している。ドライサーはボタニー織機を例として説明する。この会社はドイツに三十六の工場を持っていたボタニー總合織機（Botany Consolidated Mills）という世界的企業の一翼を担う会社である。この、現在で言えばコングロマリットである大企業はパセイックのボタニー織機を設立するのに、一九一〇年に当初三六〇万ドルの資本投下をしている。しかし、その生産力と利益率からして、二十年後の一九三一年の現在、会社価格は一、四四〇万ドルとなっている。これだけで約四倍の資本へふくれ上がっている計算である。さらに、株主（株式の九十五パーセントは社主の所有）に対し、一九一一年から二三年まで、平均年十五パーセントの配当を行なっている。労働争議で利益率の減少した一九二五年と二六年でさえ、八パーセントの配当を行ない、それ以後の不況時代にはさすがに配当は行なわず、配当金を蓄積する形を取った。しかし、この積立金が一九二九年十二月の時点で一四〇万ドルに達している。（二二）この例からも、資本を投下した社主が自らの汗一つ流すことなく、一般人には考えれらないほどの莫大な金額を手にしていることがわかるだろう。

ドライサーが問題にするのは、労働者と資本家の収入の異常なアンバランスであった。彼はクーパーウッドの物語を書いたことから察せられるように、アメリカの産業を興し、発展させる原動力となった企業家たちの能力や存在を決して否定するのではない。だが、彼は自然界には均衡があるべきと考えた男だったから、資本家側と労働者側との間にも当然しかるべき富の「衡平」

さがあるべきだ、と考えた。特に、ロシアの共産主義体制を見た後では、彼の眼で見るアメリカの現状はあまりにも異常だった。そして、この経済的アンバランスの故、つまりは社会に「衡平」の原則が欠けている故に、アメリカの将来は深刻な問題を抱えることになる、と予測したのである。

ドライサーが予測したように、社会の中での「衡平」さの原則が失われれば、富める者はますます豊かとなり、権力を得、貧しき者はいやが上でも貧窮する。そうすれば、国民の大半は貧者となり、人間の尊厳さえ失い、隠れた才能も涵養されないまま、貧困の生活の中に埋もれてしまう。これは社会的にも大きな損失であり、アメリカ建国の理念であった「機会の均等」さえ夢のように消えてしまうのである。

ドライサーはこのような富のバランスの欠如をアメリカ社会が直面している大問題としてとらえ、その原因を第三章「搾取――力によるアメリカ方式」(“Exploitation――The American Rule by Force”)において追求してみせた。その冒頭で、彼は「(アメリカの経済は)常に力によって動かされてきたし、今もまた動かされている。しかし、私はそのような方式は今日の時代の要請に応ずるには旧式すぎる、と非難したい。また、現在のような整備された社会にはあまりにも野蛮すぎる方式だ、と考えている」(三〇)と述べている。

ドライサーは「力による方式」の具体例を鉄道事業で巨大な産を成してきた富豪たち(J・

グールド、C・ヴァンダービルト、J・フィスク、J・P・モーガンなど）の辣腕ぶりを書くことによって示している。この人たちは元々は金融業者だったり、運送業者だったのだが、鉄道建設による国土の開発と産業の育成という大義名分を利し、政治家に働きかけ、現在では考えられないほどの広大な土地を国から無償で入手したり、建設資金を国や州から引きだしたりして、巨額の利益を上げたのである。

ドライサーはその一例として、セントラル・パシフィック鉄道を建設していく経緯をここで示している。この鉄道は西海岸地域の四人の銀行家・金融業者が資本金二〇万ドルを出しあって会社を設立し、建設を企画したものだった。彼らは先ず当初の資金を使って、国会や州議会に働きかけ、国から二、五〇〇万ドルの建設資金と四五〇万エーカーの用地を無償で入手する。次いで、鉄道の開通によって利益をこうむるはずのカリフォルニア州と州内の郡・市より数百万ドルの資金提供を受ける。その上、彼らは建設費用の水増しにより、私利をむさぼっている。結果的に、彼らはわずか二〇万ドルの拠出金で、大陸横断の中心的幹線となるセントラル・パシフィック鉄道の所有者となり、以後およそ百年にもなる期間、莫大な利益を手にすることになる。

このような不当な利益行為について、ドライサーは第六章、第七章においても、怒りをこめて鉄道事業に関わった銀行家や金融業者の手法を挙げて書いている。それは、アメリカでは経済力を持つ人間がいかに連邦政府や州政府を意のままに動かし、国家の土地を入手し、資金提供を受けてきたかに彼が憤りを感じていたからである。

力を持つ個人だけがアメリカでは勝ち誇る。ドライサーはそれをヴァンダービルトのニューヨーク・セントラル鉄道を例として示す。力を持つ業者は同種の弱小業者（十九世紀のアメリカには各地に数多くの小鉄道会社が存在していた）を力ずくで買収・合併してゆき、巨大な鉄道網にしていった。

当時は鉄道を独占すれば、それに伴う様々な利権を占有することができたのである。例えば、鉄道路線の周辺に鉄道会社は国から広大な土地を与えられていた。鉄道によって開発が進めば不動産による利益が当然のように生じる。また、鉄路に沿って必ず電柱を建てたから、電信（後には電話を含めて）網も同時に抱えることとなり、これも大事業へと発展していった。鉄道網はまた輸送網となり、鉄道会社に関連した運送事業も大々的となった。さらに、鉄道網が巨大化し、独占事業となっていくにつれて、運賃や輸送料を勝手に決めていくことになったし、郵便事業も手中に収めていくことになった。二十世紀に入っても、この傾向は続き、鉄道会社は機会あれば国に資金援助を求め、運賃の値上げを行ない、職員のストライキの弾圧などを行なった。しかも、政府はこれが公共事業であるとして、巨大な私企業群の鉄道会社を常に支援し、国民の税金を注入し、彼らを巨大化させた。

ドライサーの指摘は、スタンダード石油会社を巨大化させたロックフェラー（John D.

Rockfeller）の手法にも及び、「正しかろうと正しくなかろうと、巨大な力を有する者が弱く小さき者を睥睨し、追いだす」（四二）、と述べる。力は力を呼び、力の無い者は次々に淘汰され、その結果が今日で言う「複合巨大企業」（"conglomerate"）の出現となっている。彼らは必ず市場で独占的な力を揮うことになる。スタンダード石油など、石油事業について二度も（一八九二年、一九一一年）独占禁止法違反のかどで解散命令を受けながら、その都度再編成をして、復活している。ドライサーはコングロマリットの資力は単にある特定事業の利益を独占するだけでなく、アメリカ社会の全ての分野にまで心理的に大きな力を及ぼす、いや社会そのものを支配しているのではないか、と恐れている。

ドライサーはこの懸念を具体的に示すために、大企業家たちの支配力が国内にあまねく及んでいる実態を、法制度（九章）、警察（十章）、教会（十四章）、慈善団体（十五章）などで詳述している。国民生活と密接に関わるこれらの制度・機関がごく少数の富豪たちの考え方や感情、あるいは私的理由によって操られていることを示し、それがアメリカという理想の社会であるべきものを大きく歪めている、と彼は主張している。

ドライサーの意見は少し単純すぎると考えられるかもしれないが、現在でもアメリカを初め、資本主義体制の国々では、彼が指摘しているような現象は残っている。力は力を生み、弱小者は常に力に踏み潰されてゆく。この競争原理は「後期資本主義」といわれるグローバルになった経済体制の現在も、多少の修正はなされているにしても、本質的には変っていない。特にアメリカ社会では「力ずくのアメリカ方式」は決して死んでいない。今も多くのアメリカ人にこの考え方が残っているために、アメリカの世界的戦略にも、その影響が常につきまとうのである。

第十六章の「犯罪とその理由」（"Crime and Why"）において、ドライサーは犯罪の大きな理由は、今述べてきたような「力ずくのアメリカ方式」が生んだ社会の中の貧富の格差にある、としている。彼は「ロシアにおけるように、富が平等に――というよりむしろ衡平に分配されていれば、人々は自らの果たす適切な労働に見合う立派な生活を送ることができ、彼らもその子弟も快適にかつ立派に成長するための社会的意味での適切な環境を手にすることができる」（三〇〇）、と述べる。そして、彼は劣悪な家庭環境から犯罪者となっていく一人の少年の例を示している。

これは、彼が『アメリカの悲劇』を書き、クライド青年を通して世に訴えようとしたことでもある。「階層のない社会」であるはずのアメリカで、人が現実の大きな階層差を意識して少年時代を送り、しかも社会の隅々にまでゆきわたっている強い物質的欲望に刺戟されれば、人は手っ取り早い富への道を選ぶ。これは無理のない話である。ドライサー自身がそうだった。彼は実際に犯罪こそ犯さなかったが、（シカゴで割賦屋の集金人をしていたドライサーは集めた金をごまかして、失職している）、おそらくきわどい淵まで何度も近づいていただろうし、また新聞記者として、貧しいが故の犯罪の実例を何度も見ていた。彼が社会のあり方を変えることができれば、犯罪は必然的に減る、と考えたのも当然かもしれない。

ドライサーの考え方は理想的に思えるかもしれないが、彼は本気でアメリカを憂えていた。アメリカの多くの人々が少数の強者の犠牲になることなく、平等の機会とより良い生活環境を手にすることのできる社会を形成するためには、どのようにすべきかを彼は考えていた。

最終章の「新しい国家体制にむけての提案」（"Suggestions Towards A New Statecraft"）は以上述べてきた事柄へのドライサーの解答であった。彼はまずその冒頭で「資本主義は今日アメリカで失敗している」（四〇八）と述べる。それは、弱肉強食の原理を助長する「強者」の論理をアメリカが推し進めてきたからであり、科学と何世紀にもわたる経済史が示しているもう一つの原理「自然界の方法である均衡」（四一〇）を無視したからである、と彼は考える。ドライサーは「強者」の存在を決して否定するのではないが、「強者」と「弱者」の間に適切なバランスがなくてはならない、と言うのである。資本家と労働者の間には、従って「衡平」さが常に存在していなければならないが、それは自然界の中の「均衡」という不変の眞理と同じである、と彼は信じている。そこで、彼は「個人的にはその均衡を回復するためにはアメリカの経済生活を再構築すべし」と主張する（四一〇）のである。

その具体的方法として、ドライサーはロシアの共産主義体制を模した国家体制を提案している。つまり、国家による産業の所有、あるいは統制、私有財産や資産相続の禁止、国内の富の均分化

（いわゆる「ニュー・ディール」政策である）などを法制化する。同時に能力ある者の登用と教育の機会均等を推進し、宗教教育の撤廃などを求める。彼はアメリカ憲法については、多少の修正を施しても、原則的には存続させ、アメリカの理想である個人の自由と能力の開発を認める。ただ個人の能力の成果は社会全体に寄与することを求め、特定の個人、あるいはその家族の者のために利することのないようにすべし、と述べる。

すでに書いてきたように、ドライサーは「個人尊重主義者」であったから、ロシアの共産主義体制に伴う「全体主義」に強く反撥している。「真に有能な者、他より優れた者は現在（アメリカ体制）と同じようにその能力を発揮する機会を当然与えるべき」（四二四）と、彼は述べる。そして、「知力」（"wisdom"）は力であるから、「知力を持つ者にはその力を発揮するのに必要な環境を与えて当然」（四二四）とし、一種のエリート主義、「強者」論も是認している。ただ、ドライサーは「強者」は自らが「強者」であるという自覚を持ち、常に「弱者」のためにより良い社会を築くべき、と説く。そうすることによって「私的利益はおそらく（いや、必ずと私は信じている）全体の利益に化していくことになり、そうなればさらに多くの利益が生れることになる」、とドライサーは結論を下している。

ドライサーの論理は理想的にすぎ、矛盾も多い。共産主義的国家体制の中で、個人の自由と権利を保障しているアメリカ憲法の存続を求め、アメリカの根本精神である個人尊重主義を堅持し、人間の不平等を平気で認め、エリート主義さえ説くのであるからである。論の端々に、彼が若い頃から信奉していた自然主義的な競争原理も見られる。

しかし、考えてみれば、この外見の矛盾はいかにもドライサーらしいのではなかろうか。彼には当時の共産主義にあった教義性がない。実に現実的で、プラグマチックである。アメリカ人らしいこの実利的経済構造変革論は現在の視点から見れば決して間違ってはいない。アメリカの（いや世界の）資本主義体制はドライサーが提案したような様々な改良点を加えて、次第に今日のいわゆる「後期資本主義」の体制へと変化してきたからである。

だが、この本を出版した直後、ドライサーは共産党への入党を求めたが、見事に拒否されている。当然であったろう。この『悲劇的アメリカ』を読めば、ドライサーがアメリカの本質を変え、共産主義という新しい国家体制を構想しようとしていたのではないことがわかる。アメリカを信じ、なおかつ貧富による格差を「衡平」の領域にまで是正することによって、より良いアメリカ社会が形成できると彼は考えただけである。ドライサーの考え方は、ロシアの新体制を見たことにより、一見過激な変化を見せたかのように思えるが、若い頃の考え方と本質的には大きな変化を見せたわけではなかった。

第八章　『とりで』

──父への想い、自らの老境

ドライサーと父親のジョン・ポールとの精神的確執は平均的な父と息子と異なり、異常なほどに強かった。その原因の多くは、ドライサーが生れた一八七一年の時点でのジョン・ポールの実状からきていたのではないか、と推測することができる。前に述べたが、彼はその時すでに五十歳を迎えていて、その五年前にサリヴァンに建設中の織物工場で事故にあい、その傷の後遺症に悩む初老の男となっていた。しかも、ドライサーが生れる前の年、自ら出資したサリヴァンの織物会社が倒産し、資産の全てを失い、完全に失意の人となっていたのである。

従って、物心つき始めた幼年期から少年期にかけて、ドライサーが日毎に眼にしていた父親は、定職も持たず、便利屋のように雑役にたずさわる生活力のない老人だった。自伝の『あけぼの』の冒頭では、宗教に凝りかたまった無能な父親を多少は不運な人と考えているが、事故の後遺症もあって、「僕は父を頭が少しおかしいのではないかと見なしていた(1)」とさえ書いている。ジョン・ポールは頑固なカトリック教徒であり、教義を絶対的なものとして、家族の者に強要し続けていたから、ドライサーの兄や姉たちは成長につれて、この父親に反発し、非行に走ったり、家を捨てたりしている。その状況を幼い時から見てきたドライサー少年が嫌悪に近い感情を父に対して育んできたのも不思議ではない。彼の宗教嫌い（制度としてのキリスト教にではあったが）も、父親に対する反逆心から生みだされたもの、と述べても過言ではない。

しかし、ドライサーは自分が成人し、世に出て、やがて成功し、老境の人となるまで、実は眞の意味で父親の全体像を理解していなかったのではないか、と考えることもできる。というのも、『ジェニー・ゲアハート』で描かれる父親像も、『アメリカの悲劇』のクライドの父親像も、ドライサーはあまりにも冷ややかに作りあげているように思えるからである。

例えばの話、後者の冒頭で、クライド少年の父親、エイサ・グリフィスを描写するとき、ドライサーは「およそ五十歳ぐらい、背は低く、ずんぐりとした体形で、円い黒のソフト帽の下からボサボサの髪をだした男、どう見てもこの世で重要とは思えない人間(2)」と描いている。さらに加えて、家が貧しく、並の人々が享受している楽しみをすべて奪われているにもかかわらず、父親は「神の愛と慈悲と心遣いをたえず強調するばかり(3)」と書くのである。

クライド少年の世俗的欲望と、それを求めるあまりに後に彼が犯す罪の遠因はすべてこの父親の矛盾した現実から生じた、と作者はこの時点ですでに暗示しているかのようである。しかし、問題なのは、実際のジョン・ポールは必ずしもドライサーが意識したような完全なる失敗者とは言いきれないことである。少なくとも、中年までの彼はむしろ〈アメリカの夢〉を半ば手にしかけていたロマンチックな人間だった。リチャード・リーハンをはじめとし、これまでの研究者や伝記作者たちが述べたように、(4)『とりで』がドライサーの父親のための作品であるとすれば、ここでジョン・ポールの考察をあらためてしておく必要があるかもしれない。

ジョン・ポールは一八二一年にフランス国境に近いドイツのマイエンという町で生れている。農夫の息子だった彼は当時の風習で、長男ではなかったため、羊毛の織物職人の徒弟に出されている。だが、彼は成年に達すると、兵役につくことを嫌い、アメリカへ渡ることを決意し、故郷を捨てる。一時パリに滞在した後、一八四四年、二十三歳の時にニューヨーク港に着いている。

彼はその後、織物職人として、アメリカ東部を転々としたが、オハイオ州デイトンに到り、そこで出会ったメノー派の娘、セアラと恋に落ち、駈落ち結婚をし、インディアナ州のフォート・ウェインに職を得て、家庭を築いた。これが一八五一年のことで、セアラはわずか十七歳、チェコスロヴァキアから移住してきたかなり裕福な家庭の娘だった。彼女は親の許しを得ず、しかもカトリック教徒の男と駈落ちしたため、父親から勘当されている。ドライサーが『あけぼの』の中で書いているところによると、ふっくらとした大変に魅力的な女性だったようである。そして、ジョン・ポールはこの時三十歳だった。

このような経緯から察するに、青年時代のジョン・ポールは必ずしも晩年における頑固一徹なカトリック教徒ではなかったように思える。むしろ、ロマンチックで奔放な気質の若者だったとさえ推測できる。だいたい、兵役を嫌い、新世界を求めてアメリカへ渡ろうということ自体、ロマンチックな気質を持っていなければ、できないことであろう。

一方、セアラにしても、厳格な戒律で定評のあるメノー派の娘として育ちながら、流れ者のようなジョン・ポールに惹かれて家を捨てるという一事からして、これも非常に奔放な女性だったことが伺い知れる。この二人の気質をドライサー一家の子女たちはみな承けついでいたようで、ドライサー自身を含め、彼らは思春期を経て、成長してゆくにつれ、偏屈な宗教心に凝り固まっていたジョン・ポールとこぞって不協和音を奏でていくのである。

青年ジョン・ポールはロマンチックであったのだろうが、やはり十九世紀前半に青春を迎えた男であったから、自分の子女たちの反逆に理解と同情心は示すことはできなかっただろう。しかし、彼はドライサー少年が見ていたような無能な男では決してなかった。移民者に特有な〈夢想家《ドリーマー》〉ではあったろうが、彼は〈貧しき移民《プアー・イミグラント》〉ではなかった。というのは、彼は当時重用されていた織物職人として、かなりの技術を持っていたようであるからだ。彼は一時、オハイオ州ミドルタウンという町で織物工として働いたことがあるが、この時、ジョージ・エリスという英国出身の工場主にその腕を見込まれている。後に彼がテレ・ホートに家を構えることになるのも、エリスがその地に新しい工場を設立し、ジョン・ポールをフォート・ウェインから呼び寄せ、新工場の〈職長《フォアマン》〉に据えたからである。正確な日時は明らかではないが、一八五八年の時点では、ドライサー夫妻は子供たちと共にテレ・ホートに移り住んでいて、暮しむきはかなりのものとなっていたようであり、ジョン・ポールもこの時には職長から〈工場長《スーパー・ヴァイザー》〉になっている(5)。

二〇〇五年に最新の伝記を発表したラヴィングも、この時点ではジョン・ポールが貧しくもなく、また無能でもなかったことを強調している。この後、彼は自らの〈アメリカの夢〉を完成させるかのように、テレ・ホートの南にある町サリヴァンに新設された織物工場の経営者となり、一家をあげてそこへ移り住んでいる。ラヴィングの記すところでは、「サリヴァンで彼（ジョン・ポール）は町の最初のカトリック教会、セント・ジョウゼフ教会を建設するために土地を寄付するほど裕福になっていた(6)」のである。

しかし、ドライサーが後に作品の中で度々使うように、偶然な出来事が重なり、成功の絶頂期にさしかかっていたジョン・ポールを挫折者の群れに投じている。一八六五年、彼が四十二歳の時だが、近隣の羊牧畜業者から預った羊毛を倉庫に保管したまま、工場が火事となり、彼は工場を失うと同時に羊毛代金の弁償をする羽目となっている。さらに、その翌年には、工場再建の指揮をしていた彼の上に梁の木材が落下し、頭と肩に大怪我をしている。彼はその後遺症を抱えたまま、一八七〇年にサリヴァンに新設されることとなった織物会社への投資を誘われ、残った資金を投入し、この会社の倒産によって、ほとんど無一文となってしまう。

実は、一八六〇年代の前半は、南北戦争による軍服需要のため、織物業界は好況だったが、戦後になって、その需要の激減に加え、東部に次々と建設されてきた新設備を有する工場との競合とが相俟って、西部の小規模な織物会社の倒産が続出したのである。(7) ジョン・ポールが機を見る才に欠けていたと言えばそれまでだが、時代の変化——これは『とりで』の重要な主題でもあるが——が彼を一種の犠牲者にした、と言うことができる。『シスター・キャリー』でハーストウッドの非運をすでに見てきたが、中年を過ぎての人間の挫折にドライサーが強い関心を示したのは、潜在的にドライサーが父親のことを意識していたためであろう。いずれにせよ、ジョン・ポールが成功者の座から滑り落ちて、完全に失意の人となっていた一八七一年にドライサーが生れているのである。

ドライサーが『ジェニー・ゲアハート』を書き始めたのは、この父親の死がきっかけとなったことはすでに第二章で書いた。それは、兄弟姉妹の誰からも愛され、ジョン・ポールが無能の人となってからは経済的にも一家を支えてきた母親が五十九歳の若さで貧しいままに死んでいったのにひきかえ、子供たちすべてから離反された父親が最後には長女メイムに面倒を見てもらい、七十九歳まで生き、いわば天寿をまっとうしたという運命の皮肉にドライサーが動かされたからだった。彼の父親を描く筆致が冷ややかにならざるをえなかったのも当然だった。
しかし、『とりで』の場合は違う。ドライサー自身の精神的な困難さのため、完成にはあまりにも長い時を要したが、とにかく父を描く、それがジョン・ポールその人でないにしても、父親像を描くという意図で『とりで』は書き始められた小説だった。

様々な研究者たちが指摘してきたように、『とりで』は一九一二年の秋、アンナ・テイタム（Anna Tatum）というウェズリー女子大出身の才媛と出会ったのが端緒となり発想された。リーハンの記すところでは、(8) 彼女はその前年に『ジェニー・ゲアハート』を読み、ファンレターに近い読後評をドライサー宛てに故郷のペンシルヴァニア州フォールシングトンから送っている。手紙は当時ヨーロッパの旅行中だったドライサーのロンドンの宿に回送された。彼はそれに返事を書き、やがて二人の間に文通が始まり、帰国後、ドライサーはアンナをニューヨークに招き、プラザ・ホテルで会ったのである。

アンナ自身、文学界への野心があったし、また知的な美女にはすぐに魅了されるドライサーであったから、二人はその後しばらく愛人として暮している。この間の事情は『とりで』の中で、著名な画家のウィラード・ケイン（Willard Kane）と自己成就を夢見る若いエッタ・バーンズ

(Etta Barnes) との関係に小説的に再現されている。ドライサーは彼女との同棲中に、その口からアンナの父親、熱烈なクェーカー教徒である厳格な男が次々に自分の子供たちから離反されていった話を聞かされ、彼はそこに自身の父親との類似性を感じとった。リーハンは「テイタム氏はドライサー自身の父親の物語を再現していたし、アンナは彼自身の気質と自由を求める欲求心をそっくり持っていた(9)」と、書き、そのためにジョン・ポールに想いを馳せながら、テイタム氏の物語をもとに『とりで』という小説にしていこうと決めた、と述べている。

だが、実際に書きだすと、それは必ずしも順調にはいかなかった。一九一二年の時点では、ドライサーは「欲望三部作」の最初の二作を完成させるのに忙しかったし、また、すでに原稿としては出来あがっていた自伝的小説『〈天才〉』を出版へこぎつけなければならなかった。幸い、この三つの作品は一九一五年までにはジョン・レイン社から出版されたが、その後の作品については、一九一七年にドライサーの許を訪れ、それまでの全作品を含めて、将来の全ての作品を出版したいと提案したボニー・アンド・リヴァライト社の申し入れをドライサーは引き受けた。その結果、翌年彼の短編小説集『自由とその他の短編』が出版され、一九年には『十二人の男たち』が本となった。そして、リヴァライト社は次の本格的小説として『とりで』を予告し、二〇年の秋に出版を予定し、ドライサーには一九年の末までに完成してくれるように迫った。

ドライサーはたしかに一九一九年から二〇年にかけて『とりで』にかかっている。しかし、主人公となるソロン・バーンズ（Solon Barnes）を父親との類似ということを念頭におくだけで創造していくには機が熟していなかったようである。第六章で書いたように、一九二〇年の夏には『とりで』は完全に放棄され、新しく手を染めた『アメリカの悲劇』を書くことに熱中している。

以後、二十年余にわたって、『とりで』はドライサーの手から離れてしまっていた。再び、これに彼が取りかかるのは、一九四二年のことである。その前年、彼に全集を出すという誘惑をちらつかせて接触してきたパトナムズ社と新しい契約を結んだからだった。パトナムズ社としては、ドライサーが『アメリカの悲劇』以来となる最初の小説を発表するとなれば、大変な宣伝になると目論み、一九四二年の六月までに『とりで』を脱稿するという約束をドライサーから取りつけている。

従って、ドライサーはこの年、本格的に『とりで』にかかっている。四月二日にメンケンに宛てた書簡の中で「信じがたい話でしょうが、私は今『とりで』にかかっており、まずまずの進み具合と思っています(11)」と書き送っている。しかし、これもあまり長続きしなかったようで、その年の五月には、秋の出版を予定し、原稿の進捗状況を気にしている編集者のボールチ氏（Earl H. Balch）宛ての書簡では「長い小説だし、それになかなか書きにくい本で」と、詫び言を述べ、「ここ十日ばかり腸をやられる流感で寝こみ、どうもこの小説にかかる集中力を欠いている(12)」と述べる始末だった。

ドライサーの難渋は単に身体的な衰えや、健康状態の悪さのためばかりではなかったように思える。一つには、書き進めてゆくにつれ、自分の父親と主人公のソロンとは環境的にはまったく似ていないことに気づいたためであろう。また、一つには、この時点で、彼がソロンの信条であるクェーカー主義に共鳴したところで、根本的に宗教を忌避してきた彼自身の老境と主人公の老境とを一体化して書くことに精神的な抵抗感があったためではなかろうか。そのためか、『とりで』はまたもや中断され、パトナムズ社から受け取っていた千ドルの前渡金を返却したいとまで彼の方から申しでている。これに対し、パトナムズ社は「現状のままとし、いずれ本が完成することを期待しましょう」[13]と、伝えてきている。

『とりで』完成の最後の機会は一九四四年の一月、思いがけないことからやってきた。それはアメリカ芸術・文学協会（The National Academy of Arts and Letters）から彼に五年に一度出す栄誉賞を授与したいという報せが来たことだった。協会は黄金のメダルの他、副賞として千ドル、そしてニューヨークまでの旅費と滞在費を提供するというのだった。実はこの協会は過去においてドライサーの小説を非難・攻撃をしてきたいわばアメリカ文化・芸術の体制派の砦だった。だから、ドライサーは受賞をためらったが、結局は先方の申し出を受けることとした。というのは、彼は今や文壇から忘れ去られた存在となっていたし、経済的にも裕福ではなかった。彼に生涯つきまとっていた＜哀れな末路＞の予感をいやが上にも感じていた時期だったからである。

そして、彼をニューヨークで迎えてくれたのが、かつての愛人であり、原稿の編集をしてくれていたマーガリート・チェイダー・ハリス（Marguerite Tjader Harris）だった。彼女はこの時すでに離婚しており、一人の息子を抱える身だった。二人は旧交を暖め、ドライサーは彼女に再び秘書役を頼めば、念願の『とりで』を完成させることができるのではないか、と考えた。

もう一つの理由は、彼が末弟のエドの家に招かれたことである。エドはブロードウェイでかなりの役者として安定した生活をしていた。授賞式の後、二人はエドの家で少年時代の思い出話に興ずるが、その時エドが父親のよく歌っていたドイツ民謡を歌いだしたのである。ドライサーは涙を流してそれを聴き、ジョン・ポールのことを「共感をこめて語った」(14)そうである。ドライサーはこの時七十三歳を迎えようとする老境の人となっていた。おそらく父親に対して眞の同情心を抱くことができるようになっていたのかもしれない。

マーガリートという新たな秘書と（ドライサーは女性の愛がないと小説が書けない男だった）、父との精神的融和のささやかな出来事とが重なって、彼は再び『とりで』完成の意欲を持ったのであろう。

その年の八月、マーガリートは息子を伴ってハリウッドにやってきた。必要経費はドライサーが支払い、本が出版された暁には、パーセンテージで報酬を与えるという条件だった。マーガリートは前もって、その年に正式にドライサーと結婚していたヘレンの許可も得ていたし、ドライサーの方はパトナムズ社に『とりで』の前渡金を返却し、自由に、そして自らの決意でこの小説に当ろうとする三度目の挑戦だった。

しかし、肉体的な衰えと、時折り襲ってくる気力と自信の喪失のため、完成にはまだ紆余曲折はあった。だが、マーガリートの献身的な助力のおかげで、[15]翌年五月に『とりで』は一応の完成を見た。出版社は皮肉にも、彼の処女作『シスター・キャリー』を出し、それに冷酷な仕打ちをしたダブルデイ社と決った。いつもの通り、原稿の修正や削除という問題はまだ残っていたが、三十年にわたってドライサーを悩ませてきた作品と、彼はついに訣別することができた。

作家がいかに長い間かかわりあったからといって、作品は必ずしも優れたものにはならない。『とりで』はその典型であるだろう。

これはソロン・バーンズという有徳なクェーカー教徒の生涯を辿った小説であり、二部構成となっているが、その第一部となる全体のおよそ三分の一に相当する前半は平板すぎ、いわゆる小説的葛藤に欠け、読者の感動を誘うことがない。ドライサーもその事には内心気づいていて、この小説に対する意欲を何度も殺がれてしまったのではないだろうか。加えて、もともと自分の父親を意識して手がけたはずであるのに、主人公となるソロンの前半の人生はあまりにも順調すぎて、ジョン・ポールの半生とはかけはなれてすぎていたから、作家としては二者を一体化することが困難だったに違いない。

作品に即してそれを見ていくと、第一部の序章はソロンが念願だった理想の女性、ベネシア・ウォリン（Benecia Wallin）と結婚する式の場面を描き、第一部の最後の章（二十五章）は、この序章の場面を承け、二人が式の後、新しい夫婦として永遠の愛を誓いあう夜の場面で終っている。そして、この二つの場面に挟まれるように置かれた第一部において、ソロンの生いたちから修業時代を経て、若き銀行家として確立してゆき、無事に名門のウォリン家の一人娘のベネシアを妻に迎えるまでが語られている。

ソロンはメイン州のセグーキット（Segookit）という町に生れている。父親のルーファス（Rufus）は熱心なクェーカー教徒で、勤勉・実直を旨とし、農業を営むかたわら、町に干し草や飼料、穀物などを商う店を持つ男である。彼は創意工夫に富み、果物や野菜も栽培し、それを自分の店で売りもしている。決して非常に豊かというわけではないが、息子のソロンと娘のシンシア（Cynthia）をクェーカー教派の私立小学校に通わせるほどの余裕もある。

彼の妻、ハナ（Hannah）は夫以上に宗教心の篤いクェーカー教徒で、敬神の念と貧しい人々への同情心が人一倍に強い女性である。彼女には一人の妹、フィービー（Phoebe）がいて、アーサー・キンバー（Arthur Kimber）という男と結婚している。彼らはニュージャージー州トレントンに移り住み、アーサーはトレントン陶器という会社の役員となって成功している。アーサーは産を成すと、トレントン近郊にある農地や家屋に投資をし、不動産業と金融業を兼ねる事業も行なっている。

たまたま、このアーサーが急死し、途方に暮れたフィービーは義兄のルーファスを頼り、資産管理と不動産・金融の事業を見てくれるように依頼してくる。ハナとフィービーは仲の良い姉妹であったから、フィービーとしては姉一家にニュージャージーに移り住んでもらいたかったのである。従って、当初はルーファスが単身で一時的にトレントンに滞在し、事業の面倒を見ていたのだが、結局、彼は一家をあげてフィラデルフィア近郊のデュークラ（Dukla）という町に移り住むこととなった。

実は、ここにアーサーが手に入れていたソーンブラーフ（Thornbrough）という古い屋敷があった。南北戦争前に建てられたという豪壮な邸宅だが、今は住む人もいない。ただ、これには六十エーカーの広大な農地と、手入れをすれば必ず美しくなる広い庭と小川までついていた。フィービーはこの屋敷を将来は売り物にするという名目でルーファス一家に提供しようと言う。ルーファスはこの屋敷を見、忽ちにしてその魅力のとりことなってしまう。周囲の自然も、家の造りも内装も彼の心をとらえ、彼はフィービーの提案を喜んで受けた。やがては、彼女は屋敷全体をルーファスに与えることになるが、その代償に、自分や娘たちが泊まりに来る時の部屋を用意させた。このような好条件の許、ルーファスはメイン州の土地と店を処分し、アーサーの遺した事業を経営するために、デュークラの人となった。この時、彼は四十歳であり、ソロンは十歳の少年だった。

ドライサーは制度としての宗教に不信感を持ち続けた作家だが、クェーカー主義に対してだけは別だった。伝記作家のラヴィングによれば、一九二七年に受けたインターヴューで、ドライサーは「あらゆる宗教の中で一番理にかなったものとして私に訴えるのは、クェーカー教徒のイライアス・ヒックス（Elias Hicks）が説き、解釈しているものだ」[16]と、述べている。また、実際に彼は一九三〇年代の後半にはジョン・ウルマン（John Woolman）の日記や著作をよく読んでいるし、さらには当時のクェーカー主義の指導的人物だったルーファス・ジョーンズ（Rufus Jones）の著作に感動し、その自宅まで訪れている[17]。

ドライサーが共感したのは、クェーカー教徒の抱く神の概念だった。ウルマンを例にとれば、彼は神職者でも宗教哲学者でもなく、一介の職人（洋服屋でパン屋でもあった）にすぎない。その彼が〈内なる思考《イナー・ソート》〉に導かれて行動し、人間や社会を判断する。つまり、彼は自らの〈思考〉の中に神の存在を見ているのだった。これは、後にクェーカー教の理論家として登場するヒックスの説く〈内なる光《インウォード・ライト》〉こそ神とする考え方と良く似ている。神はキリスト教会という制度の頂点にある抽象的存在ではなく、あくまでも人間それぞれの心の中にあるという概念は、自己存在を重く見、教会制度を拒み、自由に、かつ理詰めで神という存在を考えようとしていたドライサーには最も適切に思えたはずである。と同時に、彼が前々から考えていた万物を産みだす創造者としての神の力と人間に内在する〈創造力《クリエイティブ・フォース》〉とは両者ともに、その〈内なる光〉と交差するものがあった。

従って、ドライサーは物語を始めるとすぐに、ソロンとシンシアが敬虔な父母と朝食をとる場面を描き、それを通じて、クェーカー教徒の信条の根幹をなすこの神の概念を読者に伝えようとしている。二人共まだ子供であるから必ずしも深くは理解していなかっただろうが、父と母が食前に行う沈黙の祈りの重みをしっかりと受けとめている。というのは、その場の全体としての宗教的雰囲気が二人の心に染み渡ったからである。「そのため、二人は生命ある限り、すべての人々の心の中にある神の〈創造力《クリエイティブ・フォース》〉という真理を疑うことがなかった。この存在があるが故に万物が生命を得、行動し、この世に存在している——それは人がもしも疑いを抱いたり、ストレスを感じたり、人間として困惑したりする時によすがとすることができる〈指針となる内なる光《ガイディング・イナー・ライト》〉、即ち〈神の存在〉だった。人間はそれがそこ（心の中）にあることを知れば、助力と慰めを見いだすことができるのだった」[18]

ドライサーはこの心の中の神、〈内なる光〉の実例をソロンに注ぐ母親ハナの祈りによって示している。それは第五章で語られる挿話である。ソロンが七歳から八歳の頃のこと、父と共に森に入り、自分の斧で木を伐るのを手伝うが、その時はずみで、自分の左足を斧で傷つけてしまう。

すぐに医師の手当てを受けたにもかかわらず、傷が悪化し、生命すら危険な状態となってしまう。幼いながら、彼も生命の危機を意識し、泣きだしてしまうが、母親は傷口の手当てをする手を休め、ひたすら〈内なる光〉である神に訴える。ドライサーはそれを次のように書いている――

「彼女は包帯を巻く手を急に止めた。すると、その顔に朝な夕なに神に語りかける時にしばしば見られるように、青白く敬虔な表情が現われているのに、ソロンは気づいた。今、母親はじっと沈黙していたが、その表情には力強さと信仰がみなぎっていた」(二十一)

ソロンは子供心にこの時自分の危機に微妙に変化が生じてくるのを感じている。彼は生命をとりとめ、その後も母の強い信仰に支えられ、自らの〈内なる光〉を信じて、順調に成長していく。彼はがっしりとした体格の少年で、背はそれほど高くもなく、とりわけハンサムというわけではなかったし、また知的にも並外れて優秀というわけでもなかった。しかし、彼が立派な人間となり、実業の世界で成功してゆくのは、一つにはこの〈内なる光〉によって育まれた精神と正義感、そして父親ゆずりの実直さによるものであった。

だが、同時に、彼が生きた時代もよかった。ドライサーはこの小説で、時代の変化を隠れた主題としているのであるから、後半の、ソロンの子女たちの生きる時代と比べて、彼の生きた十九世紀中葉から、後半にかけての時代を意識する必要がある。この時代は、アメリカ社会全体がそれほど豊かでもなく、あまり物質的誘惑もなかった。信仰を重んずる一般的家庭の雰囲気と外の社会の倫理観との差異もあまり大きくはなかった。その上、実直で勤勉な若者たちが社会の中で成功する機会も多分にあった。

ソロンの場合、彼は中等学校（現在の高一ぐらいまでだろうか）を卒業すると、中流以上のクェーカー教徒の子女が進学していくフレンド派の上級学校（この小説ではオークウォルドという寄宿学校で、現在の高校上級と短大を併せたようなもの）に進まず、デュークラの町にある父親の店を助けて、実務を学んでいる。しかも、その仕事ぶりを見たジャスタス・ウォリン（Justus Wallin）という資産家であり、銀行家でもある人物に見込まれ、やがて彼が役員をしているフィラデルフィアの由緒ある銀行、トレイダーズ・アンド・ビルダーズ・バンクに職を得ることになる。

実は、その前に、デュークラのクェーカー教徒の集会で、ジャスタスがソロンの母の強い信仰心に心を打たれ、その息子や夫のルーファスを知ることになる挿話が紹介されている。しかも、ソロンは同じ中等学校に通う妹の友人であるベネシアに密かに思いを寄せていたから、彼にとってはウォリン家との縁は幸運すぎるほどの出来事だった。

銀行業務に携わることになった青年ソロンは、自分のためにも、またベネシアとその背後にいるジャスタスのためにも、あくまで勤勉・誠実だった。当初、出納係として勤めれば、彼は顧客の顔と名前を一心に覚え、彼らの署名の特徴を夜を徹して頭の中に叩きこむ。また、昇進して貸付業務を任せられると、個人にせよ、企業にせよ、その業績や人格をよく研究・調査し、かつ温情と公正心をもって裁定した。それだけでなく、彼は顧客の過去の資産状況から貸付金の返済の歴史まで勉強し、やがて銀行にはなくてはならない情報通となっていった。もともと、彼は父と共に働き、不動産業務も心得ていたので、ジャスタスの助言や援助を受け、若いながら自ずから不動産取引を通じて産もなしていった。

しかし、ソロンの心を常に煩わしていたのは、クェーカー教徒としての信条と、力と富を求める銀行家としての野心と欲望との折り合いだった。彼はフレンド派の『戒律の書《ブック・オブ・ディシプリン》』を何度も何度も読んでいる。そして、自らの信仰と業務が乖離しないように常に自戒する。『戒律の書』はクェーカー教徒は何人たりとも「他者へ害を及ぼす業務、いたずらに他人を惑わすような投機に関わってはならない」（一一三）と警告し、また「世俗の富を極度に求めて欲望に心を奪われてはならない」（一一四、傍点筆者）とも戒めている。

現実には、フィラデルフィアとその近郊では、クェーカー教徒たちは（その節制と勤勉のためだが）かなりの富裕者層を形成していた。ちなみに、ドライサーの「欲望三部作」の主人公クーパーウッドもクェーカー教徒である。彼らは生活において質素でもあったから、アメリカの発展と共に自然に豊かになっている。ウォリン家もそうだし、ソロンの父母やその縁戚であるキンバー家も富裕となっている。だが、ソロンは、勤勉・質素の故に自然に豊かになっていくことと、「世俗の富を極度に求める欲望に心を奪われて」必要以上に豊かになっていくこととは異なる、と考えている。銀行業務は利益をあげることを目指してはいるが、不当な利息を求めたり、不正な融資をしたりして、公正を欠いてはいけないというのがソロンの信条である。

いや、ソロンはクェーカー教徒たちが（自らを含めて）自然に社会の発展と共に豊かになりすぎていることに対してさえ、批判的である。クェーカー教徒は今や教徒としての信条さえ忘れ、教徒でありながら、もはや眞の教徒ではなくなっている、とさえ彼は感じている。この点は、彼らが使う言葉（クェーカー教徒は二人称代名詞に"thou"，"thy" "thee"を使う）が違ってきていることによって、彼らの世俗化を暗示している。ソロンの父母も同じ考え方である。ルーファスはデュークラに移ってから、自分に委託された業務のため、以前よりはるかに豊かになっている。自分にまかされたソーンブラフの屋敷は改善の結果、そのあたり一帯では最も美しい邸宅へと変貌している。だが、彼と妻は質素な生活を変えない。それは、彼が乗る馬車と、家族が使う旧式の馬車によって示されている。ソロンの母は地域に住む貧しいフレンド派の人々への同情心と物質的に共に分ちあう心を失わない敬神の女である。ソロンもやがては銀行の経理担当役員にまで出世してゆくが、最後まで彼は当時流行し始めた自動車を使わない生活を押し通している。

ドライサーが共感して書くのは、このようなソロンの一面である。彼は『悲劇的なアメリカ』で攻撃したように、アメリカの富裕層の人間たちはより多くの富を求める「極度な欲望」にとりつかれ、社会が健全であるために必要な「衡平」の感覚を欠いている、と考えていた。従って、ドライサーはソロンに理想的なクェーカー教徒像を描くと共に、理想的な経済人の姿もこめている。彼は、ソロンの信条を通して、クェーカー主義に哲学的にかなり同調し、老年に至った彼がそれこそ宗教としては許容のできるものと考えていたことが理解できる。

問題は、理想的なソロン・バーンズは果して十九世紀後半から二十世紀初頭にかけての変化の時代——産業主義と社会進化論に席捲されていった時代——に万全たりえたのか、ということである。

『とりで』の第二部（第一部は作品の状況設定の役を果すのみと考えれば、第二部が作品そのものとなる）の主題は、今提示した疑問に対するドライサーの解答だった。ここに至ってはじめて彼の父親ジョン・ポールとソロンの接点が生じてくる。しかし、ソロンを巡る後半の物語の展開だけを見て、この疑問に対する解答を「ノー」と言うことはできない。もしそうであれば、ドライサーは自らの老境に至っても、若かりし頃と同じようにジョン・ポールの存在を否定することになってしまう。だが、単純に「イエス」とすることはもちろんできない。ソロンの存在は時代の変化によって激しく動揺し、いかにそれを保持していくか、ソロンは複雑に悩まなければならないからである。小説的な劇的展開がこの複雑さからはじめて第二部に生れてくる。

ベネシアと結婚し、若き銀行家として、ソロンは義父や周囲からも厚い信頼を得て、着実に人生を歩みだしている。新婚当時は義父からデュークラの近くに新居を与えられているが、やがて時がたち、父と母が相次いで世を去ってからは、ソーンブラーフの家（すでに父の所有物となっていた）に移り住み、五人の子供に恵まれ、デュークラ近郊で最も理想的な幸福な家庭を作っている。

ソロンはベネシアと共に宗教的堅固さに裏打ちされ、人間として非の打ち所のない存在となっているように思えるが、しかし、南北戦争後のアメリカ社会の急変により、社会全体の＜感情構造＞の変化のより、大きな影響を受ける。彼は周辺の人々（銀行はもちろん、友人、家族の者からも）から少々時代おくれの＜頑なな＞人間と考えられるようになる。

彼には、長女イソベル（Isobel）、長男オーヴィル（Orville）、次女ドロシーア（Dorothea）、三女エッタ、そして次男で末っ子のスチュワート（Stewart）という五人の子供がいる。そして、まず父親に対する積極的反逆はエッタから始められている。

エッタは実在のアンナ・テイタムをモデルとした女性とされているが、その性格には多分にドライサー自身のものがこめられている。彼女は父母に似て、外見では控え目な女性だが、内には激しい情熱を秘め、芸術的で自由な気質を持っている。彼女は十四歳の時、兄や姉たちが進学したオークウォルド校には行かない、と宣言して、まず両親を驚かせている。やがて、フレンド派には属するが、より自由な雰囲気を持つ寄宿女学校に入り、家を離れ、そこで初めて自分の家とは違う世界を見た気持となり、「急速に展開しつつあるかなたの現代世界」（一六一）を感じとっている。

彼女がそこで友人となったウィスコンシン州マディソンから来たヴォリダ・ラ・ポート（Volida La Porte）はエッタを外界へ導く案内人となっている。外見ボーイッシュなこの少女は新しい文学や芸術に詳しく、知的で活発であり、将来は医学を志すと言う〈新しき女性《ニュー・ウーマン》〉である。ヴォリダに触発され、エッタは自分の中に秘められていた文学への情熱が燃えあがり、同時に広い世界を求め、ロマンチックな愛を夢見る女となっていく。

しかし、彼女は決して軽佻浮薄な女性ではない。結果的には挫折するが、彼女は自らの〈内なる光〉に忠実に反応しようとした人間であり、父や母とは異なる世界の中で、自己成就を目指しただけである。両親の賛同を得られないため、彼女は家出をし、ヴォリダと共にウィスコンシン大学へ一時入学し、次いでニューヨークのグレニッチ・ヴィレッジでヴォリダと共同生活をしながら、文学修業をする。そして、その時、著名な画家のウィラード・ケインに見初められて、彼のモデルをし、やがては彼の愛人となり、最後に捨てられて、傷心のまま故郷へ戻るのである。

彼女は外の世界の現実に圧倒され、惨めな思いはしているが、人間的な体験としては、ケインとの情熱的な生活といい、ヴィレッジでの文学的生活といい、稔り多きものを得ている。その結果、バーンズ家の子供たちの中で最も情愛の深い人間に成長している。しかし、ウィスコンシン大学まで行って、彼女を連れ戻そうとするソロンも、そしてまたヴィレッジのアパートを訪れ、故郷へ帰るようにエッタを説得するベネシアも娘の人格やその真摯な情熱を理解をすることができない。彼らは二人とも優れた人間性を有する存在ではあるが、急速に展開してゆく現代世界からは乖離し、その変化に呼応しようとしている子供たちを信頼し、見守ってやることができないのである。親とはいつの時代もそういうものであるが。

ソロンとベネシアの末息子のスチュワートの場合、さらに悲劇的である。悲劇の原因はスチュワート自身の軽率さと欲望に負ける性格の弱さにあるが、同時に、その遠因をソロンのクェーカー主義に厳密な生活上の信条に対するスチュワートの拙ない反逆に求めることもできる。彼はエッタと比べれば、はるかに表層的な人間で、しばしば研究者たちから『アメリカの悲劇』のクライドと並べて論じられている。しかし、クライドの場合、家庭が貧しく、外界の豊かさに心を奪われる少年、彼なりに社会階層を昇っていきたい強い欲求を抱く青年として描かれるので、読者の共感を得るが、スチュワートの方は、家庭を含めて、環境の面では恵まれているだけに一層軽薄な若者に思えてしまう。

彼はフィラデルフィア近郊にあるフランクリン・ホール（Franklin Hall）という名門の男子寄宿学校《プレップ・スクール》に入っている。裕福な家庭の子弟たちが集る学校のため、友人たちの中には小遣いが自由で、快楽を外の世界に求めたりする者もいる。ハンサムで長身のスチュワートは学業は優れていないが、人好きのする青年で、遊び友達にこと欠かない。ただ、質素を旨とする父親の方針で、必要以上の金を持たないために、気楽に友人たちと外の世界で遊びまわることができない。欲望（特に性欲）の強い彼は遊びのため盗みまでして小遣いにし始めるが、彼の破滅はその盗癖から生じただけではなかった。

彼はある冬の夜、二人の友人（ブルージュとジェニングズ）に誘われ、サイキ（Psyche）という女性を車で連れだし、彼女が特異体質であることを知らずに、鎮静睡眠剤を密かに飲ませ、犯してしまおうとする。しかも、眠りこんでしまったと思ったサイキはそのまま昏睡状態になってしまう。松林の中でブルージュとスチュワートはそのようなサイキを犯した後になって、女の異常さに気づいている。一度は彼女を車に乗せ、家に連れ帰ろうとするが、狼狽した三人は途中で路傍にサイキを降ろし、その場に置き去りにして逃げ、彼女を死なせてしまう。

スチュワートは寄宿舎に、他の二人はそれぞれの家に逃げ帰っているが、真相はすぐに明らかとなり、三人は逮捕され、名家の子弟のスキャンダルとして、事件は大々的に報道される。事件の張本人はブルージュであり、それをそそのかしたジェニングズでもあったが、その罪の重さを一番強く感じたのはスチュワートだった。彼はどのように弁明しても「自分自身の心、そして父の心という陪審員つまりは〈内なる光〉の裁きから決して逃れることはできない」（二九四）と考え、留置場の中で隠し持っていたポケットナイフで自殺してしまう。

ソロンとベネシアの心の傷は言葉では言いつくせないものがある。最初はエッタに、そして次には最愛の息子のスチュワートに二人の存在の根底を揺るがされているからだった。子供というものは、いつの時代でも、親という存在を奇妙なことに古い習慣の中に閉じこもり、その殻を破ることができないものと見る。エッタの場合は、その殻から飛びだし、今広がりつつある新しい時代の中に自らを置き、自己を試してみたいと願う。スチュワートはより単純に、古い殻の中にいるまま、克己という信条に耐えることができないで、身を過っている。新しい時代の華美な側面を自分も味わいたいと考えたに過ぎない。

時代の変化がソロンとベネシアという旧世代の信条を揺るがせ、瑕瑾のない二人を傷つけたと、評することはやさしい。だが、それだけではない。エッタもスチュワートも共に両親よりはるかにロマンチックである。それを軽率と言うわけにはいかない。二人は共にその眞摯さに違いはあっても、若者の意義でもあるより広い外の世界を願望する精神に駆りたてられているだけに過ぎない。たしかに時代の変化が二人の反逆を助長はしているが、根源的には、二人の反逆は若者の特性によるものである。残念なことは、古き時代の中で理想的な存在であるソロンもベネシアもそれを正しく理解できなかった。ドライサーはそう暗示することによって、自らを、そして自らの父を暗黙のうちに描いている。

　というのも、二人の反逆行為はドライサー自身の青春時代を反映しているからである。スチュワートの克己の無さは、ドライサー自身のものである。彼はクライドを創造する時、悲痛なほどに克明に自らを注入しているが、不出来ではあっても、スチュワートについても同じである。彼は欲望に弱いスチュワートの愚行を書き、またエッタの自由と芸術を求める強い意欲を描き、父親ジョン・ポールにむかって「ぼくを理解してくれ」と訴えている、と言えないだろうか。

　二人の反逆は『とりで』の後半のドラマの中心を成しているが、さらに細かく読めば、実はソロンへの反逆は、より姑息な形で、他の子供たちや銀行家としての彼の周辺の人々からもなされていることがわかる。

　例えばの話、エッタの行動を一家の恥として非難する長男オーヴィルである。彼は外見では父親と同じように実業を選び、陶器製造業者の娘と結婚し、裕福な家庭を営むことになるが、決して心からのクェーカー教徒ではない。「宗教（クェーカー主義）の教えは彼にとっては宗教的にというより社交上において重要だった。その結果の結婚によって、彼は金持ちになり、安定し、安楽となり、尊敬され、敬愛されると考えていた。彼がこの世で望むのは、ただそれだけだった」（二四九）

ドロシーアについても同じだった。姉のイソベルと違って、希に見る美女に成長した彼女はただ軽薄な、派手やかな社交生活を望む娘に過ぎない。裕福な医師の妻として、社交界の花形である伯母のローダ（Rhoda）のシャペロンを得て、社交界にデビューし、名門の男性と結婚する彼女にはクェーカー主義の信条は無縁に等しい。常に〈内なる光〉に導かれて、人生を素朴に、かつ誠実に営むというソロンの信条はこの二人によって内面的には反逆されているのである。二人はただ自己の社会的・物理的豊かさと評判だけを考え、同じ人間に対する同情心さえ失っている。彼らはこぞってエッタを、そしてスチュワートを非難するが、人間としてはソロンの高潔な信条をつぐことはできない。

ソロンは銀行を辞し、最後の年をエッタと共に暮し、癌の病いで死んでいくが、彼は果して「信仰のとりで」（三三四）になりえたのだろうか。また、クェーカー主義を標榜する「より古く、より良き秩序を持つ（銀行）業務のとりで」（三〇二）になりえたのだろうか。

ドライサーはこの小説の題を「とりで」としながら、暗黙のうちにこの疑問に「ノー」と答えている。銀行業界では「富を求める狂ったような貪欲さが」（三〇二）はびこり、役員たちは法を冒して利益追求に走る。いたたまれず、ソロンは内部告発をし、それを役員会の席上発表し、辞職をする。人々は口を揃えて、彼は息子の悲劇で「頭がどうかしてしまった」（三〇四）と、言い、ソロンに理解を示す人さえ「彼（ソロン）の信条は現代では高邁すぎて、通用しない」

（三〇五）と洩らすのみである。

ソロンは「とりで」にはなりえなかった。彼が存在しなくても、オーヴィルやドロシーアは社会的に繁栄して、生き続けてゆくだろう。彼が辞職した銀行も、フィラデルフィアの伝統ある大銀行として存続・繁栄していくだろう。だから、この小説の最後で、エッタが涙を払いのけ「わたしは人生というものが悲しいから泣いているの」（三三七）と言うように、ソロンを含めて、信条に従い、一心に、誠実に生きた人もやはり他のそうではなかった人々と同じように死を迎え、消え去っていく。ソロンのように、仮に何かを守ろうとした「とりで」たろうとした存在も、その死と共に完全に時の波に洗い流されてしまう。ドライサーは自分自身、晩年のこの時、自らの人生を、そして父親ジョン・ポールの人生を振り返り、エッタのように考えていたのかもしれない。

ただ、ソロンの生《ライフ》を今述べたように無意味なものと結論づけてしまうと、ドライサーが父への鎮魂のために書いたこの作品の意味も消えてしまう。たしかに、ソロンは劇的展開では敗者のように見える。愛娘のエッタに背かれ、スチュアートには期待を裏切られ、自分の社会的・個人的信条さえ汚されてしまう。その結果、妻をそのショックで失い、自らは銀行を辞し、これらのストレスが原因で癌に侵されて死んでゆくのであるからだ。しかし、ドライサーはソロンの最後の時をむしろ平穏で、自然の摂理に目覚める啓示の時として描こうとしている。

ソロンは引退後のわずかな時をエッタと共にソーンブラフの自然の中で過している。彼は自然の中に生きる生物を見、体験することにより、それまで抱き、守ってきた宗教的信条以上に、神の摂理を悟っている。「わたしが理解していると思っていた多くのことを、実はわたしは少しもわかっていなかった」（三一九）という心境となっている。この「多くのこと」の中には、もちろんエッタの広い世界への願望やスチュワートの欲望故の非行のことも含まれている。ソロンは自分の信条が頑ななために、若い二人の心情を理解することができず、二人を非運へと追いこんだ、と自省している。「神はわたしに卑下することを教えてくださった」（三一九）と、告白するソロンは外面的な敗北によって、かえって人間としてはより一段と優れた存在となった、と言うべきだろう。

長女のエマと晩年を穏かに暮したジョン・ポールがこのソロンの心境に達したか、どうかは怪しい。しかし、ドライサーはソロンを通して、人生は悲しいが、父もそして自分自身も少なくともソロンの心境に達したいと考えた、と言うべきだろう。

第九章　『禁欲の人』——ドライサーの最後の努力

一九四五年八月二十七日、ドライサーは七十四歳の誕生日を迎えている。ヘレンは彼のために親しい友人たちだけを招いて、ささやかなパーティを開いたが、この時すでにドライサーは肉体的にも精神的にもかなり脆弱となっていた。

その一つの理由は、リンガマンによると、[1]ダブルデイ社に渡してあった『とりで』の原稿にかかわる問題だった。五月に原稿を渡したものの、ドライサーはいつもの通り、自分の原稿の整理・編集の必要を感じていて、その仕事をかつての秘書役だったルイーズ・キャンベル（Louise Campbell）に依頼していた。彼女はこの原稿を読み、かなり失望したようで、大胆に削り、部分的には修正さえして、タイプで打ち直しをした。

だが一方、ほぼ一年にもわたって、『とりで』の完成に助力していた秘書役のマーガリートにすれば、この作品への愛着は非常に強く、ルイーズの修正を心良く思っていなかった。それに、ドライサーの妻ヘレンはこのマーガリートの『とりで』への愛着はドライサー自身への愛着と考え、彼女を夫から引き離すのに腐心していた。実際に、彼女はマーガリートをコネティカットへ帰らせているが、ドライサーの方は八月二十五日付のマーガリート宛ての手紙では恋文のような文章を綴り、(2) 具体的な給料の提示までして、秘書としてもう一度ハリウッドに帰って欲しいと書き送ったりしている。

さらに彼は当時親しくなり、その文才を高く評価していた若き作家、ジェイムズ・T・ファレル（James T. Farrell）にも、原稿を渡していた。ファレルは非常に厚意的な読後評を六月二十五日付の手紙で書き送り、二、三の細かい点の改変を提案し、全体的には良く、特に後半の宗教的部分について称賛していた。(3) 後にファレルはエルダーにも手紙を書き、「他にもいろいろ（欠点が）あるかもしれないが、『とりで』はいかがわしい大衆迎合を少しもしていないし、成功と名声を求めるあまり、基本的な価値観を変えるということもしていない。また今日多くの有名作家たちに見受けられるような安っぽさもない」(4) と、さえ述べている。この助言によって、エルダーは最終的には、キャンベルの修正原稿を取らず、最初の原稿を生かし、自ら削り、コンパクトな形にはしたが、ドライサーらしさを残そうとしたのである。

エルダーがファレルに書き送った手紙(5) によると、彼が出版のための最終稿を決定したのはどうやら十月の初旬の頃と推測することができるが、ドライサーがキャンベルの編集した原稿を読み、自分で「完全なる最終稿《コンプリート・アンド・ファイナル・ヴァージョン》」と呼んだものをエルダーに送ったのは実は八月の三十一日[6]のことである。従って、彼が誕生日を迎えた前後は、ルイーズとマーガリート、そしてヘレンという三人の女性による彼の原稿をめぐる葛藤に疲れ果てていたのが実状だった。

ドライサーはエルダー宛てのこの日の手紙では、この「最終稿」を削ったり、あるいは修正したりする場合は、自分の手でやりたいなどと、述べているが、現実には、その後エルダーが修正し、初稿を復元し、また削ったりしている。そして、ゲラが出てきた段階では、リンガマンの記すところでは、ドライサーはほとんど赤字を入れないまま返し、編集者としてのエルダーの手腕に感謝している。そして「明らかにドライサーは削られた箇所に気づいていなかった——というより、もうあまりにも疲れ果て、どうでもよかったのかもしれない[7]」とさえ述べている。リンガマンが指摘したかったのは、八月末に最終稿が送られてからエルダーの修正稿が決定し、やがてゲラが出てくる迄のおよそ二ヶ月間は、ドライサーにとってはもう前作のことなど、どうでもよかった、ということであろう。

事実、彼は七十四歳の誕生日からちょうど四ヶ月後の十二月二十八日にこの世を去るのであるから、すでに自らの死期を予感していたのかもしれない。そして、この最後の時を自らの最後の作品となる『禁欲の人』の後半を完成させるために全ての力を振り絞って過していたのであるから、リンガマンの推測も当っているかもしれない。後述するが、彼の死の予感を実証するように、この小説の後半は主人公の死を中心として物語が展開し、そこではドライサーの「死」への理解と、「生」とは人間にとって何であるのかが、率直に語られることになっている。

『禁欲の人』をドライサーが書き始めたのは一九三一年のことである。既に第七章で書いたように、『アメリカの悲劇』の大成功の後、彼の当時の出版社だったリヴァライト社はすぐにそれに続く作品として、「欲望三部作」の完結編である『禁欲の人』を書くように要請し、月払いの形で前渡金までドライサーに渡していた。しかし、彼は主人公クートパーウッドのモデルであるヤーキーズの晩年に興味を失っていた。ドライサーの人生観が変ってきていたし、かつまた読者が彼に期待する大衆の側に立つ社会派の作家というイメージと辣腕の資本家とは相容れないものがあったから、『アメリカの悲劇』の後、数年間は『禁欲の人』を書く意欲を示さなかったのである。

しかし、一九二九年のウォール街の株の大暴落に端を発した大恐慌によって、ドライサーの経済的事情も大打撃を受けた。リンガマンの記すところでは、「彼（ドライサー）の株や債券からの収入もまた激減した。一九二〇年代には彼の持ち株や債券から一年におよそ六千ドルもの収入を得ていたのに、今やそれが僅か二百ドルとなっていた。彼の生活は依然として贅沢で、様々な

資料調査の助手たちにも給料を払い、三人の姉たちと兄のロームに仕送りをし、妻のセアラには毎月二百ドルを送っていた」(8)

これでは、リヴァライト社の要求通り、『禁欲の人』にかからざるをえない。ドライサーは一九三一年から三二年にかけて、およそ全体の三分の二に相当する部分（現在刊行されている本の四十八章まで）を書きあげている。だが、この後が続かなかった。当時、ジョージ・ジーン・ネイサン（George Jean Nathan）やユージーン・オニール（Eugene O'Neill）などと語らって、発行することとなる月刊の文芸新聞『アメリカン・スペクテイター』（*The American Spectator, 1932–1937*）の編集と執筆に熱中してしまったからである。そして、『禁欲の人』はそのままドライサーによって見棄てられるままとなっていた。

しかし、『とりで』を脱稿した一九四五年の五月、ドライサーに残された仕事はこの『禁欲の人』を完成させることしかなかった。長い間の懸案だった『とりで』を書き終え、「欲望三部作」と銘打ったクーパーウッドの最終編となる『禁欲の人』を完成させれば、ドライサー自身の業績が完結することになる。それに、彼は体調も万全ではなく、自分に残されている時間も限られていることを感知していた。

当初、マーガリートは引き続いてドライサーの秘書役を勤め、『禁欲の人』の完成に助力をしたかったのだが、ヘレンは今度は断固反対し、自分が秘書役を買ってでている。その結果、マーガリートは六月にコネティカットへ帰り、ドライサーはヘレンと共に『禁欲の人』に取りかかった。

すでに三分の二までの旧稿があったにせよ、ドライサーは六月に『禁欲の人』に着手してから、十月の下旬には一応の完成を見ている。当時の彼の日常生活をリンガマンは紹介しているが、[9] それは勤勉そのものである。ドライサーは八時半に起床、シャワーを浴び、きちんとネクタイをし、上衣を着て、キッチンに入ると、ウィスキーを少し飲み、そして朝食を取る。朝食後、彼は揺り椅子に座り、ヘレンに『禁欲の人』の口述をする。二人は午後一時頃迄仕事をし、昼食。午後は二人でドライヴなどに出かけ、夕食を外ですることもあり、夜はヘレンがその朝速記したものをタイプに打ち直し、それをドライサーが読み直し、修正をする。

ドライサーは十月二十四日付のファレルへの手紙で、[10]「私自身については、三部作のうち欠けていた最後の作品をちょうど書き終えたところです」と、書き送って、やがてそれを送るからまた率直な意見をお願いしたい、と述べている。いつもの通り、彼は出来あがった原稿を何度も修正し、実際にファレルに原稿を送るのは。十二月の三日である。ファレルはこの原稿を早速読み、三つの示唆を与えている。特に、最後の部分について、ヨガに関する詳細な記述に力点を置くより、女主人公ベリナイシーのヨガに対する感情に移すべし、と助言した。[11]

ドライサーはファレルの助言を受けて、死の前日、十二月二十七日に『禁欲の人』の七十八章

（最後から二番目の章）の書き直しにかかっている。長い章であり、ベリナイシーがヨガの教義をいかに自らの（それはドライサー自身のでもあったが）人生に生かし、実感するかという内容であったから、ずい分時を要し、リンガマンの記すところでは、午後五時迄かかり、そして、その後海浜までドライヴをし、素晴らしい夕陽を見、ご機嫌で家路に着いたとある。(12) だが、この夜、彼は腎臓の痛みを訴え、一応は眠りにつくのだが、夜中の午前二時四十五分に強い痛みを訴え、すぐに医師が呼ばれた。心臓発作だった。翌日、午後六時五十分、ドライサーは眠るようにこの世を去った。『禁欲の人』に最期までかかっていたのが、作家としては本望だったと思うが、ついに最終章は書き直しができず、かつまた、彼としてはもう少し書き足したかったのであろうか、結論とすべき章のメモが残されていた。現在刊行されている本には「補遺《アペンディクス》」という形で、ベリナイシーのその後の姿が書かれているが、これはヘレンがドライサーの死後、彼のメモをもとにして、書き足したものである。だが、それは蛇足に近い感がある。読者にとっては、最後の七十九章を締めくくる文章、ベリナイシーがクーパーウッドの意志を継いで、貧しい人々のための病院を建てようと決意し、「これは何と素晴らしい考えではないだろうか！」と感嘆する一文で『禁欲の人』が終る方が余韻を残して良いように思える。

『禁欲の人』の論議に入る前に、クーパーウッドのモデルとなったチャールズ・T・ヤーキーズの晩年について、まず記しておこう。彼は一八九八年から始まったシカゴの市街鉄道の五十年間の事業権をめぐる闘争に敗れて、九九年にシカゴに保有していた会社や不動産を始末し、およそ二千万ドル（現在の貨幣価値では数十億ドルであろうが）を手に、ニューヨークへ撤退している。この時機、彼に接触してきたイギリスの事業家の誘いを受け、一九〇〇年にロンドンに赴き、当時業績の上がっていなかった地下鉄事業を「ロンドン地下鉄網」（London Subway System）として、統合する計画をたて、厖大な資金を武器として、ロンドン地下鉄会社（London Underground Railway）を設立し、計画を進めた。しかし、一九〇四年に腎炎で倒れ、翌年ニューヨークに戻り、事業の完成を見ないまま、この世を去った。

彼の死後、總資産は少なく見積っても千五百万ドルはあると想定されていた。彼は遺言によって、その半分を前妻のギャンブル夫人（Mrs. Gamble）と彼女の六人の子供に与え、残りの半分を妻のヤーキーズ夫人に与えることとしていた。ニューヨーク五番街に彼の豪壮な屋敷と、そこに生前彼が蒐集した数多くの名画を含め、美術品があったが、ヤーキーズ夫人の死後はそれを全て市へ寄附し、公共のための美術館にすることも指示していた。

しかし、実際は、彼が死ぬと、その資産に対する様々な債権者が現われ、資産をめぐっての訴訟が長々と行われることとなった。また彼が関与・貢献をしてきたロンドン地下鉄会社さえ、主要債権者として彼の資産を凍結し、屋敷と絵画などの美術品を競売にかける始末となった。ヤーキーズ夫人は家を追われ、一九一一年の春この世を去った。リーハンの記すところによると、彼女が死んだ後、一九一三年の六月十三日付の『イーヴニング・ワールド』紙にヤーキーズの生涯を紹介した記事が掲載され、それは「誰一人にも、本当の喜びをもたらすことがなかったように思える（彼の）数百万ドルは悪夢のように消え去った」と、結んであった。[13]

なお、女主人公ベリナイシーのモデルとなったエミリー・グリグズビーは実際には小説と大きく違い、ヤーキーズの死後はインドには行かず、ロンドン社交界で花形的存在となり、裕福に暮している。ドライサーが『禁欲の人』を中断した背景には、一九三〇年代にはまだ彼女が存命中であり、出版後の影響を多少顧慮する感情があったのではないか、とも推測されている。

ドライサーは以上述べたようなヤーキーズの晩年の基本的事実こそ追ってはいるが、前二作と同様に、虚構をふんだんにまじえてこの完結編となる『禁欲の人』を構成している。特に、小説の最後の数章（七十三章から最後の七十九章まで）がベリナイシーの物語となり、彼女がクーパーウッドの死後、いかに生き、人間の生涯をどのように理解すべきであるかを考察することに焦点を当てていることからもわかるように、この完結編はこれまでのクーパーウッドの経済的・社交的征服の物語とは少々異なっている。むしろ、主人公はドライサーが女性の美の極致と考えたような理想の女性、ベリナイシー・フレミングであると言ってよい。彼女を仲介者として、クーパーウッドが存在する。自らの人生の最後の僅かな時を彼はいかにして充実させることができるかを、ベリナイシーを介して希求しているのである。

それを実証するように、小説の最後の七章と補遺だけでなく、冒頭の三章も彼女を中心に始まる。それは、『巨人』の最後の部分と多少重なるが、シカゴの市街鉄道の事業権《フランチャイズ》をめぐる争いに完全敗北し、征服しつくしたと思っていたシカゴで四面楚歌の人となったクーパーウッドの許にベリナイシーがやってくる状況から始まる。思いがけないことに、彼が長年愛し続けてはいたが、手に触れがたい美術品のように見守ってきた年若い美女が自らを投げだし、失意の彼を肉体的に、そして精神的に癒し、復活をさせる。

ドライサーはすでに『巨人』の中で、ベリナイシーの美しさは充分に描いたが、そこには女性美に対する彼の、そしてクーパーウッドの異常なまでの執着心がこめられていたように思える。ドライサーが示唆したかったのは、クーパーウッドが世紀末のいわゆる「企業家《アントウルプルヌール》」たちとは違うということだった。彼は社会的な成功の後も、社会の通念的規範を踏み越え、大胆、かつ果敢に女性の美を追い求める。この執念が彼をアメリカ社会の異端者にしてしまうのだが、彼に共感して見るなら、その執念にこそ美の形式にこだわった男性の願望が実は結集している。ドライサーは自らの意欲を弁護するように、その事を暗示したいのであるし、その執念の究極の対象をベリナイシー・フレミングに描きこむのである。

従って、彼女は前作『巨人』で登場した時の、ただ単に女神のごとく美しく、聡明な女性というだけにとどまらない。四十も年齢の違うクーパーウッドを献身的に愛してはいるが、同時に自己の暗い過去と愛人としての現在を良く見極め、将来の自己存在をいかにして充実させるべきかを考える人間となっている。彼女は、言うなれば、これまでクーパーウッドという巨人《タイタン》の周辺を飾り、彼に依存することによって存在するだけの女性たちとは大いに異なっている。

　それを強調するように、『禁欲の人』では、クーパーウッドの妻、アイリーンの状況がこと細かに語られる。彼女はかつての若さと美貌を失ってしまっているが、その上に嫉妬心だけの強い、愚かな中年女と化し、あくまでも巨人の妻の座に執着する存在となっている[14]。彼女を重荷と感じながら、昔の助力を忘れ得ないクーパーウッドは、この作の中で、彼女の気持を慰めるために、社交界の遊び人であるトリファー（Tollifer）という男を雇っている。結果的には、これが後にアイリーンにわかり、憎悪にかられた彼女が夫の最期も看取らないままに、終ることになっている。しかし、トリファーに誘われるままに、パリの社交界で楽しむ彼女の愚かしさ、また夫の死後、その愚かさの故に、次々に夫の残した資産を他人に奪われていく過程をドライサーが描くのは、彼女が巨人の妻の座に似合わない存在であったことを暗示するためにほかならない。

　また、この作品において、ベリナイシーのほかに唯一、クーパーウッドの愛人として登場するローナ・マリス（Lorna Maris）という舞踊家もクーパーウッドのかつての数多くの女たちと変ることはない。彼女はベリナイシーをロンドンに残し、アメリカ国内で資金集めをしていた旅先でのクーパーウッドの浮気心をくすぐった対象にすぎない。彼女とのゴシップはベリナイシーの心情に陰を射し、多少の疑惑をもたらしはするが、やがてはクーパーウッドへの更なる信頼を固める役を果しているにすぎない。

そもそも、『禁欲の人』の物語の中核をなすロンドン地下鉄業についても、それにクーパーウッドが乗り出す端緒を作るのがベリナイシーその人、とドライサーは設定しているのである。クーパーウッドがシカゴで敗北した時、彼を慰めながらベリナイシーは次のように述べている――

「…少し休暇をお取りになって、お仕事からすっかり離れて、物事を見、世界をご覧になってはいかがですの？　あなたにおできなる事、お金のためではなく、何か公の事業で、いずれはあなたに賞賛と名誉をもたらしてくれるようなお仕事が見つかるかもしれません。イギリスとかフランスとかでおできになる事があるかもしれません(15)」

この言葉を機に、クーパーウッドはたまたま彼に接触してきていたロンドン地下鉄の一路線を企画しているイギリスの建設業者に関心をむけることとなっている。ベリナイシーに置かれた力点はこの一事からも明らかであるが、作品の題となっている〈禁欲の人〉でさえ、それが晩年のクーパーウッドの心境を示すために早くから用意されていたことはわかっているが、作品の後半、特にドライサー最後の努力によって書かれた部分で暗示されるように。ベリナイシーその女《ひと》こそ〈禁欲の人〉にふさわしい、と思えるほどである。

ベリナイシーの重要性はまた後で加えて述べることとし、この作品の物語の中心となるロンドン地下鉄事業とクーパーウッドの関わりについて考察しておこう。

第四章でドライサーが書いているように、ベリナイシーの示唆を受けた時から一年ほど前に、クーパーウッドはイギリスの建設業者、フィリップ・ヘンショー（Philip Henshaw）とモンタギュー・グリーヴズ（Montague Greaves）から彼らが計画するチャリングクロス線（Charing Cross Line）への出資相談を受けていた。十九世紀末のロンドン市内の地下鉄の状況は決して充実したものではなかった。当時、市内に存在していた地下鉄はディストリクト（The District Railway）とメトロポリタン（The Metropolitan Railway）、そして公営のサウス線（The South Line）の三つであった。しかし、いずれもまだ本格的地下式の電化方式ではなく、半地下式であったり、蒸気機関車による牽引であったりしたし、また市内の中心部をおさえていた前者の二線はまずまずの経営状況にあったが、サウス線は大赤字で、倒産寸前だった。その上、各線共に別々の経営だったから、利用者にとっては運賃も別払い、車輌も粗末で、不便きわまりなかった。

新しいチャリングクロス線を提案しているヘンショーとグリーヴズは市の中心部のチャリング

クロスから北のハンプステッドまでのおよそ八キロほどを結ぶ完全地下の電化方式を考えていた。チャリングクロスはイングランドの南部と大陸への窓口となっているサウスイースタン鉄道の終着駅と連結することができたし、またこの新しい地下鉄線上にあるユーストン駅はイングランドの北部を路線とするノースウェスタン鉄道の終着駅と直結することができた。しかも、新線の終点となるハンプステッドは当時郊外の高級住宅地として発展しようとしていたのであるから、将来性は多分にあったのである。

ヘンショーとグリーヴズは電気鉄道会社（The Traffic Electrical Company）を三万ポンドの資本金で立ち上げ、政府からこの新線の建設と経営をする権利を得ており、さらに一万ポンドを支払い、二年を限度とする建設優先権を得ていた。だが、彼らには、建設するための資金もなかったし、またイギリスには資金提供をする融資会社も資本家もなかった。だから、彼らはクーパーウッドに接近してきたのだった。

ベリナイシーの助言で、クーパーウッドは後世に残る事業として、彼らの提案に応じようと考えるに至る。だが、彼が考えたのは、単にチャリングクロス線の建設と営業という小さなものではなかった。彼がこれに乗りだすためには「自分の経済活動の中で最大にして最後のものとし、これまでのいかなる事業とも異なるより高邁なレベルのものとしなければならない」（三七）と考えた。つまり、彼はこの新線を他の既存の三線と連結し、ロンドンに新式の完全なる地下鉄網を建設し、運賃も安価な（五セント）[16]均一料金とし、市民に便利な交通機関を提供することを計画した。そのためには、おそらく一億ドルもの資金が必要だろう（三六）が、彼には当座それだけの資金はない。しかし、ニューヨークを中心に、アメリカ東部の金融資本家たちの力を糾合すれば、不可能な額ではなかった。そして、彼ならそれができる、と確信し、決意を新たにして、クーパーウッドはシカゴを捨て、ニューヨークへむかっている。

ドライサーは再びクーパーウッドの物語を取りあげた時、すぐさま（五十〜五十一章で）、彼の事業の進捗と将来の予測を総括的に書いている。従って、すでに書かれていた彼がニューヨークへむかう章（十二章）から四十九章までは、クーパーウッドがいかにして、ロンドン地下鉄事業の主導者になっていったかを描くもので、前二作と同様に、クーパーウッドの事業家としての賢明さと、豊富な資金を武器に揮う辣腕ぶりが披露されることとなっている。ただ、前二作と異なるのは、作者ドライサーが主人公の強靭な力と強い上昇意欲への敬意を失っていることである。クーパーウッドはそのためにか、ロンドンの事業家や資本家を相手にして自らの意図した通りに計画を進めていくが、そこにはかつて書かれてきたような激しい葛藤も闘争もない。ドライサーは成熟した事業家としてのクーパーウッドを示したいと考えたのであろうが、作品自体がそのために力の弱いものとなってしまっている。彼がアイリーンとトリファーの交際やベリナイシーとステイン卿（Lord Stane）という若い貴族の事業家との微妙な友情の記述に多くの頁を割くのも、この作品の弱さを補うための彩色ではなかったろうか、と疑いたくなる。つまりは、主人公の影の薄さはかえって作品の力を殺ぐ結果になっている。

第五十章、五十一章で書かれているように、この時点で、クーパーウッドはディストリクト線とメトロポリタン線の有能な実力者であるステイン卿とその智恵袋である弁護士ジョンソン（Johnson）とを語らって、ロンドン綜合地下鉄道（London Underground General）という会社の設立準備をしている。これは、クーパーウッドのチャリングクロス線とステイン卿らの既設二線を加え、やがては建設予定のベイカー街線とウォータールー線などを足して、全てを連結統合した会社になる予定だった。この地下鉄網をクーパーウッドは一九〇五年一月に開業する、と予告している。そして彼の述べるところでは「（開業の暁には）この地下鉄は年間二億人もの乗客を運び、一律五セントの運賃、等級なしのサービスを提供することになる」（二〇六）たしかに、ロンドン市民にとっては福音のような計画であり、クーパーウッドにとっては、彼の名前を永久に残し、初めて公共のためにつくすことのできる唯一の創造的事業だった。

だが、事業がステイン卿とジョンソンの協力と活躍で順調に滑りだした段階で、クーパーウッドは病いで倒れる。ドライサーは五十八章ですでに彼の死の予感を書きこんでいるが、病いが現実のものとなった五十九章ではクーパーウッドに「死がやってくる！　おそらくもう一年と生きることはできまい！　私のこれまでの創造的営為のすべてに終止符が打たれるのだ！」（二一八）

と、意識させている。クーパーウッドは慢性の腎炎にかかっていたのに気づかず、倒れた時にはすでに末期的症状で、当時としては手の施しようがなかったのである。この点はモデルとしたヤーキーズも同様だったが、ドライサーはこのクーパーウッドの病状をその後詳細に記しながら、どうやら自分まで同じ病気にかかっているのではないかと考えていた節がある。すでに書いたように、彼は実際には心臓発作で死ぬが、その前夜にヘレンに腎臓の痛みを訴えているくらいである(17)。

クーパーウッドの死の予感を書いた時点（おそらく一九四五年の七月から八月頃のことと推測できるが）、ドライサーもまた自らの死を意識していたのではなかろうか。いかにクーパーウッドに死を迎えさせるかを描くことは、つまりはドライサー自身の心境を綴ることではなかったろうか。彼が「私のこれまでの創造的営為《クリエイティブ・エフォーツ》のすべてに終止符が打たれるのだ！」と書く時、読む側は「創造的営為」とはクーパーウッドが手がけてきた金銭のための事業より、むしろドライサーの創作の数々を思いおこさざるを得ない。何かを残したい、残さなければ、彼の生涯の営為はすべて水泡に帰することになる、とクーパーウッドは死を予期して最後の努力をしている。これは文壇から忘れ去られようとしている自分の死を予感したドライサーの最後の努力と相通ずるものがある。

『禁欲の人』の後半を書きながら、しかし、ドライサーは人間の死はそのような努力をも空しいものとしてしまう、と結論づけなければならなかった。ヤーキーズの最期とその死後の事実がそうであったこともあって、少なくともクーパーウッドの場合、ドライサーは否定的な結末を用意した。

つまり、クーパーウッドはどのように資力を使っても、わざわざ親友であり名医であるジェイムズ博士（Dr. James）をニューヨークから呼び寄せても、死の病いをどうすることもできないのである。地下鉄事業は未完のまま（しかも彼の責任で厖大な資金を集めての事業だったから、彼の死後、アイリーンは遺産のほとんどを債権者に奪われてしまう）、ステイン卿らに託すほかはなかった。彼とアイリーンの関係はベリナイシーをめぐって益々悪化し、彼女は夫の臨終を見とどけることもせず、遺体を自分の屋敷に引きとることさえ拒む。その上、彼女の愚かさにも多分は原因があるが、クーパーウッドが死ぬと、千五百万ドルはあると推定されていた遺産は次々現われる債権者たちに奪われ、最後にはロンドン綜合地下鉄道による訴えで、ニューヨークの屋敷と家具調度類、絵画などすべてが競売にかけられる始末となる。そして、彼がアイリーンに遺言として残した二つの願望——一つは屋敷と絵画を市に寄贈して公共美術館とすること、もう一つは、残った資金でブロンクスに貧しい人々のための病院を建設すること——も空しい夢と消えていった。

実在のヤーキーズの営為の結末について、『イーヴニング・ワールド』紙の記者が書いたように、クーパーウッドのそれもすべてが「悪夢のように消え去った」と、ドライサーも暗示している。彼は人間の生涯とは、良きにつけ悪しきにつけ、どのような紆余曲折があろうと、結局は無に帰していく、という強い悲観的な概念を根底に持っている。しかし、それはドライサーの人生観の一面であって、すべてではない。彼はこの悲観的な概念を持っていたから、常に人間を大海に漂う一片の浮遊物にたとえて、作品を形作ってきたのでもあるからだ。しかし、一方彼はこのクーパーウッドの死後の事情を書くことにより、その存在がいかに偉大であったかも密かに示してもいる。読みようによっては、「欲望三部作」を通じてドライサーが築いてきた「巨人《タイタン》」のイメージがクーパーウッドが死んだ後の僅かな頁の中に蘇っている、とも言える。

というのは、クーパーウッドが造りあげた経済王国は、その死と共にまたたく間に崩潰しているからである。彼が生きていれば、そのような事は起るはずもなかったのである。つまり、彼が生きていれば、どのように厖大な資金を用立てていたにせよ、それは有用なものとして生きていたからである。ロンドン綜合地下鉄道は一九〇五年には八千五百万ドルの資本金を持ち、百四十マイルの路線を有して開業するはずである。世界でも最初にして最大の地下鉄網を形成し、営業利益は年ごとに増大し、借りた資金の返済など問題にならなかったはずである。だが、彼の存在が消えた途端、事情は一変する。崩潰はアイリーンの愚かさの故だけではない。出資者たちはクーパーウッドへの信頼から金を提供している。だから、彼らは債権者となって、彼の個人資産にも、そしてロンドン綜合地下鉄道にも、債務の返済を求める。そして、地下鉄道会社は今度はその返済の責任をクーパーウッドの個人資産に求め、遺産さえ凍結することになる。彼の王国の崩潰の悲惨は、かえって王の存在の大きさを示すものとなっている。

人は何のために生きるのか、ドライサーはクーパーウッドの死を書いた後、もう一度問い直さなければならなかった。たしかに、クーパーウッドはドライサーがかつてあこがれた強靭な力の持主だった。経済的に天性の鋭い感覚を有し、アメリカ人があこがれる上昇力と征服欲に満ちた男だった。ほとんど徒手空拳の身から産を成し、シカゴの市街鉄道王として世紀末に君臨し、厖大な資金を武器にロンドン地下鉄網の形成に先鞭をつけた。その上、美女を愛し、世界の名画を集め、豪壮な屋敷を建ててきた。だが、それも死と共に霧散してしまう。生前に建立した巨大な墓が残ったとしても、そこを訪れる人もいないし、それどころか、年を経れば、その名前すら忘れ去られてしまう(18)。

ドライサーもクーパーウッドの死を書きながら、同じ心境だったかもしれない。だが、それでは人間はあまりにも悲しい。彼はソロン・バーンズの最期を書いた時、ソロンは己が自然という神の摂理の支配する世界の一員として存在し、そしてその摂理のままに、その世界で消えていくという悟りを得、死んでいく、とした。ドライサーは生涯キリスト教を受け入れなかったが、自然を律する神を認めて『とりで』を終えていた。しかし、クーパーウッドを通じ、人間がいかに強く、偉大であろうとしても、死によってすべて空に帰す、と書いては、彼自身、自らの死を迎えようとしている時、それはあまりにも淋しい思いだったに違いない。終焉を迎えようとしている人間にとって、何かその心を癒す哲学はないのであろうか。そして、彼はその希望を東洋の哲学に求めようとしたのである。

ドライサーが最後の七章（七十三章より七十九章まで）をベリナイシーの変化を求める心情と求道生活の描写に当てるのはそのためだった。

彼女はクーパーウッドの死後、深い悲しみに沈んだまま、彼の生涯の営為の成果が次々に崩れていくのを見ていて、自分が共に暮してきた物質的な世界観を変え、新しい自己を確立したいと願うようになっている。彼女は「金銭と贅沢を唯一の神とする西欧の物質主義的見方から自分を完全にときはなしてくれるような知的・精神的資料」（二八六）を求めなければならないと考える。そして、たまたま見つけたインドの古典的宗教哲学詩『バガバッドギータ』を読み、凡俗の念から解放され、真の生存の喜びを悟ることこそ、人間の究極の幸福だとする思想にいたく共鳴する。そして、彼女は母を伴ってボンベイに旅し、人伝てに高名な導師《グールー》に弟子入りし、ヨガを学び、修業の後に再びニューヨークへ戻ってくるのである。

彼女はニューヨークでクーパーウッドの墓を訪れるが、この時彼女はすでに死を人間の終焉とは見ていない。ヨガの修業と東洋哲学の悟りを得た彼女は「死はまた生の一局面にすぎず、一つの物理的存在の崩潰は別の存在を産みだす前奏曲にすぎない」(三〇五)と考えている。

彼女はもはやクーパーウッドの存在の欠如を悲しまない。彼は「あらゆる形での美を敬愛し、かつ求めた——特に女性という形での美を求めた——だがそれはすべての美の背後にある神の意匠を求めたため」(三〇五)と、考えている。誰もが彼の努力とその成果の空しさだけを記憶するのに、彼女だけはクーパーウッドを肯定する。彼こそ「禁欲的に《ストイカリー》」現世で神の意匠を求めた男だった、と。「禁欲の人」の意味はここで明らかになる。ベリナイシーを通じ、ドライサーはクーパーウッドを肯定し、いや多分に自分自身を肯定し、生の空虚をわずかにでも打ち消そうとしている。ベリナイシーは結末で、クーパーウッドの遺志をつぎ、生前の彼によって与えられていた財を使い、ジェイムズ博士の援助を得て、貧者のための病院を建設しようと決意するが、これは、メロドラマチックではあるが、ドライサーが人間の生が少なくとも次の世代によって続けられていくはずという切なる願いの表現だった。ドライサーの創造的営為もまた必ず次の世代の文学的創造の前奏曲となる、と信じたのであろう。

そして、事実、ドライサーの実践した自然主義的リアリズムの手法は後々アメリカ文学の基本的な手法となった。もちろん、それに対する反発の手法も常に現われてきたが、今日でさえも、それは形を変えこそすれ、アメリカの文学創作の世界に生き続けている。

注

序章

（1）Richard Lehan, *Theodore Dreiser: His World and His Novels*（Carbondale & Edwardsville: Southern Illinois U. P., 1969）, p.45.

（2）Richard Lingeman, *Theodore Dreiser*（Vol. I-II）
(Vol. I): *At the Gates of the Cities 1871-1907*（New York: G. P. Putman's Sons, 1986）.
(Vol. II): *An American Journey 1908-1945*（New York: G. P. Putanama's Sons, 1990）.

（3）Henry B. Parkes, *The American Experience*（New York: Vintage Book, 1959）.
次の引用は同書の二六六頁。

（4）*Ibd.*, p.266.

（5）実際には十三人の子供を出産したが、最初の三人はいずれもすぐに死に、家族として生きたのは十人だった。次に示しておく。Johan Paul（1858）, Markus Romanus（1860）, Maria Franziska（1861）, Emma Wilhelmina（1863）, Mary Theresa（1865）, Cacilia（1866）, Alphons Joachim（1867）, Clara Clothilde（1869）, Herman Theodore（1871）, Eduard Minerod（1873）.

（6） Lingeman, *Theodore Dreiser* Vol I, p.37.

（7） *Dawn* のタイプ原稿四十三章にあったが、後に削ったとされている。Lingeman, *Theodore Dreiser* Vol I, p.65.

（8） *Sister Carrie* については、Richard Lehan 編集の The Library of America 版（1987）を使用。現在流布されているペンギン版はペンシルヴァニア大学版。引用は三頁。

（9） Theodore Dreiser, *An American Tragedy*（Cleveland & New York: The World Publishing Co., 1948）, p.113.

（10） Lehan, *Theodore Dreiser*, p.31.

（11） Lingemen, *Theodore Dreiser* VolI, p.113.

（12） *Sister Carrie*, p.5.

第一章

（1） Theodre Dreiser, *Sister Carrie*　前述のように　Richard Lehan の編による The Library of American 版（1987）を使用。論中この本よりの引用は括弧内の数字で示す。

（2） Lingeman, *Theodore Dreiser*, Vol.I., pp.283-4. ノリスのドライサーに宛てた手紙からの引用。

（3） *Ibid*., p.286.

（4） *Ibid*., p.229.

（5） Theodore Dreiser, *Letters*, Vol.I. ed., Robert H. Elias（Philadelphia : Univ of Pennsylvania Press, 1959）, p.213. この年の秋、ヘンリーはニューヨークのドライサーのアパートに寄宿していた。

（6）Lingeman, *Theodore Dreiser*, Vol.I., p.241.

（7）Dorothy Dudleyは一九三三年にドライサーの最初の伝記を書いた女性。*Forgotten Frontiers: Dreiser and the Land of the Free*（New York: Harrison Smith & Robert Hass, 1932）. 次の引用は同書のp.160.

（8）Lingeman, *Theodore Dreiser*, Vol.I., p.242.

（9）Lawrence E. Hussman, *Dreiser and His Fiction: A Twentieth Century Quest*（Philadelphia: University of Pennsylvania Press, 1983）, p.10.

（10）Lehan, *Theodore Dreiser*, p.58.

（11）Columbia City は架空の名。原稿段階ではGreen Bayという実在の中都市の名を使っていたが、ダブルデイ社の要請で実在の固有名詞はほとんどが架空のものにかえられている。

（12）Theodore Dreiser, *Dawn*（New York: Horace Liveright, Inc., 1931）, p.295. 以後*Dawn*からの引用はこの版の頁数で示す。

（13）Lingeman, *Theodore Dreiser*, Vol.I., p.73. この引用は*Dawn*のオリジナルの原稿の九章からのもの。リンガマンの伝記からの引用を利用させてもらった。

（14）*Ibid.*, p.266. リンガマンはドライサーが*Success*誌のため、エジソンとインタヴューをし、金銭的成功よりも人類への貢献を重く見ていたエジソンに感激したことを記している。

（15）結末部分はArthur Henryの手になる、という説を現在最も新しいドライサー伝を刊行しているLoving教授（テキサス大A&M）から筆者は教示された。

（16）"waif"はドライサーの好んだ言葉で、*Sister Carrie*の第一章の題が"A Wafe amid Forces"と

なっている。

（17） Lingeman. *Theodore Dreiser*, Vol.I, p.97.

（18） *Ibid*., p.161. リンガマンはドライサーが伝記作者のドロシー・ダドリーに「父親の淋しい生活をこの時思いやった」と語ったことを記している。

第二章

（1） Lingeman, *Theodore Dreiser*, Vol.I., p.306.

（2） *Ibid*., p.308.

（3） *Ibid*., p.274.

（4） *Ibid*., p.348.

（5） *Ibid*., p.309.

（6） *Ibid*., p.326.

（7） Thomas P. Riggio, ed., *Theodore Dreiser: Americsan Diaries* 1902–1926（Philadelphia: Univ. of Pennsylvania Press, 1983）. p.3

（8） Theodore Dreiser, *The "Genius"*（Cleveland & New York: The World Publishing Co., 1946）, p.522.

（9） 一九一一年十一月から翌年四月まで、ドライサーは「欲望三部作」の主人公のモデルであるヤーキーズの足跡を辿るという意味でヨーロッパ旅行をしているが、その折の隠れた目的はセルマを追うということもあった、とされている。

（10） Lingeman, *Theodore Dreiser*, Vol.II., p.31
（11） *Ibid.*, p.34.
（12） *Ibid.*, p.40.
（13） *Ibid.*, p.43.
（14） Theodore Dreiser, *Jennie Gerhardt*（Cleveland & New York: The World Publishing Co., 1926）, p.17. 以下論中『ジェニー・ゲアハート』からの引用はこの版の頁数を括弧内に示す。
（15） 初版では五十七章の後に「ついでに」“In Passing” という終章がついていたが、後に省かれている。
（16） 一九八〇年代初頭にショッケン・ブックス社（Shocken Books）は「女性学叢書」と銘うち、大学教材用のシリーズを出しているが、その中にHelen Yglesiasの序文をつけた*Jennie Gerhardt*（1982）が入っている。この版はThe World社版と同じ。引用は序文八頁。
（17） 『シスター・キャリー』の場合、後半ではジョージ・ハーストウッドが重要な人物となり、彼の転落のドラマがキャリーの成功と同等の比重を持つようになっている。
（18） Lingeman, *Theodore Dreiser*, Vol.II., p.26

第三章

（1） ヘンリー・ジェイムズの小説論「小説の技巧」（“The Art of Fiction,” 1884）中の言葉 “to represent life” はリアリズム小説のモットーとなっている。
（2） Thomas Wolfe, “The Story of a Novel” in Maxwell Geismar, ed., *Selections From the World of*

Thomas Wolfe (London : Heineman, 1952), p.572

(3) Lingeman, *Theodore Dreiser*, Vol.II., p.65.

(4) Lehan, *Theodore Dreiser*, p.101

(5) *Ibid.*, pp.101-2.

(6) Lingeman, *Theodore Dreiser*, Vol.II., p.64.

(7) *Ibid.*, p.77.

(8) Theodore Dreiser, *The Financier* (Cleveland & New York: The World Publishing Co., 1946) の第三章は十三歳の少年クーパーウッドが石鹸の売買でお金をもうける挿話が描かれている。以下、*The Financier* からの引用はこの版を使い、頁数を文中に括弧にいれて数字で示す。初版本とこの版とでは章立ても違うし、頁数もまったく違うので注意する必要がある。

(9) リンガマンの伝記によると、ドライサーは職業的女性との接触は病気を恐れて好まなかったが、下宿先の未亡人たちとかなり性的関係を持っていた。

(10) ドライサーは二歳年上のセアラ・ホワイトと結婚し、彼女の清教徒的保守性に後に苦しめられている。前章で述べたが、『ジェニー・ゲアハート』を書いている時点ですでに別居している。また二歳年上という事実はドライサーには特別な意味を持っていたようで『アメリカの悲劇』でも、クライドとその愛人ロバータ・オールデンを同じように二歳年上の女性としている。ヤーキーズはスザンナ・ギャンブル (Susanna Gamble) という数歳年上の未亡人富豪と結婚し、五人の子供をもうけている。この女性も保守的で、ヤーキーズは家の外に女性を求めたとされている。それが、メアリー・A・ムーア (Mary A. Moore) という女性で、小説ではアイリーン・バトラーとなっている。

（11）すでに述べたように、ドライサーはセルマ・カドリップとの関係で、大編集長の職を捨て、失職している。ヤーキーズは若くして株の仲買人として大成功しながら、一八七一年のシカゴ大火の余波で、資金繰りに困り、市公債の不正売買が露見し、投獄されている。

（12）Lingeman, *Theodore Dreiser*, Vol.II., p.57.

（13）Lehan, *Theodore Dreiser*, p.104.

（14）第八章で描かれる水槽の中で行われるイカとロブスターの闘いの挿話。

（15）The World 社版では省かれてしまったが、初版の第一章で、クーパーウッド少年が撲りあいの喧嘩をする挿話が紹介されていた。その時、右手に銀の指輪をはめていて、それが有効な武器となっている。

（16）Lehan, *Theodore Dreiser*, p.115. "Notes on Life" はペンシルヴァニア大学所蔵の「ドライサー文書」にあるとのことだが、未見のため、リーハンの記述によった。

第四章

（1）Lingeman, *Theodore Dreiser*, Vol.II., p.75.

（2）Berenice のモデルとなったのは Emily Grisby という南部出身の女性。後にヤーキーズは世間体を考えて、彼女を養女という形にしている。彼の死後、エミリーはニューヨークの家を売却し、遺産を手にして、ロンドンに移り住み、社交界で活躍したとされている。Richard Lehan, *Theodore Dreiser*, pp.105–106.

（3）Lehan, *Theodore Dreiser*, pp.101–103.

（4）Theodore Dreiser, *The Titan*（Cleveland & New York: The World Publishing Co., 1946）, p.2. 以下『巨人』からの引用はこの版を使用し、文中に括弧に入れてその頁数を示す。

（5）Lingeman, *Theodore Dreiser*, Vol.I, p.121. 以下のセアラの描写も同頁から。

（6）Theodore Dreiser, *The "Genius"*（Cleveland & New York: The World Publishing Co., 1946）, p.522.

（7）Theodore Dreiser, *The Financier*（Kyoto: Rinsen Publishing, Co., 1981）, p.159. 一九四六年版のワールド社版はドライサーがずいぶん削っているため、アイリーンの描写については、初版本を復刻した臨川版の全集を使う。論中のアイリーンの描写も、同版の同頁による。

（8）シカゴは二十世紀に入っても、東部の上流階級の人々にとっては「西部の町」に過ぎなかった。これはフィッツジェラルドの『グレイト・ギャツビー』における重要な意識の一つだった。

（9）Lehan, *Theodore Dreiser*, p.105.

第五章

（1）Theodore Dreiser, *The "Genius"*（Cleveland & New York: The World Publishing Co., 1946）なお、本文中の引用はこのテクストを使用し、頁数を括弧に入れて示す。

（2）Lingeman, *Theodore Dreiser*, Vol.II, p.39.

（3）*Ibid.*, p.39.

（4）*Ibid.*, p.111.

（5）初版本を底本とした京都の臨川書店発行のドライサー全集第五巻は七二八頁。

(6) Robert H. Elias, ed. *Letters of Theodore Dreiser* Vol.I., p.111.
(7) *Ibid.*, p.114.
(8) Lingeman, *Theodore Dreiser*, Vol.II., p.111.
(9) *Ibid.*, p.120. ここで引用された寸評はカンサス・シティの『スター』、ミネアポリスの『ジャーナル』、ニューヨークの『ニューヨーク・タイムズ』など各紙の書評から。
(10) *Ibid.*, p.119. John C. Powys の表現。
(11) *Ibid.*, *p.119.* Randolph Bourne の書評から。
(12) *Ibid.*, p.122.
(13) *Ibid.*, p.120. Lingeman はシカゴの『トリビューン』紙の書評を示し、N. P.・ドーソンが『〈天才〉』のドイツ的性格を指摘し、反ドイツ感情をむきだしにしている、と述べている。
(14) *Ibid.*, p.119.
(15) *Ibid.*, p.122.
(16) Hussman., *Dreiser and His Fiction*, p.109.
(17) Lehan, *Theodore Dreiser*, pp.128–129.
(18) Lingeman, *Theodore Drdiser*, Vol.II., pp.48–60. 第四章 "Grand Tour" で示されるように、ドライサーのヨーロッパ旅行の隠された目的はセルマの後を追うことにあった。
(19) *Ibid.*, p.111.
(20) Theodore Dreiser, *Dawn*, p.585.
(21) Theodore Dreiser, *A Book About Myself.* (Kyoto: Rinsen Book, Co., 1981), p.486.

（22）Lingeman, *Theodore Dreiser*, Vol.II., p.26. に記されているが、一九一〇年春の夕、バタリック社の若手社員たちとの遠足の後、ドライサーとセルマはアパートに戻り、ドライサーは二人の関係をいよいよ大人のものにする時が来ていると告白している。だが、その直後に、セアラが現われ、セルマを罵倒し、彼女を追いだした。リンガマンは二人の関係は肉体的なものにまで至らなかったのではないかと示唆している。しかし、『〈天才〉』の中では、ドライサーはより深い関係になっていたことをにおわせている。

（23）*Ibid.*, p.25.

（24）人間にとって三十九歳という時期は重要な転機である。これを強く感じたアメリカの作家がもう一人いる。ジョン・バース（John Barth, 1930–）である。彼は一九六九年（三十九歳の時）に前半生の締めくくりに大作 *Letters* を構想し、人生のリサイクル理論を考案し、二十代の人生とは違う新たな出発の意図を示さなければ、四十代以後の人生の充実はないということを示唆した。

（25）Paul Fussel, *Class* (New York: Ballantine Books, 1984). 初版は Random House 社から一九八三年に出版された。アメリカの社会の中に陰然と存在する九つの階層を指摘し、その特質や見分け方まで述べた書物。

第六章

（1）Theodore Dreiser, "Letter to Louise Campbell" Jan.9, 1925. *Letters*, II, p.433.

（2）Lingeman, *Theodore Dreiser*, Vol.II., p.261.

（3）*Ibid.*, p.194. リンガマンはドライサーが一九二〇年八月メンケンへの手紙で『とりで』が進まず、別の小説を書くかもしれない、と書いていることを指摘する。だが、この別の「謎の小説」についての言及は以後なく、九月六日付の日記に「午後四時まで『アメリカの悲劇』を書く」という一文が記されていることから、おそらくこの年八月から書き始めたのではないか、と推測している。

（4） Lehan, *Theodore Dreiser*, pp.142–149.

（5） Lingeman, *Theodore Dreiser*, Vol.II, pp.195–196.

（6） Lehan, *Theodore Dreiser*, p.128.

（7） Lingeman, *Theodore Dreiser*, Vol.II, p.175.

（8） *Ibid*., p.271.

（9） *Ibid*., p.271.

（10） *Ibid*., p.111.

（11） ドライサーのもともとの意図は、クライドの父、エイサのことから書きおこすことだった。彼がマサチューセッツ州の裕福な商人の家に生まれながら、怠惰（夢想家だったのであろう）なため、父親から疎んじられて、若くして家を出、中西部へ放浪し、途中ペンシルヴァニア州で農夫の娘と結婚し、やがて二人で救世軍に勤めて奉仕活動に従事したのである。この話が実際には使われなかった原稿にあることを、リチャード・リーハンが指摘し、彼の著 *Theodore Dreiser*（pp.151–154）で詳述している。

（12） Theodore Dreiser, *An American Tragedy*.（Cleveland & New York: The World Publishing Co., 1953）, p.17. 本書ではこの版を使う。論中の作品からの引用は括弧内に数字を入れ、その頁を示す。なお、ワールド社は一九四四年にドライサーの長編小説のユニフォーム・エディションを出しているが、その版ではオリジナル出版の際と同様に二巻本としている。共にメンケンの序文をつけている。
(13) ギルバートの会社での肩書きは英語で "Secretary となっているが、日本語で言う「秘書」ではなく、会社のすべての業務の実質的統括を行なっているので「専務」とした。"Secretary General" と考えてよさそうである。
(14) Paul Fusseel, *Class*, p.18–19. ファッセルは家族の資産が一代、二代では真の上流階級とは言えず、三代、四代と引きつがれていなければならないと。と指摘している。
(15) Lehan, *Theodore Dreiser*, p.150.
(16) *An American Tragedy*, p392. ロバータの言葉 "But they (the Finchleys) have got everything. You know they have. And I haven't got anything really." の中に、彼女が階層差のため、ソンドラにはとてもたちうちできないと考えていることが如実である。
(17) ドライサーは十八歳の美女に執念のようにこだわる。この世の美の極地と考えているからである。ソンドラは秋に十八歳の誕生日を迎えることになっている。

第七章

(1) Lingeman, *Theodore Dreiser*, Vol.II., p.280.
(2) *Ibid.*, p.270.
(3) *Ibid.*, p.285.
(4) *Ibid.*, p.280.
(5)、(6) *Ibid.*, p.304.

（7）Theodore Dreiser, *The Tragic America* (Kyoto: Rinsen Book Co., 1981). p.1 以後論中の『悲劇的なアメリカ』からの引用はこの版を使用し、頁数を括弧内に入れて示す。

（8）トマス・ムーニーはシカゴ生れの労働運動のリーダー。サンフランシスコで活動したが、一九一六年七月二十二日に同市で起った爆弾事件の首謀者と見做され、逮捕された。裁判により、死刑の宣告を受けたが、無実を主張し、国の内外から支援を受け、数度の再審問の後、一九三九年にその主張を認められて、釈放された。ドライサーはムーニーの無実を信じ、その釈放運動に力をつくした。

（9）Lingeman は“From a literary standpoint, *Tragic America* was indisputably Dreiser's worst-written book.”と述べている。*Theodore Dreiser*, Vol.II., p.368.

第八章

（1）Theodore Dreiser, *Dawn*, p.6.

（2）Theodore Dreiser, *An American Tragedy*, p.5.

（3）*Ibid.*, p.5.

（4）ドライサーは一九一二年にアンナ・テイタムと会い、彼女から父親の話を聞かされ、『とりで』を書くことを思いついている。リーハンは、“The story obviously touched a chord in Dreiser's own experience: Mr Tatum repeated the history of Dreiser's own father, and Anna duplicated his own temperament and his desire for freedom.”と書いている。(Richard Lehan, *Theodore Dreiser*, p.223.) また、Lawrence E. Hussman. Jr. も伝記作者の Lingeman も Loving も同調している。

Loving は“Solon Barnes is partially an incarnation of John Paul Dreiser.”と述べる。Jerome Loving, *The Last Titan: A Life of Theodore Dreiser*（Berkeley: Univ. of California Prees, 2005）, p.391.

（5） Jerome Loving, *The Last Titan*, P.5.

（6） *Ibid.*, p.5.

（7） Lingeman, Theodore Dreiser, Vol.I., pp.34–35. に当時の織物業界の事情が書かれている。

（8） Lehan, *Theodore Dreiser*, pp.,222–223.

（9） *Ibid.*, p.223.

（10） *Ibid.*, p.146.

（11） Theodore Dreiser, *Letters of Theodore Dreiser*, Vol.III., p.955.

（12） Lingeman, *Theodore Dreiser*, Vol.II., p.442.

（13） *Ibid.*, p.449.

（14） *Ibid.*, pp.,458–460. リンガマンはドライサーの心理的状況とそれを励ますマーガリートの母性的愛情について記述している。

（15） Loving, *The Last Titan*, p.392.

（16）、（17） *Ibid.*, p.392.

（18） Theodore Dreiser, *The Bulwark*（Garden City: Doubleday & Co., 1946）, p.3. 以後、論中における *The Bulwark* からの引用は括弧内に頁数を入れて示す。

第九章

（1）Lingeman, *Theodore Dreiser*, Vol.II., pp.,463–464.
（2）Theodore Dreiser, *Letters*, Vol.III., pp.1025–26.
（3）*Ibid*., p.1021.
（4）*Ibid*., p.1030. ファレルへの手紙（十月十三日付）の注（18）による。
（5）*Ibid*., p.1030. ファレル宛手紙の注（18）の中にエルダーがファレルに十月十一日付の手紙で、ファレルの助言に従って、宗教的な部分を生かし、オリジナル原稿の形を生かした。という言及がある。
（6）*Ibid*., p.1027.
（7）Lingeman, *Theodore Dreiser*, Vol.II., pp.465–66.
（8）*Ibid*., p.373.
（9）*Ibid*., p.472.
（10）Theodore Dreiser, *Letters*, Vol.III., p.1031.
（11）*Ibid*., pp.1034–35.
（12）Lingeman, *Theodore Dreiser*, Vol.II., p.475.
（13）Lehan, *Theodore Dreiser*, p.103.
（14）アイリーンが最後までクーパーウッド夫人の名に固執したのは、ドライサーの妻、セアラと同じで、ドライサーは明らかにそれを意識して書いているように思える。
（15）Theodore Dreiser, *The Stoic*（Garden City, New York: Doubleday & Co., 1947）, p.11. 以後本論の中でこの作品からの引用は括弧内に頁数を示す。

（16）参考までに当時のニューヨークの公共乗物の運賃はすべて五セントだった。

（17）Lingeman, *Theodore Dreiser*, Vol.II., p.475.

（18）シカゴの北方、およそ三十マイルほどの地、ウィスコンシン州ジェニーヴァ・レイクという湖の北岸にシカゴ大学の天文台がある。筆者はかつてそこを訪れたことがあるが、そこにはシカゴ大学ヤーキーズ天文台と建物に大きく名前が入っている。同行したアメリカ人夫妻はヤーキーズが何の意味か知らなかった。ヤーキーズが寄附したのではないか、と調べたら、その通りだった。彼がシカゴの経済界で活躍した時代に寄附したものだが、彼の名前をとどめている唯一の物だろう。だが、もう土地の人さえ、その由来も、ヤーキーズという人も知らない。

参考文献

シオドア・ドライサーの作品――

◆長編小説

（1） *Sister Carrie*（Doubleday, Page & Co., 1900），（B. W. Dodge, 1907），（University of Pennsylvania Press, 1981）本論では，The Library of America（1987）版を使用。

（2） *Jennie Gerhardt*（Harper & Brothers, 1911），（Cleveland & New York: The World Publishing Co., 1946）

（3） *The Financier*（Harper & Brothers, 1911），（Boni & Liveright, 1927），（The World Publishing Co., 1946）

（4） *The Titan*（John Lane, 1941），（Boni & Liveright, 1927），（The World Publishing Co., 1946）

（5） *The "Genius"*（John Lane, 1915），（Boni & Liveright, 1927），（The World Publishing Co., 1946）

（6） *An American Tragedy*（Boni & Liveright, 1925），（The World Publishing Co., 1946）

（7） *The Bulwark*（Doubleday & Co, 1946）

（8） *The Stoic*（Doubleday & Co, 1947）

◆短編・中編

（1）*Free and Other Stries*（Boni & Liveright, 1918）

（2）*Chains: Lesser Novels and Stories by Theodore Dreiser*（Boni & Liveright, 1927）

（3）*Fine Furniture*（Random House, 1930）

（4）*The Best Stories of Theodore Dreiser*（The World Publishing Co., 1947）初期の短編を含めて、十四作が収められている。

◆戯曲

（1）*Plays of the Natural and the Supernatural*（John Lane, 1916）"The Girl in the Coffin" 他六編の劇作が収められている。

（2）*The Hand of the Potter*（Boni & Liveright, 1918）

◆自伝とその他の著作

（1）*The Traveler at Forty*（The Century Co., 1913）最初のヨーロッパ旅行記。

（2）*A Hoosier Holiday*（John Lane, 1916）自伝の一部で、成功した作家として故郷を訪れる記。

（3）*Twelve Men*（Boni & Liveright, 1922）ノンフィクション。兄のポールのこともここに書いている。

（4）*A Book About Myself*（Boni & Liveright, 1922）自伝の一部で、新聞記者時代のことを書いたもの。後に*Newspaper Days*と改題され、一九三一年に出版。さらに、University of Pennsylvania Pressが決定版を一九九一年に出版している。

（5） *The Color of the City*（Boni & Liveright, 1923）ニューヨークについてのエッセイ。
（6） *Dreiser Looks at Russia*（Horace Liveright, 1928）ロシア旅行記。
（7） *A Gallery of Women*（Horace Liveright, 1929）十五人の女性を論じたエッセイ。
（8） *Dawn*（Horace Liveright, 1931）自伝の一部。幼少時から青年時までを扱う。
（9） *The Tragic America*（Horace Liveright, 1931）
（10） *America Is Worth Saving*（Modern Age Books, 1941）

ドライサーに関する伝記――

（1） Dorothy Dudley. *Forgotten Frontier: Dreiser and the Land of the Free*（New York: Harrison Smith & Robert Haas, 1932）ドライサーに密着して書かれた最初の本格的伝記。
（2） W. A. Swanberg. *Dreiser*（New york: Scribners, 1965）ドライサー死後、豊富な資料で詳細を極めた伝記。
（3） Richard Lingeman. *Theodore Dreiser* I. II（New York: G. P. Putnam's Sons,1986, 1990）第一巻は *At the Gate of the City* という副題で、生誕から一九〇七年までを扱い、第二巻は *An American Journey* という副題で、一九〇八年からドライサーの死までを扱っている。これ以上詳細な伝記はもう書かれないと思われるほど、豊富な資料と調査をつくしている。作品評も良く、参考になる。
（4） Jerome Loving. *The Last Titan: A Life of Theodore Dreiser*（Berkeley: University of California Press, 2005）最新の伝記。伝記作家であり研究者でもあるラヴィングによる伝記。リンガマンの伝記よりも女性関係に少し詳しい。

（5） 他に、ドライサーの妻ヘレンやマーガリートなどの追憶記もある。Helen Dreiser. *My Life with Dreiser*（World Publishing Co., 1951）, Tjader Marguerite. *Love That Will Not Let Me Go: My Time with Theodore Dreiser*, ed. Lawrence E. Hussman.（New York: Peter Lang, 1998）.

ドライサーに関する研究書（参考にしたもののみ）——

（1） Richard Lehan, *Theodore Dreiser*: His *World and His Novels*（Carbondale: Southern Illinois U. P., 1969）

（2） Lawrence E. Hussman. Jr., *Dreiser and His Fiction*（Philadelphia: University of Pennsylvania Press, 1983）.

（3） Miriam Gogol, ed. *Theodore Dreiser: Beyond Naturalism*（New York: Twayne, 1992）.

（4） Cassuto & Eby, ed. *The Cambridge Companion to Theodore Dreiser*（Cambridge University Press, 2004）

日本における研究書・解説書——

（1） 高村勝治編者『ドライサー』（研究社「20世紀英米文学案内」十一巻。一九六七年。ドライサーの主要作品の梗概と解題、伝記、研究歴史がついていて、格好の入門書。）

（2） 村山淳彦『セオドア・ドライサー論―アメリカの悲劇』（南雲堂、一九八七年）。

（3） 大浦暁生監修「『シスター・キャリー』の現在―新たな世紀への試み」（中央大学出版部、一九九九年）

（4）大浦暁生監修「『アメリカの悲劇』の現在―新たな試みの将来」（中央大学出版部、二〇〇二年）

その他に、ドライサーの主要書簡集も参考とした。

The Letters of Theodore Dreiser, ed. Robert H. Elias. 3Vols.（Philadelphia: University of Pennsylvania Press, 1959）日記には *American Diaries 1902–1926*, ed. Thomes P. Riggio.（Philadelphia: University of Pennsylvania Press, 1983）がある。

あとがき

一九八六年の秋、僕はたまたまウィスコンシン大学ミルウォーキー校にある二十世紀研究所に籍を置いていた。週に一度、十数人の学生に「日米現代文学」の話をするだけで、特に他に義務があるわけではなかったから、講義の下準備をするほかは、比較的にのどかな読書生活を送っていた。その折に手にしたのが、リンガマンが刊行したばかりの大著、*Theodore Dreiser : At the Gate of the City* だった。書評誌で好評だったのを知っていたが、ドライサーの生涯の半生を詳細に辿ったこの伝記は読物としても面白く、また同時にアメリカの十九世紀末の貧しい人々の生活を記したものとしても貴重だった。実に豊富な文献、調査、面接などを自在に使っての記述は、アメリカの伝記作家の実力を如実に示すものだった。

ドライサーへの関心は実は昔から僕にはあった。戦後の貧しい時代に恩師である髙村勝治先生の「現代アメリカ文学講義」で取りあげられた『アメリカの悲劇』に感銘を受け、早速、読んだ記憶がある。特に主人公のクライド・グリフィスの心情に共感することが多かった。ちょうどその頃は、僕たちは戦後の貧困と戦前に植えつけられた道徳律という呪縛から脱し、新しい生き方を求めようとしていた。しかし、その新しい生き方がどのようなものか明確にはつかめず、クライドのように、貧困と旧来の道徳律から脱けだすことを盲目的に願い、日々を生きていたように思う。クライド自身は自らの願望のために社会から手痛い罰を受けるのだが、作者のドライサーがクライドの罪を彼個人だけのものとして書いていないことに、僕は感動を受けたように思う。

従って、リンガマンの伝記を読むことで、僕の中に、ドライサーを読み直し、全体像を考えてみたいという意欲が生まれた。ただ僕自身は戦後アメリカ小説が専門で、それにかまけて自分の願いを実現するまでに至らなかったが、福田陸太郎先生のご紹介で、清水書院から「人と思想」シリーズに何かアメリカ作家を取りあげるようにと依頼され、迷わずドライサーを選んだ。そうすれば、ドライサーを読み直す端緒ができるだろう。という勝手な目論見だった。

二〇〇〇年になって、リンガマンの伝記の後半 *Theodore Dreiser: An American Journey* が出版され、僕たちにはあまり詳細に知られていなかったドライサーの後半生が細かく記されていた。折しも、アメリカでは処女作である『シスター・キャリー』の出版後百年を記念する催しがドライサーにかかわる文書（原稿、日記、手紙類）を所蔵するペンシルヴァニア大学で開かれた。内外のドライサー研究者をはじめ、今も存命中のドライサーの縁者も集まったそうである。

それにしても、発刊当時『シスター・キャリー』が受けた不当な扱いも、百年後の今日では不思議なくらいであるが、これが時代の持つ〈感情構造〉の変化というものであろう。古いこの感情構造に反逆し、二十世紀という新しい時代への文学をいざなった点だけでも、ドライサーの功績は大きい。彼の親友だったメンケンが述べたようにドライサーは「今世紀（二十世紀）のアメリカの小説の発展に最も重要な人物」だった。今日では比較的に忘れられがちではあるが、彼はもう少し見直されてよい作家であろう。

少し個人的な話になるが、この本を書いているうちに、僕の父と母がドライサーの父と母とに共通点を持つと感ずるようになった。僕の父もジョン・ポール・ドライサーと同じように「夢想家《ドリーマー》」だった。父は九州の田舎町から一九三六年に一家をあげて横浜へ移ってきた。銀行員だった父は軍需景気に少し沸きたってきていた都会で一旗あげる気であったのであろう。その夢は美事に破れ、家は貧しくなり、母は働きに出、家計を支えた。第二次大戦期には、上陸用舟艇を造る会社で父は多少の成功を収め、僕の家も少し豊かになっていたが、父の勤めた軍需工場が戦後倒産するや、失職した父はあちこち小さな会社を転々とし、ついに豊かさも心も回復できなかった。その間、母は、ドライサーの母セアラのように工夫して貧しい戦後の家計を操った。そして、僕の家がまだ完全に貧困から脱しきれないうちに、心臓発作で亡くなった。父はジョン・ポールのように、母の死後長く生き、天寿をまっとうした。そのような意味で、書けば書くほど僕は益々ドライサーの感情に共感を覚えていった。もしかしたら論考が少々個人的になりすぎているかもしれないが、それも僕自身の父母への想いだろう、と考えている。

この本を実際に構想し始めたのは、一九九四年に麗澤大学へ移った頃である。最後の職場となるこの大学で何かまとまった本を完成するのも目標があってよい、と考えたからである。手始めに、清水書院の『ドライサー』を書き始め、二〇〇〇年に脱稿し、『麗澤レヴュー』という大学の研究誌には、毎年少しずつ論文の形で各作品について書いた。二〇〇四年に退職してから、それらの論文を最初から本となるように書き改めていった。『アメリカの悲劇』を扱う第六章までは順調に書き進んだが、その後が難航した。最後のドライサーの二作は、作者自身が苦しんだように、それについて書く僕もうまく書けなかった。作者も僕もたがいに年をとりすぎていたのかもしれない。今年二月にすべてを書き終え、読み返してみると、重複もあり、必ずしも満足ではないが、一種の安堵感だけは得ている。

本書が生れるまでには多くの方々に負うところが大きい。まず最初にドライサーを教えて下さり、研究社より発行された『ドライサー』（二十世紀英米文学案内十一巻）の中の『アメリカの悲劇』を担当させて下さった恩師髙村勝治先生、そして清水書院の拙著『シオドア・ドライサー』（「人と思想」シリーズ）

の端緒を作って下さった故福田陸太郎先生に心からお礼を述べたい。また、麗澤大学英語学科の同僚たちはいつも心よく拙論を『麗澤レヴュー』に載せて下さった。手書きで書き直した原稿を義妹鈴木康子氏がすべてコンピューターに打ちこんで下さった。そして最後に、出版を快く引き受けて下さった長い間の友人でもある成美堂社長の佐野英一郎氏、編集に当って下さった岡本広由氏にもお礼を述べたい。そして、この本が多少でもわが国におけるドライサー研究の発展に資することを願っている。

二〇〇七年五月

著者

ワ

ワイルダー社長（George Wilder）　52－53
『ワールド』（*The World*）　39，135，150，166

メ

メイム〔・ドライサー（姉）〕(Mame) 43, 202
メイラー（Norman Mailer） 179
メンケン（H. L. Mencken） 18, 54–55, 125–126, 129, 133–134, 156, 177, 205

モ

モーガン（J. P. Morgan） 190

ヤ

ヤーキーズ（Charles T. Yerkes） 31, 53, 65, 73–78, 81, 85, 95–99, 104, 106–107, 116, 120–121, 153, 230, 233, 235, 243–244
ヤーキーズ夫人（Mrs. Yerkes） 234

ヨ

「幼児組」 45–47
「欲望三部作」(“The Trilogy of Desire”) 31, 73, 83, 125, 132, 142, 144, 146–147, 153, 180, 204, 215, 230–231, 245

ラ

ラヴィング（Jerome Loving） 201, 211
ラッセル（Charles E. Russel） 76

リ

リーディ（William M. Reedy） 127
リーハン（Richard Lehan） 1, 10, 20, 75, 77–78, 81, 98, 130, 131, 149, 150, 178, 199, 203–204, 235
リヴァライト氏（Mr. Liverright） 178
リヴァライト社 147, 180, 184, 204, 231
リチャーズ（Grant Richards） 74
リチャードソン（ヘレン）(Helen Richardson) 147–149, 155, 179, 207, 227–229, 231–233
リッチセン＝リンネル事件 (Richesen-Rinnel Case) 149
『リパブリック』 135
リンガマン（Richard Lingeman） 1, 6, 10–11, 18–19, 38, 43–44, 65, 74, 76, 78, 81, 124, 129–131, 142, 149, 178–179, 184, 227, 229–230, 232–233

レ

「レセ・フェール」 4
レフェーヴル（Edwin Lefevre） 76
「連邦主義」 5

ロ

ローゼンタール（Lillian Rosenthal） 55, 58
ローム〔・ドライサー（兄）〕(Rome) 231
ロックフェラー（John D. Rockfeller） 191
ロレンス（D. H. Lawrence） 10
ロンドン地下鉄会社（London Underground Railway） 234

ハスマン（Lawrence E. Hussman）20，130
バタリック社（Butterick Co.）51－54，140－141，148
パトナムズ社（Putnams）205－206，208
ハリス（Marguerite Tjader Harris）207－208，227－229，231

ヒ

『悲劇的なアメリカ』（*Tragic America*）177－196，217
ヒックス（Elias Hicks）211
「必然の方程式」（“equation inevitable”）91－92
ヒッチコック（Ripley Hitchcock）54－55

フ

ファッセル（Paul Fussel）145，160，164，165
『階層』（*Class*）160
ファレル（James T. Farrell）228，232
フィスク（James Fisk）190
フィッツジェラルド（Francis Scott Fitzgerald）130
『偉大なるギャツビー』130
「複合巨大企業」（“conglomerate”）192
『ブックラヴァーズ・マガジン』46
ブッチャー（Fanny Butcher）78
ブラウン（Grace Brown）53，150，152，171
フランクリン（Benjamin Franklin）134
『自伝』（*Autobiography*）134
フレミング夫人（Mrs.Fleming）117
フレンド派 215－216，219

ヘ

ヘンリー（Arthur Henry）16－18，41
『アルカディアの姫君』（*A Princess of Arcady*）17

ホ

ポイス（J. C. Powys）127
ポール〔・ドライサー（父）〕（John Paul）6－7，32－34，37－38，43，197－204，207－208，217，225－226
ポール〔・ドライサー（兄）〕（Johan Paul）51，83，139
ボールチ（Earl H. Balch）205
『ぼく自身の本』（*A Book About Myself*）124，134－135，141
ボタニー織機 188
ホプキンズ（L. A. Hopkins）19，32，40

マ

マイヤーズ（Gustavas Myers）184
『アメリカ富豪の歴史』（*History of the Great American Fortunes*）184
マーカム（Kirah Markham）97，126，154
マスターズ（Edgar Lee Masters）95，127
マッケニス（John T. McEnnis）38

ム

ムーニー（Thomas J. Mooney）183

索　引

セ

セアラ〔・ドライサー（母）〕(Sarah) 6, 199－200, 231
セアラ〔・ホワイト（妻）〕(Sara White) 11, 17, 52, 55, 65, 107－108, 124, 135－136, 138, 142－143, 155, 167, 179
「清教徒精神」 128
セントラル・パシフィック鉄道 190

タ

ダーウィン（Charles Darwin） 79
ダドリー（Dorothy Dudley） 18
ダブルデイ・アンド・ペイジ社 15, 17, 208, 227

テ

『ディザイナー』(*Designer*) 140
テイタム（Anna Tatum） 154, 203－204
テイラー（J. F. Taylor Co.） 48
「適者生存」 37
『デリニエイター』(The Delineator) 51, 53, 140
デル（Floyd Dell） 55, 97, 124, 126
『<天才>』(The "Genius") 11, 51, 72, 74, 82, 109, 123－146, 147, 153, 155, 204

ト

「都市小説」 15
ドッジ社（B. W. Dodge & Co.） 51, 76
『ドライサーロシアを見る』(*Dreiser Looks at Russia*) 182
『とりで』(*The Bulwark*) 147, 154, 197－226, 227－228, 231, 247
トンプソン（Dorothy Thompson） 182
　『新生ロシア』(*The New Russia*) 182

ニ

『ニュー・アイディア』(*The New Idea*) 140
「ニュー・ディール」 185, 195
『ニューヨーク・タイムズ書評』誌 72, 123
「ニューヨーク悪徳抑止会」 128
『ニューヨークヘラルド・トリビューン書評』誌 55, 148

ネ

ネイサン（George Jean Nathan） 231
『ネイション』(*The Nation*) 127

ノ

「農本主義民主主義」 5
ノリス（Frank Norris） 15－16

ハ

パークス（Henry B. Parkes） 4
　『アメリカの体験』(*The American Experience*) 4
ハーディン（A.T.Hardin） 139
ハーパーズ社 54－55, 74－75, 95, 125
ハイマン（Elaine Hyman） 97
『バガバッドギータ』 247

共産主義　184, 189, 194－196
『巨人』（*The Titan*）　66, 76, 93, 95－121, 126, 132, 141, 143, 145, 153, 236
『禁欲の人』（*The Stoic*）　147, 180, 227－248

ク

クーゼル（Sally Kusell）　148
クェーカー教　209, 214－217, 223
クェーカー主義　206, 211, 217, 220, 223－224
クラーク（Clara Clark）　180
グリグズビー（Emily Grigsby）　116, 235
「グレイス・ブラウン＝チェスター・ジレット事件」（Grace Brown-Chester Gillette Case）　150
『(デイリー）グロウブ』（*The Daily Globe*）　26, 38, 134
「黒んぼジェフ」（"Nigger Jeff"）　17

コ

「後期資本主義」　192, 196
「衡平」（"equity"）　183－185, 188－189, 194, 196, 217
「コムストック派」　126, 128

サ

産業主義　184, 217

シ

『ジェニー・ゲアハート』（*Jennie Gerhardt*）　7, 43－70, 72, 82－83, 123－125, 138, 142, 198, 202－203
ジェファソン（Thomas Jefferson）　2, 5
シカゴ大火　83－84, 87, 90
『シスター・キャリー』（*Sister Carrie*）　8－9, 15－41, 43, 45, 47－48, 50－51, 54, 56, 62－63, 77, 82－83, 97, 128, 137, 174, 202, 208
自然主義　248
自然主義文学　30, 34
『資本家』（*The Financier*）　11, 31, 65, 68, 71－93, 95－98, 102, 110－111, 132, 143, 153, 154
「社会進化論」　12, 37, 119, 154, 217
「弱肉強食」　68, 79, 88, 91
シャーマン（Stuart P. Sherman）　127, 148
『自由とその他の短編』（*Free and Other Stories*）　204
『十二人の男たち』（*Twelve Men*）　204
「女性学」（Women's Studies）　62
ジョン・レイン社　124, 126, 204
ジレット（Chester Gillette）　53, 150－153, 155－156, 171
「素人労働者」（"An Amateur Laborer"）　139
進化論　91, 143
「人生ノート」（"Notes on Life"）　91
「眞の芸術は率直に語る」（"True Art Speaks Plainly"）　46

ス

スタンダード石油会社　191－192
スペンサー（Herbert Spencer）　12, 37
『スマート・セット』（*Smart Set*）　126

索　引

ア

アーバーグ（Christian Aaberg）　37, 38
『あけぼの』（*Dawn*）　8, 21－22, 27, 72, 124, 132－134, 141, 197, 199
「アメリカ芸術・文学協会」（The National Academy of Arts and Letters）　206
『アメリカの悲劇』（*An American Tragedy*）　7－8, 10－12, 25, 44, 53, 61, 67, 79－80, 114, 132, 143－175, 177－178, 180－181, 185, 193, 198, 205, 220, 230
『アメリカン・スペクテイター』（*The American Spectator*）　231
『アメリカン・マーキュリー』（*The American Mercury*）　156
「蟻になった男」（"McEwen of the Shining Slave Makers"）　17

イ

『イーヴニング・ワールド』紙　235, 244

ウ

ヴァンダービルト（Vanderbilt）　190－191
「失われた世代」　177
＜内なる思考＞　211
＜内なる光＞　211－213, 219, 224
ウルフ（Thomas Wolfe）　72, 123
ウルマン（John Woolman）　211

エ

エジソン（Thomas Edison）　29
エド　207
エマ　18－19, 32, 43, 226
エリクソン（Steve Ericson）　2－4
　『Xのアーチ』（*Arc d'X*）　2
エリス（George Ellis）　32, 201
エルダー（Donald Elder）　228－229

オ

「お上品な伝統」　5, 8, 10－11, 29, 106, 108
オニール（Eugene O'Neill）　231

カ

「階層のない社会」（"Classless Society"）　160, 181, 193
『戒律の書』（*The Book of Discipline*）　215
カドリップ（セルマ）（Thelma Cudlip）　52－53, 65, 97, 130－132, 136, 140－142, 154
カポーティ（Truman Capote）　179

キ

ギャンブル夫人（Mrs gamble）　234
キャンベル（Louise Campbell）　227－229

■著者略歴■
岩元　巌（いわもと　いわお）
一九三〇年大分県生れ。東京教育大学卒。フルブライト留学生（コロンビア大学一九五四年～五五年）。中央大学、東京学芸大学、筑波大学、共立女子大学、麗澤大学で英語とアメリカ文学を講じた。この間、アメリカ学術委員会招聘研究員（一九六六年～六七年、一九七二年）、文部省在外研究員（一九七八年～七九年）。さらに、一九八六年より四度、ウィスコンシン大学ミルウォーキー校客員教授として、「日米現代文学」を講じた。二〇〇三年に同校より名誉学位（Doctor of Humane Letters）を授与された。現在筑波大学名誉教授、麗澤大学名誉教授。
著書に『現代のアメリカ小説』（英潮社）、『バーナード・マラマッド』（冬樹社）、『現代アメリカ作家の世界』（リーベル出版）、『変容するアメリカン・フィクション』（南雲堂）、『シオドア・ドライサー』（清水書院）などがある。
訳書にケン・キージー『カッコーの巣の上で』（冨山房）、ジョン・アップダイク『結婚しよう』、『メイプル夫妻の物語』（新潮社）、ジョン・バース『フローティング・オペラ』（講談社）、『レターズ』（国書出版会）他多数。

シオドア・ドライサーの世界
―アメリカの現実 アメリカの夢

2007年7月1日　初版印刷
2007年7月15日　初版発行

著　者　岩元　巌
発行者　佐野　英一郎
発行所　株式会社　成美堂
〒101-0052　東京都千代田区神田小川町3-22
TEL 03-3291-2261　FAX 03-3293-5490
http://www.seibido.co.jp
印　刷　倉敷印刷株式会社
製　本　秀美堂

ISBN978-4-7919-7223-7 C1082
PRINTED IN JAPAN